KB271877

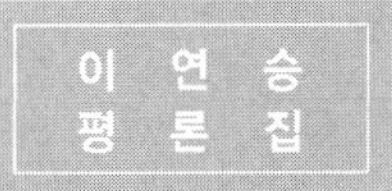

매혹의 언어

매혹의 언어

이 연 승

역락

매혹의 언어

시를 평하고 연구하는 일은 내게 즐거움과 괴로움이 교차하는 작업이다. 작품에 펼쳐진 정서와 아우라를 이해하고, 텍스트와 주도면밀하게 맞닥뜨려야 한다는 점에서 언제나 긴장을 요구하는 작업이기도 하다. 등단한 지 벌써 10년 이상의 시간이 지났지만 여전히 나는 시 앞에서 머뭇거리고 있으니, 갈 길이 요원한 느낌이다.

한 편의 시나 시집에 매혹되어 글을 쓰면서도 논리적으로 분석하지 못하고 감성적으로 수용해버리고 말았다는 괴리감 사이에서 늘 흔들리곤 한다. 감성은 때로는 희미하지만 가장 근원적인 것이라는 점에 위안을 삼아 본다. 어렵게 한 편의 글을 마칠 때마다 시는 내가 볼 수 없는 것을 보게 하고, 다시 돌려줄 수 없을 어떤 것들을 나에게 남기고 갔다. 그 과정을 문장으로 풀어보고, 시인들의 숨결을 읽어나가고자 했다.

문학은 싶이에 대한 갈망에서 시작되지만 파고들면 들수록 그 수심은 점점 깊어지는 듯하다. 매혹을 객관화시키는 작업, 그 주관적 미의식을 다시 이론의 틀로 세우고 공감을 향한 글쓰기로 이어지는 작업은 늘 더디기만 하다. 존재하지만 눈으로는 일일이 확인할 수 없는 정신의 깊이와 높이가 매혹의 성채 속에 살고 있기 때문일 것이다. 내 침침한 눈은 시의 언어들을 어긋나게 읽어내지만, 그 매혹을 나는 계속 뿌리치지 못할 것 같다.

　이 책에 실린 글들은 대부분 2009년부터 2011년 상반기 사이에 쓴 것들이다. 1부는 학술 논문을 정리한 글들로 그동안 관심있게 공부한 에코페미니즘과 은유 이론에 대한 글들을 모아 보았다. 대상으로 한 전봉건, 박남수, 강은교, 정한모 등의 시인은 내게 새로운 관점과 독법을 유도해 주었다. 이들이 보여준 세계 인식과 감각적 이미지들은 2000년대인 지금도 여전히 유효한 관점을 제공한다고 생각한다. 2부에서 3부까지는 여러 문예지에 발표하거나 해설의 성격을 가지고 있는 글들을 모아본 것이다. 여기서는 주로 시인들이 펼쳐놓는 상상력과 감성의 밀도에 대해 자세히 분석해 보았다. 이들의 고유한 이미지와 어법이 어떤 맥락에서 의미를 가지며, 독자에게 시적 감응을 전해주는지를 규명하고 싶었다. 부도덕하고 삭막한 세계 속에서 절망하고 고뇌하는 시인들의 목소리는 처절하고 아름답다. 그 아름다움 이면에 숱하게 많은 진통의 시간들이 있었을 것이다. 이들이 있었기에 나도 같이 그 숨결을 느끼며 시의 성채로 몰입할 수 있었다.

　세 번째 내는 이 평론집이 나의 개인적인 문제 의식이나 비평적 화두로만은 엮어질 수 없었던 것임을 고백해야겠다. 발표할 지면이 없었다면 이 책은 나오지 못했을 것이다. 이 자리를 빌어 지면을 허락해 준 여러 문예지들, 긴장을 늦추지 않도록 독려해준 주위의 선배님들과 책을 출간해주신 역락 출판사 편집부에 감사의 인사를 전한다. 아울러 내 가족들에게도.

2011. 9.

이연승

2부 소통과 진실의 힘

1부

언술 구조와 시의식의 지향점

은유와 시성(詩性), 그리고 초극 의지

전봉건의 시세계

1. 은유적 상상력과 전봉건

전봉건은 1950년 등단 이후 주로 전쟁을 소재로 시작 활동을 한 전후 시인으로 알려져 있다. 그는 김종삼, 김광림과 함께 펴낸 『전쟁과 음악과 희망과』(1955) 및 『사랑을 위한 되풀이』(1959)를 발간하며 이름을 알리게 되었다. 기존의 전봉건에 대한 논의는 그를 전후의 모더니스트로 규정하는 데서 출발한다. 전봉건이 전쟁 체험을 언어를 통해 형상화하는 방식은 당시의 모더니스트들과는 차별성을 가지며 현대시사에서 차지하는 독특한 위상을 밝혀주는 계기가 된다는 것이다. 언어의 다양한 실험과 탐색을 통한 주제적 측면과, 형식적 측면을 통합하는 문학적 성과는 시인 자신이 삶을 형상화하는 시적 언어의 운용 방식에 대해 끊임없이 탐구했음을 확인하게 한다. 지금까지 전봉건에 대한 논의는 전쟁 체험[1]

---

1) 김재홍, 『한국전쟁과 현대시의 응전력』, 평민사, 1978.
　　이철범, 『한국전쟁의 시적 표현』, 현대시학, 1971.
　　이승훈, 「한국전쟁과 시의 세 양상」, 현대시학, 1974. 5.

이나 이미지즘,2) 모더니즘3)의 연관성 아래 전개되었으며 주제적인 분석과 연구가 주를 이루고 있다. 기존의 연구는 주목할 만한 성과를 거두었지만, 주로 이미지 변용이나 전쟁 체험과의 상관성 아래 분석한 경우가 대부분이고, 전기시에 비해 후기시4)에 대한 논의는 상대적으로 소홀하게 이루어진 감이 있다.

전봉건의 후기시들은 시적 주체와 타자 사이의 조화로운 소통이 이루어지고 동일성을 추구하는 세계가 펼쳐지는데, 전기시에 비해 시 구성의 파편적 양상이 거의 사라지고, 이미지의 형상화나 언술 방식이 한결 안정적인 양상을 보인다는 점에서 전기시와는 차별성을 보인다. 특히 1981년 5월부터 발표된 연작시『돌』은 10여 년간 남한강 유역을 누비며 수석 채집을 했던 시인 자신의 체험을 바탕으로 형상화한 작품들5)이다. 전봉건 시의 마지막 종착지라고 할『돌』은 전쟁 체험과 고향 상실에 대한 재확인 과정을 거쳐 존재론적 자아의 문제에 천착하는 시인의 새

---

2) 신동욱, 「전봉건론」,『현대문학』, 1980.9
   이승훈, 「전봉건의 상처」,『현대문학』, 1986. 6.
   ______, 「6·25체험과 시적 극복」,『문학사상』, 1988. 8.
   강경희,『전봉건 시연구』숭실대 석사논문, 1994.
   류경동,『전봉건 시연구-상승 이미지를 중심으로』, 고대 석사논문, 1995.
   문해경,『전봉건의 시연구』, 경희대 석사논문, 1995.
   박민영,『전봉건 시에 나타난 불 이미지의 변용 연구』, 이화여대 석사논문, 1990.
   윤재근, 「황홀한체험」,『돌』, 현대문학사, 1984.
3) 김춘수, 「戰後 五十年의 韓國詩」,『한국전후 문제 시집』, 신구문화사, 1961.
   문혜원,『한국현대시와 모더니즘』, 신구문화사, 1996.
   조영복,『한국모더니즘 문학의 근대성과 일상성』, 다운샘, 1997.
4)『사랑을 위한 되풀이』(1959, 춘조사),『춘향연가』(1967, 성문각),『속의 바다』(1970, 문원사)를 전기시로,『피리』(1980, 문예출판사),『북의 고향』(1982, 명지사),『돌』(1984, 현대문학사)을 후기시로 보는 견해가 일반적이며, 이 글에서도 이 구분을 따랐다.
5) 돌 연작시는 1982~83년 사이에 발표되었다가 이후 1984년 시집(『돌』, 현대문학사)으로 출간되었다. 여기에서 텍스트로 삼은 것은 1984년 시집이다.

로운 면모를 보여주는 작품이기도 하다. 그동안 『돌』에 내려진 평가는 단순한 자연물이 아니라 6·25의 상흔과 역사의식을 환기시키는 하나의 상징물6)이거나, 삶과 죽음의 초극이라는 관점에서 존재의 원초적 한계를 초월하려는 시인의 의지로 승화된 작품7)이라는 견해, 그리고 서정시의 정착과 안정적 이미지 구축이라는 측면에서 의의를 가진다8)는 견해를 중심으로 언급되었다. 또 돌의 상징적 지표를 통해 시인 의식을 규명하려는 시도도 있다.9)

『돌』은 시인의 사회적 자아이자 사물화 된 자아로서 전봉건 시의 총체적인 의미망을 구축하고 있다는 점에서 정밀하게 읽어볼 필요가 있는 시집이다. 전봉건의 시집 『돌』은 은유의 원리가 중요한 미학적 거점임에도 불구하고 아직 거의 논의되지 않고 있는 실정이다. 유일하게 은유의 원리로 전봉건의 시세계를 규명한 홍승희10)는 전봉건의 전기·후기시를 대상으로 은유와 환유가 시적 세계관의 중요 원리임을 규명하고 있지만, 후기시 『돌』에 대한 집중적인 분석이 미흡하다는 아쉬움이 남는다.

은유는 아리스토텔레스 이후 진리에 접근하는 하나의 방법이자 수사학으로, 그리고 세계 인식의 초석으로 문학, 인류학, 사회학에 이르기까지 방대하게 논의되어 왔다. 은유가 시의 기본 원리이자 전봉건 후기시의 중요한 시작(詩作) 원리임에도 이에 대한 연구가 상대적으로 빈약했다

---

6) 김성조, 『전봉건 시연구―실향의식을 중심으로』, 한양대 대학원 석사논문, 2005.
7) 최동호, 「실존하는 삶의 역사성」, 『아지랭이 그리고 아픔』, 혜원출판사, 1987. pp.135~138.
8) 김윤정, 『전봉건 시의 환상성 연구』, 『한국문학이론과 비평』 26집, 2005. 3.
9) 유명신, 『전봉건 시집 <돌>의 지수적 상징 연구』, 동아대학교 석사논문, 1995.
10) 홍승희, 『전봉건 시연구―은유와 환유를 통한 시적 주체의 세계인식』, 서강대학교 석사논문, 2007, p.89.

는 점에서 논의의 필요성을 지적할 수 있을 것이다. 시에서 은유란 시인이 세계를 인식하는 방법이자 일상적인 언어가 시성(詩性)을 획득하는 중요한 바탕이 된다. 따라서 시의 근저에는 근본적으로 은유의 원리가 놓여있다고 할 수 있다. 이러한 중요성 때문에 은유는 문학 연구가들의 중요 초점이 되었는데, 은유에 대한 설명에서 보다 폭넓게 은유를 바라보는 시각을 제공한 사람은 벤자민 후르쇼프스키(Benjamin Hrushovski)이다.

그는 리처즈 식의 tenor와 vehicle에 의한 단어 차원에서의 은유 관계를 넘어서서 의미론적 통합을 이루는 동질적 영역 간의 상호작용하는 지시틀(frame of reference : frs)로서의 은유 이론11)을 세운다. 그는 시를 구성하는 다양한 개체들이 의미론적 동질성을 통해 하나의 틀을 형성하고12) 이 틀과 틀 간의 상호 침투 작용을 통해 새로운 의미 영역을 구성해낼 수 있다고 본다. 또한 이 지시틀의 개념을 통해 은유의 영역을 텍스트 전반의 구조적 차원으로 확대시킨 것이다. 그래서 그의 지시틀 이론은 은유가 단순히 구문을 넘어서 텍스트 전체의 구조적 차원에서 가능할 뿐 아니라 시인의 내적 인식의 차원으로까지 확장될 수 있다는 점

---

11) Benjamin Hrushovski, 「Poetic Metaphor & Frames of Reference」, Poetic Today V, 1984.
   후르쇼프스키는 문학에서의 은유를 정적이고 불연속적인 단위로 고찰해서는 안되며, 텍스트 연속체, 섬세한 문맥, 독특한 지시틀의 관계, 해석에 있어서의 독립성 속에 변화하는 역동적 모형으로 고찰해야 한다고 강조한다. pp.10~11.
12) 텍스트를 매개하는 지시틀은 텍스트 내에서 분리된 대상이 아니라 단어, 문장 혹은 하부 패턴들을 연결하는 언어적 패턴으로 독자에게 나타난다. 이러한 요소들 각각이나 요소들의 결합은 지시틀 내부나 외부에서 이것들이 직접 속해있는 문맥 혹은 더 확장된 문맥과 독자적 관계를 가질 수 있다고 한다. "The network of frs presents what the text is about. They provide the bridge between words of a natural language and representation of the ever-changing 'World'. They serve, too, for the transition from the lower, formalized levels of language to the open, individually contextualized, thematic bodies of communication." p.11 및 pp.20~25.

에서 은유를 바라보는 새로운 관점을 제공해준다고 할 수 있다. 그에 따르면 은유란 고정된 단위라기보다 열려진 관계13)이며, 시의 형식과 시적 세계 사이를 넘나들 수 있는 것이 된다.

은유란 텍스트의 내적 관계는 물론 외부 세계까지도 함께 작용하는 역동적 모형(dynamic modeling)으로 바라보아야 한다는 그의 관점은 전봉건의 『돌』에 나타난 은유적 상상력의 체계를 파악할 수 있는 유용한 방법론이 될 수 있다고 본다.14) 이 같은 이론적 배경을 바탕으로 이 글에서는 전봉건의 마지막 시집 『돌』이 갖는 영원성과 초월성이 어떠한 은유적 상상력의 체계 속에서 형상화되는지를 살펴본다. 그래서 『돌』의 전작품 중 초월성이 강하게 드러나는 작품들을 중심으로 은유의 구조를 살펴보고, 작품들 간의 상호 지시성이 보여주는 시적 인식과 세계관의 층위를 검토해보고자 한다. 전봉건의 텍스트에서 돌은 "검은 먹돌"(「돌 · 3」), "작은 먹돌"(「돌 · 5」), "한 마리 작은 새"(「돌 · 7」), "남근석"(「돌 · 11」), "굽은 돌 · 하얀 돌"(「돌 · 15」), "무늬돌"(「돌 · 17」), "돌밭"(「돌 · 18」, 「돌 · 24」) 등의 이름으로 탈바꿈하면서 "물기를 머금은 돌", "무거운 돌", "영롱한 돌", "촉촉히 빛나는 돌" 등 다양한 속성을 지니고 나타난다. 그가 형상화시킨 돌의 특성은 상이한 것들을 동시에 포괄하는 은유의 근본적인 속성에 누구보다도 근접해 있다. 특히 은유란 고정된 단어나 문장 단위에 독자의 시선을 고정시키지 않고 언술의 층위들이 서로 조력하면서

---

13) 앞의 책, pp.6~7.
14) 후르쇼프스키의 지시틀 이론을 바탕으로 작품을 분석하고 있는 최근의 주목할 논의로는 강소연과 박선영의 논문을 꼽을 수 있다. 세부적인 논지의 차이는 있지만 이들은 후르쇼프스키의 지시틀 이론이 단순한 수사학적 장치가 아니라 시의 본질을 간파하게 하는 원리이자 방법론으로 작용하고 있음을 지적하고 있다. 강소연, 「장석남 시의 은유와 환유 구조 연구」, 『한국문학이론과 비평』 39집, 2008, 박선영, 「김현승의 <마지막 지상에서>에 나타난 은유 미학」, 『어문연구』 62호, 2009.

역동적인 것으로 열려진 세계 경험을 제공하는 것이라는 후르쇼프스키의 은유론은 전봉건의 후기 시세계를 보다 정밀하게 파악할 수 있는 유효한 척도가 될 수 있을 것이다.

2. 물의 영원성과 순환적 자연 은유

전봉건의 전기시들이 주로 전쟁의 상흔이나 고향에 대한 향수를 바탕으로 실향민 의식을 형상화시켰다면, 『돌』 연작시는 사물들 사이의 동일성을 추구함으로써 이상 세계를 향한 지향점을 갖고 있다는 점에서 전기시와는 다른 새로운 면모를 보여준다. 특히 시인은 여러 자연물을 매개로 과거와 현재 사이의 단절과 초월하려는 시도를 보여주는데, '돌'의 이미지가 굴절되어 나타나는 유토피아적 세계는 전쟁 이전의 평화의 세계로서 돌은 과거와 현재 그리고 미래를 이어주는 구조를 가진다.

먼저 시인은 '물'이라는 원형적 이미지를 통해서 과거를 현재 시점에서 재현함으로써 과거와 현재의 화해를 시도하고, 현재의 삶에서 미래까지 통합하고자 하는 열망을 보여준다. 돌 이미지로 나타나는 다양한 자연물의 세계와 이상 세계는 주체인 나에게 집중하기보다는 변이되는 대상 이미지를 중심으로 은유적 시어들을 전위시킬 때 드러난다. 이 장에서는 물의 이미지를 중심으로 초월성의 욕망이 구현되는 양상에 대해 분석해 보고자 한다. 전봉건의 시에서 흐르는 물에 대한 천착은 불멸을 갈망하는 초월적 인식에서 싹트고 있는데, 이는 돌이 갖는 차갑고 단단한 속성을 부드럽고 유동적인 것으로 액화시키려는 상상력의 전이 구조에서부터 파생된다.

1 옛날에/남한강은/북한강의 물줄기와 만나서 합쳐지는
   양평 한참 아래 양수리에서/그 물줄기가 다했다.//
2 그러나/팔당댐이 생긴 뒤로는/양평까지 차오른
   크게 고인 물에 막혀/거기서도 좀 위쪽에 있는
   남한강의 물줄기는/흘러내림을 멈추게 되었다.//
3 흘러내림을 멈춘 강은/이미 죽은 강이다//
4 날마다/석장리 언저리에/흘러내려 와서/
   날마다/석장리 언저리에서
5 죽는 남한강은 거기서 죽기 전
   한차례 기를 쓰듯 여울을 이루다가
   한차례 춤을 추듯 소용돌이를 이룬다//
6 내가 동행한 K군의/물안경을 빌려 쓰고
7 이따금 분명 무지개빛으로 일렁이는
   그 소용돌이의 밑바닥 근처로 자맥질해 들어간 것은
   지난 여름의 어느 날이었다.//
8 물속 모래바닥에는
   부처님처럼 잘생긴 양석 하나가 서 있었고
9 죽기 전 남한강은 가장 깊은 살을 열어
   곱게 영롱하게 불타고 있었다.

—「돌 4」 전문

강의 생명은 바로 끊임없이 흘러가는 '흐름'에 있다고 말할 수 있다. 전체 6연으로 구성된 이 시는 유한한 지상의 삶에서 재생과 윤회를 기약하는 시인의 시정신이 은유의 원리를 통해 구체화된다. 이미론적으로 1, 2, 3, 4, 5와 6, 7, 8, 9가 대칭을 이루며 전개되고 있는데, 1, 2, 3, 4, 5는 고갈되는 남한강에 대한 상황적 진술이며 6, 7, 8, 9는 새로운 삶과 생명을 기약하는 남한강의 모습에 대한 묘사의 축으로 구분되면서 시상이 전개된다. 작품의 공간은 물줄기가 고갈된 "남한강" fr1이지만 연의

확장 구조 속에서 남한강은 재생과 순환의 공간으로 거듭 태어난다. 1에서 "남한강" fr1은 양평 아래 양수리에서 그 물줄기가 고갈된 것으로 그려진다. 그 이유는 2에 제시된다. 팔당댐이 생긴 뒤로 "남한강의 물줄기는 흘러내림을 멈추어" 그 생명력이 고갈될 위기에 처해졌다는 것이다. 그래서 3에는 "흘러내림을 멈춘 강"은 "이미 죽은 강"이라고 하여 "흐름을 멈춘 강"은 곧 '죽음'이라는 은유적 등식이 성립한다.

그러나 이 시에서 남한강은 단순한 강 이상의 의미를 함축한다. 이것은 마지막 연의 "물속 모래바닥에는/부처님처럼 잘생긴 양석 하나가 서 있었고/죽기 전 남한강은 가장 깊은 살을 열어/곱게 영롱하게 불타고 있었다."란 진술에서 구체화된다. "남한강" fr1은 "잘 생긴 양석" fr2이라는 지시틀로 은유적 전이를 이룩하고 신화적 재생의 힘을 부여받는다. "가장 깊은 살을 열어/곱게 영롱하게 불타고 있"는 강물은 "불" fr3이라는 원형적 물질의 층위, "부처님"이라는 신의 층위, "깊은 살"이라는 인간의 층위가 은유적으로 환치되어 새로운 지시 영역을 만들어나간다. 이러한 이질적 언술 구조는 지시틀간의 상호 작용을 통해 초월적이고 영속적인 생명력을 복원한다. 따라서 "영롱하게 불타는 물"은 풍성하게 넘쳐 흐르는 강물과 동일한 의미소를 형성하고 4의 "날마다"라는 시어와 결합하여 긴 시간의 의미를 내포함으로써 작품에 영속성을 부여한다.

4의 "한차례 기를 쓰듯 여울을 이루다가/한차례 춤을 추듯 소용돌이를 이룬다"는 진술을 주목해보자. "여울을 이루며 춤을 추듯 소용돌이를 이루는" 강물은 죽음에 대한 강력한 저항으로서 현실을 초극하려는 의지를 보여준다. 격렬하게 소용돌이치는 강물은 지상의 유한한 삶을 극복하고 초극하려는 시인의 욕망을 간접적으로 담고 있을 뿐 아니라 8의 "물속 모래바닥에 있는" "양석" fr2과 현실/이상 사이의 경계를 허물고 상호 침투함으로써 생명의 불꽃으로 증폭된다. 강이 죽음과 재생, 시간의 영원한 흐름, 생의 순환의 변화상을 상징[15]한다면, 전봉건의 시에서 흐르는 강은 시인 자신의 상처를 들여다보는 공간이자 상처의 극복을 통한 재생이라는 의미로 형상화되고 있다.

이렇게 이 시는 흐르는 강물의 은유적 전이를 통해 영원과 재생을 가시적으로 의미화하며, 동시에 현실적 고난을 극복하고 자연의 영험한 섭리를 체현한 강의 흐름에 신성성을 부여한다. 시적 화자의 시선은 영롱하게 불타는 강을 체현하기 위해 수직적 상승 운동을 한다. "돌" fr1을 중심축으로 하여 수평과 수직이 교차되는 언술 체계를 구축한다는 뜻이다. 즉 수평축인 "소용돌이의 밑바닥 근처"는 공간의 무한성을 내포하고 있으며 수직축인 "불" fr3이 "곱게 영롱하게 불타는" 것은 액체가 기체화되어 상승 확산됨을 의미하기 때문이다. 그 무한한 공간은 "날마다"라는 시간과도 대응된다. 이것은 시간과 공간의 관계망 속에 존재하는 부정적인 것들을 초월의 힘으로 포용하려는 화해와 용서의 자각일 수 있다. 그래서 생의 섭리와 이치에 대한 시인 자신의 존재론적 자각일 수도 있을 것이다. 이를 바탕으로 각각의 지시틀을 중심으로 도표를 만들면 다음과 같다.

〈표 1〉

fr1 남한강	fr2 양석	fr3 불꽃 ← 신화적 강
히강	고정	싱승
ⓐ 흘러내림을 멈춤 ⓑ 소용돌이를 이룸	부처님	강 : 삶과 재생의 자연
살	나와 양석의 합치	물 속 모래바닥 : 재생 공간
열다	서있다	불타다

15) 진쿠퍼, 이윤기 역, 『그림으로 보는 세계 문화 상징 사전』, 까치, 1994, p.328.

　한편 이 시가 표방하는 실제적 사건—강이 흐른다—를 fr1-1으로 설정하고 시가 전개되는 순서대로 지시틀을 따라가다 보면 '물줄기가 다했다→ 멈추게 되었다→ 죽은 강이다→ 소용돌이를 이룬다→ 무지개 빛으로 일렁이는 양석 하나가 서 있었다→ 곱게 영롱하게 불타고 있었다.'의 순서대로 이루어짐을 알 수 있다. 연속적으로 보이는 이 모든 요소들이 서로 연계하여 은유적 전이를 보이고 상하(上下) 공간을 넘나들며 타오르는 "불"로 응축되고 있는 것이다. 전봉건의 돌은 타오르는 불이 석화(石化)되어 만들어진 것이며, 이러한 고체화의 과정에서 불안에서의 죽음을 완성함과 동시에 생명을 가진 빛과 열의 존재로 전환[16]되고 있다. 이 과정에서 자연적 존재로서의 "돌" fr2과 신성화된 존재로서의 "강" fr1이 보여주는 지시영역이 서로의 의미를 보완·확장하며 시적 의미를 증폭해내고 있다고 할 수 있다. 이를 다시 도표로 만들면 다음과 같다.

〈표 2〉

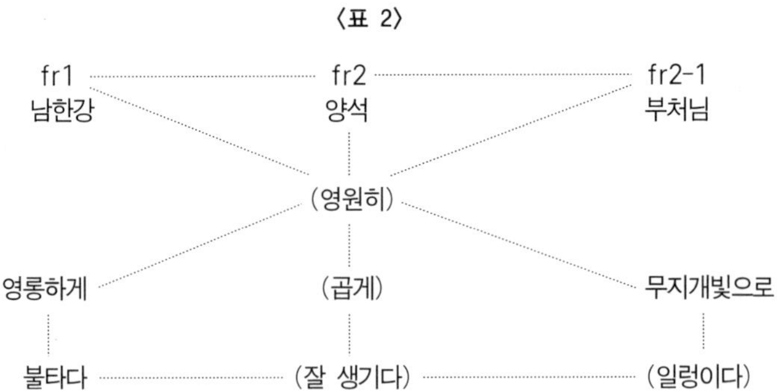

　다음의 시에서도 흐르는 물을 통해 영원성이 지속되고 있을 뿐 아니

16) 박민영, 「전봉건 시에 나타난 불 이미지의 변용 연구」, 이화여대 석사논문, 1989, p.76.

라 현실의 삶을 초극하고자 하는 시인 자신의 내면 의식이 잘 드러나고
있음이 주목된다.

> 1 서울서 가면/물이 끝나고 길도 끝나는/이른 아침에
>   모래밭이 길게 가로 누워 있고/그 한가운데 돌 하나 앉아 있고
>   그 앞에는 강물이 흐르고 있다/
> 2 수백 년 흐른 강물이 또 흐르고 있다/수천 년 흐른 강물이 또 흐
>   르고 있다
>
> ···(중략)···
>
> 3 그 강물에 귀 씻고 앉아 있는 돌 하나/
> 4 그 돌 하나가 듣고 들은 것은 무엇인가
> 5 그 돌 하나가 듣고 있는 것은 무엇인가
>
> —「돌·38」에서

물은 인간의 사유 가운데서 가장 큰 가치 부여 작용을 하는 물질 중
의 하나이다.[17] 특히 강물은 과거와 현재·미래로 이어지는 변화와 지
속의 표상이다. 전봉건의 시인의식은 이 강물을 매개항으로 하여 시간을
공간화[18]시키고 있기도 하다. 이 작품에서는 흐르는 "강물" fr1과 "돌"
fr2이라는 두 개의 지시틀을 중심으로 의미 구조화되고 있는데, 흐르는
"강물" fr1은 유구한 역사와 전통의 증위를 가지며 현실적 삶의 한계를
초극하려는 영원성에 대한 의지를 형상화한다고 할 수 있다. 수백 년,
수천 년, 수만 년이라는 시간의 층위는 강물이라는 공간의 층위로 이전
하면서 초월성을 가시화[19]하기 때문이다. 시간의 흐름을 강물에 비유하

---

17) Gaston Bachelard, 이가림 역, 『물과 꿈』, 문예출판사, 1986, p.24
18) Hans Meyerhoff·김준오 역, 『문학과 시간 현상학』, 삼영사, 1987, p.30.
19) 박선영, 앞의 글, p.332.

는 것은 보편적인 표현이지만 강은 모든 인간의 역사를 지켜보며 함께 해 온 자연이기에 이 시에서는 인간 삶의 근원적 토대일 뿐 아니라 시적 화자의 자기 응시의 공간이 되기도 한다. 화자는 실존적 의식의 눈을 뜨고 "강물" fr1을 마주하며 모래밭에 있는 "돌" fr2을 생각한다. 또 그 "돌" fr2 하나가 과거에 "들은 것", 그리고 현재 "듣고 있는 것"은 무엇이냐는 물음을 던지며 "돌" fr2이 간직하고 있는 역사와 깊이를 성찰하고자 한다. "강물" fr1은 시인 자신의 생명과 숨겨진 자아를 찾는 정신적 공간으로 전위되며, 시인은 "모래밭" fr3에 놓인 돌에 자신의 실존의식을 투영시킨다. 이때 물이 끝나는 곳에 놓인 "모래밭" fr3은 시인이 자기 응시를 통해 과거와 현재를 연결하고 시인 의식의 지향과 이상향을 완성하도록 이끌어주는 경계 공간으로서의 역할을 하고 있다. 수백 년, 수천 년 흐른 강물은 돌을 적셔 영원한 시간을 부여할 뿐 아니라 시·공간의 단절이나 갈등을 극복한 소통의 상태를 지향한다. 이때 생명이 지상의 존재를 적시고 침투함으로써 자아와 대상이 하나로 합치되는 순간은 자아와 세계 혹은 자아와 대상이 구분되지 않는 혼융의 순간을 보여주는 것이라고 할 수 있을 것이다.

이렇게 전봉건의 시에는 강물이라는 자연물에 의해 존재론적 영원성이 실현되는 양상을 보인다. 비교적 단순한 은유구조 속에서 초월성이 실현되고 있지만, 유동적인 물에 의해 영속적 시간이 생성[20]되고 있으며 이는 "돌" fr2이라는 지시틀과 상호 결합함으로써 현실의 삶을 극복하고 초월을 지향하고자 하는 시인 자신의 욕망의 흐름을 파악할 수 있다고 생각한다.

---

20) 박선영, 앞의 글, p.335.

3. '새'의 수직적 상승과 초월적 존재 은유

앞장에서는 물의 이미지를 중심으로 영원한 삶과 시간에 대한 갈망이
의미화되는 양상을 분석해 보았다. 이 장에서는 전봉건 시의 주요 모티
프 중 하나인 "새"라는 지시틀의 은유적 변전에 대해 고찰해보고 이들
이 어떤 의미 체계를 구축하는지를 분석해보고자 한다. 전봉건 시에서
상승을 지향하는 초월적 욕구는 "새"라는 존재를 통해 변용되거나 전이
되는 양상을 보인다. 그 욕구는 "넋돌"이라는 시어를 탄생시키기도 하는
데, 그것은 넋이 깃들거나 새겨진 돌로서 이승에서 살아"날아 다"니는
동시에 환상 속에서 살아있는 돌로 다시 태어난다.

1　이월 하순/2 산간을 흐르는
　　강나루에서/배를 기다리다가
　　나는 문득 거기가
3　1951년 봄 어느날
　　도강작전에서 전우 K가 죽은
　　바로 그 자리인 것을 되살려냈다
4　해질 무렵에야
5　돌아온 배에 오르려다가
6　나는 봄눈 녹는
　　나루터 찬물 속에서
7　삭은 뼈처럼 하얀
　　돌 하나를 건져있다
8　날개 뼈 같은 그런 모양이었다
9　벌써 어둡기 시작하는
　　여울 쪽에 이름 모를/새 한 마리가/날고 있었다

—「돌 1」 전문

　많은 평자들이 언급한 이 작품은 돌의 이미지가 "삭은 뼈" → "새"의 이미지로 전이되고 있는 구조를 가진다. 이 텍스트는 먼저 시적 화자가 "전우 K" fr1를 통해 과거, 현재 그리고 초월적 세계 사이를 넘나드는 방식을 보여준다. 시적 주체인 "나" fr2는 "전우 K" fr1에 대한 기억을 행을 따라 순차적으로 진행시키고 있다. 이때 "전우 K" fr1는 과거의 인물이 아니라 시적 주체인 "나" fr2를 통해 재현되는 현재의 인물이 된다. 따라서 과거와 현재는 단절된 불연속적 시간이 아니라 연속적인 시간이 되며, 과거와 현재가 일치된 세상이 작품에 전경화되고 있다. 시인은 "1950년"이라는 시간 속에서 강을 건너다 죽은 "전우K" fr1와 오늘 강에서 날고 있는 한 마리 "새" fr4를 통해 과거와 현재의 시간을 통합한다. 어제의 시간 속에서 "전우" fr1는 죽었지만 오늘의 시간 속에서 그는 한 마리 "새" fr4로 태어나고 있는 것이다. 이 작품에 나타난 은유 체계를 도표화하면 다음과 같다.

〈표 3〉

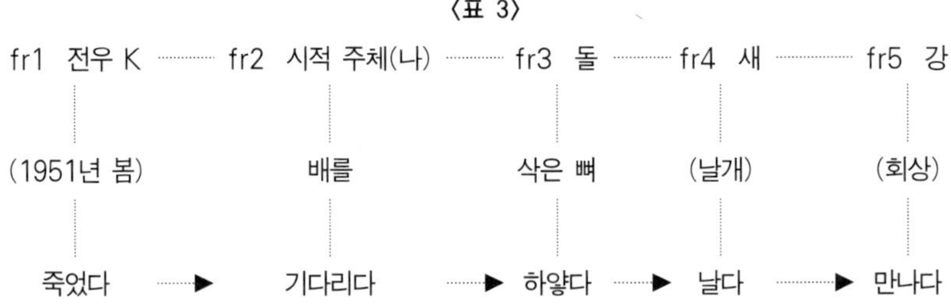

　"전우 K" fr1에 대한 이미지는 돌 fr3 → 새 fr4로 전이되는 은유적 구조이다. 시적 주체 fr2의 시선은 공간인 강나루 fr5 → 전우 K fr1 → 돌 fr3 → 새 fr4로 이동하고 있으며 이미지의 전이 양상을 통해 과거와 현재가 하나로 합치되는 지점을 응시하고 있다. 이들 지시틀은 주체인

"나" fr2가 "전우 K" fr1를 "되살렸다"는 행위와 "돌 하나를 건져냈다"는 행위를 공유하면서 상호작용함으로써 융화된다. 어제의 "전우" fr1는 죽었지만 "새" fr4가 날아오르는 초월적 자유를 획득하는 것으로 의미가 이행되는 것이다. 1행의 "이월 하순"과 5행의 "1951년 봄 어느날"이라는 시간적 배경과 "바로 그 자리"라는 공간적 배경의 유사함이 시적 주체에게 과거와 현재를 이어주는 매개 고리 역할을 하기 때문이다. 과거에 이별의 장소였던 "강" fr5은 현재의 회상을 통해 만남의 공간으로 은유적 의미 이행을 하고 있다.

"나" fr2는 1.2에서 죽은 "전우" fr1를 떠올리는데 그치지만, 5, 6, 7, 8에서는 "돌" fr3을 통해 "K" fr1를 환기하며 과거와의 만남을 시도하고, 9에서는 날아가는 "새" fr4를 "K" fr1의 분신으로 여겨 죽음의 공간에 있는 "K" fr1를 호명함으로써 과거와 현재가 상호 융합하는 초월적 세계를 인지하고 있다. "전우 K" fr1, "돌" fr3, "새" fr4 사이에는 별다른 인과성이나 유사성이 존재하지 않는 듯하지만, 시적 주체의 진술을 통해 각각의 지시틀 사이에 인과관계가 성립함21)을 알 수 있다.

다시 말해 시적 주체가 과거·현재·초월적 세계를 하나로 소통시키는 방식은 "돌" fr3이라는 지시틀에 의해 가능해지고 있는 것이다. 또 "해질 무렵"과 "삭은 뼈"는 '사라진다'의 의미의 동일성22)을 가지고 있으며 "날개 뼈"와 "새 한 마리가 날고 있었다"에서는 '날다'라는 새로운 지시틀이 형성됨을 알 수 있다. 그래서 "전우 K" fr1를 통해 환기되는 돌이 의미론적 전이를 발생시킴을 알 수 있다. 이런 의미론적 동일성으로 생성된 인과관계는 어두운 곳에서 날아가는 새의 실체와 전우 K 사

---

21) 홍승희, 앞의 책, p.77.
22) 홍승희, 앞의 책, p.77.

이의 관계를 화해시키는 도구가 된다. 죽은 전우를 현실에서 만남으로써 현재와 과거를 소통시키는 것은 시적 주체가 지향하는 이상 세계와 현실을 동일화시키고자 하는 주체의 욕망에서 나온 것이다. 다음 시에서도 새를 매개로 한 존재 초월의 욕구가 형상화되고 있다.

> 1 죽은 돌은/오래 삭은/스스로의 몸을 풀어
>   모래톱의 모래로 돌아갈 뿐
>   무덤을 짓지 않는다
> 2 그리하여 다만
>   모래 한 줌 더 보태진 그 모래톱
> 3 가장 밝고 맑은 자리에는
>   새 발자국이 찍힌다.
> 4 곧장 하늘에서 내려왔다가
> 5 곧장 하늘로 날아오른 발자국이 찍힌다

—「돌·45」 전문

이 시는 현실적 존재의 한계를 뛰어넘는 영원성에 대한 지향이 "돌" fr1과 "새" fr3를 통해 구체화되고 있다. 지시틀 "죽은 돌" fr1은 스스로 몸을 풀어 모래톱의 "모래" fr2로 돌아간다. 그것은 돌의 무거움과 견고성에서 탈피한 소멸의 극점을 의미한다. "돌" fr1은 지상의 단단하고 무거운 질료로서 인간에게 주어진 유한한 운명에 저항하여 무한히 지속하고자 하는 갈망을 투사할 수 있다. 돌은 모든 것이 사라진 후 남는 최후의 자연물[23]이기도 하다. 그러나 이 시에서 소멸이라는 시간의 층위는 "새" fr3의 "발자국"으로 인해 또다른 생명을 잉태하는 근원적 생명성으

---

23) 김화영, 『문학상상력의 연구』, 문학사상사, 1982, p.352.

로 전이된다. "모래 한 줌 더 보태진 그 모래톱"을 "가장 밝고 맑은 자리"에 비유하는 것은 죽음과 삶을 통합적으로 인식함으로써 새를 날아오르게 하고 어둠으로 표상되는 지상으로부터의 극복을 위한 시적 욕망의 표현이라고 할 수 있다. 돌은 죽어서도 지상에 무덤을 만들지 않고 스스로를 해체하여 "밝고 맑은 모래"가 됨으로써 새라는 초월적 생명체를 만들어 낸 것이다. 이것은 죽음과 소멸을 극복하고 생명을 창조하려는 시인 상상력의 내적 구조를 반영[24]한다. 새는 수직으로 날아오르는 형상성으로 인해 하늘과 땅을 이어줌으로써 육체의 소멸을 영원한 생명으로, 시간의 단절을 억겁(億劫)으로 전환시키는 지시틀로 기능한다.

　지상의 구속과 현실의 무게로부터 자유로와져서 정신의 유연화를 획득하려는 이러한 은유체계를 통해 우리는 하나로 통합된 공간과 시간 속에서 자유로운 존재의 형상을 갈구하는 자아 실현의 시적 주체를 만날 수 있는 것이다. 따라서 "죽은 돌" fr1은 존재의 소멸을 동시에 영원한 생명으로 전환시키는 재생의 물질이라고 말할 수 있을 것이다. 지금까지의 분석을 바탕으로 도표를 만들면 다음과 같다.

〈표 4〉

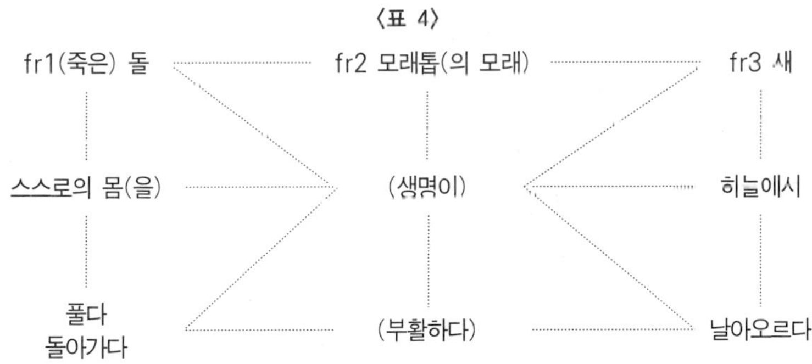

한편, 이러한 돌의 새 이미지는 "아름다운 만세소리"로 변주되어 지나간 역사의 상처를 어루만지고 황홀한 시적 순간을 열어 놓을 뿐만 아니라, 지상의 유한한 삶을 극복하는 초월적 욕망을 현실적 사건을 빌려 가시화하고 있다.

그런데 나는 마침내 주체할 수 없는 그렇게 크낙한 놀라움에 취하고 황홀함에도 취하였으니 다름이 아니었다. 홀연 渼沙里 돌밭의 수없이 많은 돌들이 공중으로 날아오르는 게 아닌가. 수없이 많은 새가 되어 일제히 날개쳐 날아오르는 것이 아니던가. 渼沙里 돌밭을 덮고 渼沙里 돌밭의 하늘도 덮은 수없이 많은 새들의 날개치는 소리. 아아 그 소리는 내가 이 세상에 살아서 듣는 것 가운데서 가장 크고 높은 또한 아름다운 만세소리였다.

―「돌·19」에서

이 시는 "渼沙里"로 표상되는 세속적 삶의 한계를 넘어 "새"들 fr2의 날개치는 소리로 현실의 아픔을 극복하려는 시인 의식의 지향성이 나타난다. 시적 주체는 꿈속에서 미사리 돌밭에 간다. 거기서 만난 수없이 많은 "돌"들 fr1은 공중으로 날아오른다는 환상으로 인해 세속을 벗어나려는 욕망을 가시화하며 그 관념은 "크고 높고 아름다운 만세소리" fr3로 변주되는 양상을 보인다. 현실의 유한성을 함축하는 많은 돌들 fr1은 시적 화자의 환청이 개입한 "만세소리" fr3로서 시인 자신의 역사 인식을 은유적으로 형상화한다.

"새"들 fr2의 날개치는 소리는 "3월 1일의 만세소리" fr3로 변주되는데, 그것은 "하얀 옷 입은 조선의 청년, 처녀, 어린이들이 말 탄 일본군의 총칼을 맞고 하얀 옷을 시뻘건 피로 물들이며 손아귀에 거머쥐었던 돌멩이들이 내는 만세소리"이기도 하다.

그때 손에 거머쥔 수없이 많은 돌들이 일제히 날아오르는 "새" fr2 이미지로 변주되어 새로운 지시틀이 생성된다. 이것은 역사의 아픔을 극복하고자 하는 시인 자신의 꿈과 의식을 의미한다고 할 수 있다. 환청으로 들리는 "만세소리"는 지나간 역사의 증거이며, 자유를 획득한 수많은 사람들이 누리고자 하는 초월적 꿈이라고 할 수 있다. 시적 화자는 환청을 매개로 지나간 역사적 사건과 소통하며 동시에 가장 아름답고 황홀한 시적 순간에 놓여지고 있는 것이다.

4. 몸의 통합성과 자기 갱신적 신체 은유

전봉건의 시에서 초월과 재생에 관한 욕구는 인간의 몸을 매개로 새로운 의미망을 구축한다. 특히 그의 시에 자주 등장하는 "살"과 "피"는 하나의 신체 은유로서 인간 실존의 고통을 극복하고 천상과 지상, 삶과 죽음의 통합적 가치를 구현하는 매개물로 등장한다. 그것은 영원한 현재로서의 실존성[25]을 가지고 순환적 시간 내부에서 구체성과 추상성의 경계에 놓이는 개인적 상징이 되기도 한다. 앞장에서도 분석했지만 돌은 과거와 현재와 미래가 응축된 시간의 공간화 속에 수렴된 응결체인 것이나. 새를 통한 수직적 욕망을 통해 초월에의 갈망을 보여준 시인은 자신의 몸을 지시틀로 삼아 다층적인 의미 구조를 만들고 있다.

> 살은 모래로 보내고 피는 물로 보내고
> 그리고 넓은 하늘로 보낼 수가 있다면
> 아마도 나는 먼 훗날 작은 하나의 돌이 되어

---

25) 이성모, 『전봉건 시연구』, 월인출판사, 2009, p.189.

> 다시 이 하늘 아래 모래와 물 곁으로
> 돌아올 것이다
>
> 그때는 곱디 고운 꽃빛 소리 스스로 자아내는
> 하늘 살갗의 돌이 되어 돌아올 것이다.
>
> —「돌 55」 전문

이 시는 시적 화자와 돌이 하나로 일체화되는 구조를 가지며, 영원한 삶에 대한 시인 자신의 갈망이 투영된 작품이라고 할 수 있다. 인간의 몸을 규정짓는 질료인 "살" fr1과 "피" fr2는 모래 fr1-1와 물 fr2-1로 보내고, "넋" fr3은 하늘 fr3-1로 보냄으로써 시인은 지상과 천상의 관계망 속에 존재하는 모든 부정적인 것들을 초극의 힘으로 포용하고자 한다. 이 모든 것들은 하나로 통합되는 은유적 세계 인식에 근거하는 것이라고 할 수 있다. 은유적 세계 인식이 기표와 기의의 낭만적 합일을 지향26)하며 시적 주체와 대상의 동일화를 이룩하려는 의식의 지향성에 있다고 본다면, 시인은 인간과 사물이 합치될 수 있다는 총체성에 대한 믿음을 근본으로 삼고 있다고 할 수 있을 것이다. 이것은 인간이 태어나 타인과 관계를 맺고 사라져가는 것은 우연성에 있다는 인간 존재의 깨달음과도 연결되는 부분이다. 이렇게 탄생과 소멸의 자연스런 과정을 통합하고 이를 대자연의 섭리로 받아들임으로써 그는 "하늘 살갗의 돌" fr3이 되어 돌아오기에 이른다. 시적 화자가 바라보는 세계는 대자연의 영험함 속에서 그 거대한 무게와 넓이를 덜어낸 공간에 불과할 뿐이고, 자신 역시 지상에서의 무게와 넓이를 덜어낸 "하늘 살갗의 돌"에 불과

---

26) 홍승희, 앞의 책, p.76.

할 뿐이다. 이렇게 화자는 자연의 변전과 섭리를 통해, 그리고 작은 돌과의 만남을 통해 인간의 존재와 우주적 질서에 이르는 이치를 깨닫고 있다. 세 가지 지시틀을 중심으로 도표를 만들면 다음과 같다.

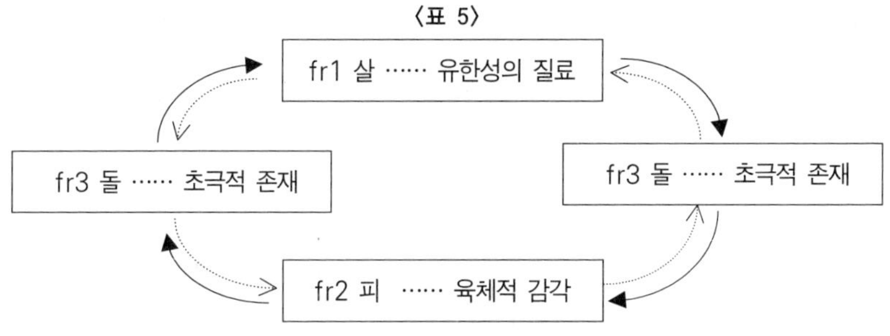

다음의 시는 자연의 변전을 통해 인간의 몸이 최종적으로 도달하게 되는 어떤 법열(法悅)의 경지를 형상화한다.

1 눈물은 바다였다
2 말씀은 나무요 나무뿌리요 나뭇가지요
　나뭇잎이요 별이었다
3 봄은 바람이었다
　마침내 바다
　나무 나무뿌리 나뭇가지 나뭇잎 별
4 바람 불도 사르니
　한 줌 재였다
5 한 줌 재에서 태어난
　한 점 하늘빛 맑은 작디작은
　돌이었다
6 사람들은 그것을 사리라고 불렀다

—「돌 56」 전문

『돌』 연작시의 마지막 작품인 「돌 56」은 'A=B'라는 언어적 은유의 전형적인 형식을 취하고 있다. 1에서 "눈물" fr1은 바다라는 공간의 층위로, "말씀" fr2은 관념적 층위에서 "나무", "나무뿌리", "나뭇가지", "나뭇잎", "별"이라는 자연의 층위로, "봄" fr3은 "바람"이라는 천상의 층위에서 "바다"라는 공간의 층위로 그리고 다시 "불"이라는 기체의 층위로 다각적인 변주의 과정을 보여준다. 다양한 층위의 자연은 궁극적으로 "작디작은 돌=사리" fr4로 응축되어 신체적인 속성을 사물화시키고 있다.

인간의 신체가 "사리"라는 "돌" fr4로 전이되는 궁극적인 의미는 세속적 삶의 극복과 초월에 대한 욕망에 있다고 할 수 있다. 화자는 "눈물" fr1, "말씀" fr2, "봄" fr3, 나무, 재 등의 자연물의 존재 양태를 통해 인간 실존을 작고 단단한 돌로 응축시킨다. 이것은 돌의 존재 양식과 사리의 존재 양식이 아주 흡사하기 때문이다. 인간이 유구한 자연의 흐름과 섭리를 깨우치고 득도(得道)의 경지에 들어섰을 때 거룩한 완성에 이를 수 있는 것이 바로 사리이다. 사리는 부단한 인내와 고독을 통해 인간이 획득할 수 있는 정신의 응결체로, 우주적인 것에서 개인적인 것으로 혹은 그 정반대의 전이가 일어나는 고결한 천상의 빛이라고 할 수 있다. 이것은 지상과 천상과 인간이 하나됨에 다름 아니다. 빛나는 "사리" fr4는 인간의 빛나는 정신의 거울로서 속된 육체의 무게를 덜어내고 성스러운 정신의 가벼움을 획득한 결과물인 것이다. 이때 "작디작은 돌" fr4이라는 광물의 층위와 "사리" fr4라는 층위는 일체감을 형성하여 돌이 가진 지상적 의미를 천상의 의미로 전이시킨다.

〈표 6〉

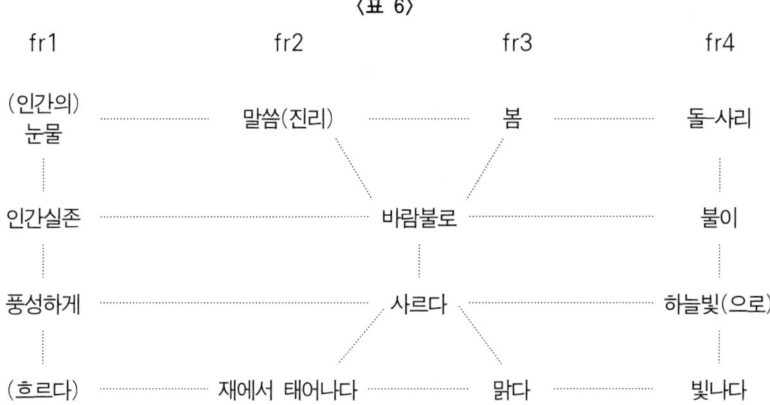

이렇게 시인은 자연의 존재 양상을 통해 인간 실존을 "사리" fr4로 구체화한다. 이것은 자연이라는 우주의 층위와 사리라는 인간 실존의 층위가 하나로 일체감을 형성한다. 먼저 "말씀" fr2은 "나무", "나무뿌리", "나뭇가지", "별"에 비유되어 말씀이 지상과 천상의 속성을 함께 공유하는 것으로 그려진다. 또 1, 4는 의미구조상 대칭축을 이루고 있는데 "말씀=나무, 나무뿌리, 나뭇가지, 나뭇잎, 별" "봄=나무, 나무뿌리, 나뭇가지, 나뭇잎, 별"이라는 은유적 등식관계가 성립한다. 말씀과 봄이라는 추상적이고 관념적인 실체가 자연물의 속성으로 구체화되어 인간과 자연 사이에 역동적인 유비(類比) 관계가 형성되며 대비적 시어들이 은유적 의미 작용 속에서 새롭게 갖게 되는 초월적 생명을 구체화하고 있다.

작품에 구현된 사리가 궁극적으로 의미하는 바는 초월적 욕망에 있다고 할 수 있다. 인간의 삶은 지상과 천상 사이를 기웃거리며 끊임없는 욕망과 갈등 사이를 진동하지만, 몸을 불로 태우고 재 속에서 거듭난 사리는 그 모든 삶을 초극한 결정체라고 할 수 있다. 사리는 인내와 고행을 필요로 하는 고독한 결과물이지만, 인간 존재의 소멸을 동시에 영원한 생명으로 전환시키는 재생의 물질이기도 하다. 이는 재생을 갈망하는 시인 인식의 확대와 갱신을 대변해준다고 말할 수 있을 것이다. 이처럼 이 시는 "사리"로 표상된 돌의 은유적 변전과 신체적 전이를 이루면서 초월성이 실현되고 있다.

> 1 대나무로 만든
>   피리의 구멍은 전부 아홉 개다
> 2 사람의 몸에도 아니 뼈에도
>   아홉 개의 구멍은 날 수가 있다
>   아홉 개의 구멍 난 돌도 있다
> 3 그제는 30년 전 한 이등병이 피 흘린
>   강원도 깊은 산골짜기에 떠도는 피리소리를 들었고
> 4 어제는 충청북도 후미진 돌밭을 적시는
>   강물 속에 떠도는 피리소리를 들었다
> 5 오늘 내가 부는 대나무 피리소리는
>   그제의 피리소리와 어제의 피리소리가
>   하나로 섞인 소리로 떠돈다

―「돌 31」 전문

이 시는 "사람 몸에 아홉 개의 구멍"이 새겨질 수 있다는 진술에서부터 시작하면서 "어제"와 "오늘"의 소통에 관해 이야기하고 있다. 그제와 어제에 들리는 "피리소리" fr3는 사람의 "몸" fr2과 "돌" fr4에 새겨진 소리로 오늘 시적 주체가 부는 대나무로 만든 "피리소리" fr3와는 다른 것이다. 그러나 마지막 행에서 보이듯 "피리소리"는 "하나로 섞인 소리"로 세상을 떠돌아다닌다. "대나무" fr1, "사람" fr2, "돌" fr3이라는 시어들은 모두 다른 질료들로 만들어졌지만 이들 구멍에서 나는 소리는 세

상에서 만나고 함께 섞임으로써 오늘을 형성하기에 이른다. 시적 주체인 나는 "대나무" fr1, "사람" fr2, "돌" fr3을 통해 시간과 공간을 초월해 "30년전 이등병의 피리소리"와 "후미진 돌밭 사이"의 "피리소리" fr3를 들으며 과거와 소통하고 있다.

시적 주체가 "그제와 어제의 피리소리"를 들었고 오늘 부는 피리소리가 "하나로 섞인 소리로 떠도"는 공간은 과거와 현재가 통합되고 화해를 이룩한 낭만적 합일의 공간이라고 할 수 있다. 그것을 매개하는 지시틀은 바로 "구멍"이라고 할 수 있다. 원형상징에서 구멍은 깊이와 높이, 모두를 상징하며 대지의 구멍은 여성적 동양 원리를 뜻하고, 속이 비어 있는 모든 것과 동일한 상징성[27]을 가진다고 한다. 인간이 그 구멍을 통과하면 지상의 것들을 초월하고 천상으로 진입하는 매개물이 되기도 한다. 지상과 천상을 매개하는 구멍에서 나오는 피리소리는 그제, 어제, 오늘이라는 시간대를 모두 하나로 아우르면서 의미의 불확정성을 채워주는 역할을 하고 있다. '대나무로 만든 피리의 구멍 아홉 개', '사람의 몸에 난 아홉 개의 구멍', '아홉 개의 구멍난 돌'은 상처 인식의 통로이자 더불어 상처를 초극하려는 통로이고, 지상의 것들을 초월하여 천상적인 것으로 변용시키는 전위소가 된다.

죽은 전사의 산골짜기에 떠도는 피리소리와 돌밭을 적시는 강물 속의 피리소리가 하나로 섞여 지상에 울려퍼진다는 것은 이승과 저승의 거리를 극복하고 상처를 초극하고자 하는 시인의 내적 욕망을 암시한다. 이러한 시어들을 의미의 충돌이나 나열에 그치지 않고 은유적 전환을 통해 텍스트에서 의미있게 만드는 것이 바로 지시틀 간의 상호 작용이다.

27) 진쿠퍼, 이윤기 역, 앞의 책, p.167.

이를 바탕으로 도표를 만들면 다음과 같다.

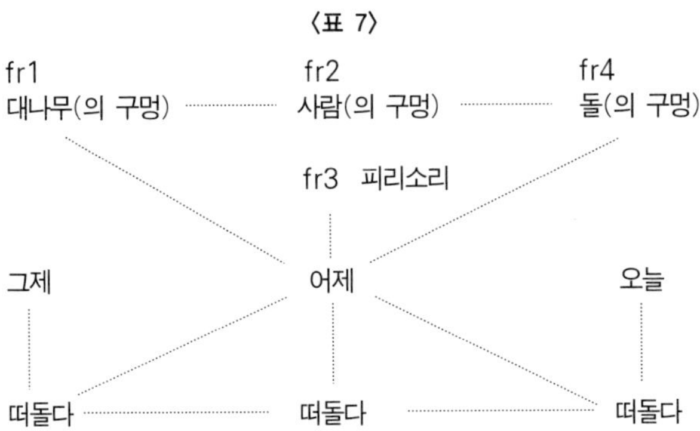

다음의 시에서도 '돌'과 '몸'이 하나로 통합된 시적 인식을 엿볼 수 있다.

> 나는/돌과/하나로/섞일 수가/있다//
> 내가/죽어/다 삭은/뼈에 구멍/뚫리고/
> 그 구멍이/피리소리와도 같은
> 그런 소리를/낼 수가/있다면//
> 그리고 저 모래밭에 묻힌/구멍 뚫린 돌이/
> 뚫린 구멍으로/피리소리와도 같은/
> 그런 소리를 내어/
> 모래밭을/촉촉히/적실 수가/있다면
>
> —「돌 32」에서

시인은 "돌" fr1과 "나"(자아) fr2가 하나로 합치된 경지를 형상화한다. 1연에서는 돌과 하나로 섞일 수 있다는 진술에서 시작하여 6연에서는 "구멍 뚫린 나"와 "구멍 뚫린 피리"와 같은 소리를 낼 때에 돌과 하나로 섞일 수 있음을 강조하여 말하고 있다. '구멍 뚫린 돌'은 '구멍 뚫린 나'와 은유적 등식 관계를 이룩한다. 구멍이 뚫렸다는 것은 인생의 고난과 상처를 의미하며, 그 구멍을 통과하여 소리를 낸다는 것은 상처의 극복과 초월의 의지를 의미한다. 시인은 그 상처를 통해 스스로를 극복하고 초극하는 경지에 이르렀음을 "피리소리" fr3라는 지시틀을 통해 형상화하고 있는 것이다. 구멍을 통해 나오는 피리소리는 지상에서의 가장 아름다운 조화와 평화의 음악이자, 시적 자아와의 완벽한 합일을 지향하는 지시틀이라고 할 수 있다. "피리소리" fr3는 "나" fr2와 "돌" fr1과 세상을 하나로 묶어주는 초월적 지시틀로서 모든 분별을 해체하고 우주와 완전하게 하나로 합치되게 하는 역할을 하고 있다.

이렇게 시인은 인간의 몸을 매개로 돌이 은유적으로 전이되는 양상을 다양하게 그려 지상의 삶을 극복하고 평화로운 삶을 지향하는 내면 의식을 드러낸다. 지시틀 간의 상호 작용은 모순으로 느껴지던 텍스트에 의미의 연결고리를 놓아 생명의식과 사랑을 추구하는 시인 의식의 역동성을 보여주는 것이다.

5. 생명 창조의 내적 구조

이 글은 후르쇼프스키의 지시틀 이론을 적용하여 전봉건 시집 『돌』에 나타난 초월성이 어떠한 은유적 변전을 거치며 나타나는지를 분석해 보았다. 구체적으로는 『돌』에 나타나는 초월성이 어떤 은유적 의미망 속에서 구현되는지를 살펴보고 이를 바탕으로 전봉건 후기시의 지향성이 어떤 미학적 연관성 아래 창작되었는지를 검토해 본 것이다.

전봉건의 연작시 『돌』은 시적 긴장감을 표면화시키지 않은 직관의 힘을 바탕으로 비유의 다층적 의미 계열을 형성하고 있음을 알 수 있었다. 먼저 2장에서는 물이라는 원형적 이미지를 통해서 과거를 현재 시점에서 재현함으로써 과거와 현재의 화해를 시도하고, 현재의 삶에서 미래까지 통합하고자 하는 시인 의식을 규명해 보았다. 시인은 여러 자연물을 매개로 과거와 현재 사이의 단절을 초극하려는 시도를 보여주는데, "돌" 이미지가 굴절되어 나타나는 유토피아적 세계는 전쟁 이전의 평화의 세계로서 돌은 과거와 현재 그리고 미래를 이어주는 구조를 가진다. 전봉건의 시에서 흐르는 물에 대한 천착은 불멸을 갈망하는 초월적 인식에서 싹트고 있는데, 이는 돌이 갖는 차갑고 단단한 속성을 부드럽고 유동적인 것으로 액화시키려는 상상력의 전이 구조에서부터 파생된다.

3장에서는 "새"의 지시틀을 중심으로 전봉건 시의 주요 모티프 중 하나인 새의 은유적 변전에 대해 고찰해보고 이들이 어떤 의미 체계를 구축하는지를 분석해 보았다. 그의 작품에서 새는 죽음과 소멸을 통해 생명을 창조하려는 시인 상상력의 내적 구조를 반영한다. 새는 수직으로 날아오르는 형상성으로 인해 하늘과 땅을 이어줌으로써 육체의 소멸을 영원한 생명으로, 시간의 단절을 억겁(億劫)으로 전환시키는 역동적 매개항이기도 하다. 지상의 구속과 현실의 무게로부터 자유로워져서 정신의 유연화를 획득하려는 이러한 은유 체계를 통해 우리는 하나로 통합된 공간과 시간 속에서 자유로운 존재의 형상을 갈구하는 시적 주체를 만날 수 있는 것이다.

4장에서는 인간의 몸을 매개로 돌이 은유적으로 전이되는 양상을 통해 지상의 삶을 극복하고 평화로운 삶을 지향하는 시인의 내면 의식에 대해 고찰해 보았다. 특히 "피리소리"는 "나"와 "돌"과 세상을 하나로 묶어주는 초월적 지시틀로서, 모든 분별을 해체하고 우주와 완전하게 하나로 되어 총체성으로 나아가게 하는 역할을 하고 있다.

이렇게 『돌』에서는 세 가지 층위에서의 은유를 바탕으로 세속적 삶의 유한성을 극복하고 초월성을 갈망하는 시적 인식이 구체화되고 있었다. 이를 바탕으로 전봉건의 시집 『돌』에 나타난 재생과 초월성이 은유적 세계 인식에 기반을 두고 있음을 알 수 있었다. 이 글은 전봉건의 시집 『돌』을 후르쇼프스키의 지시틀의 상호 작용을 통해 규명하고 그동안 간과되었던 은유 구조를 새롭게 규명했다는 점에서 의의를 가진다고 생각한다.

확산과 초월, 불멸의 실존 은유를 찾아서

박남수의 시세계

1. 들어가면서

시인 박남수(1918~1994)는 1918년 평양에서 태어나 정지용의 추천으로 1939년 『문장』지를 통해 등단한 이후 일곱 권의 시집과 세 권의 시선집을 상재하였다.[1] 그는 섬세한 직관과 감각적인 조형 이미지를 바탕으로 어느 유파나 동인에도 속하지 않는 독창적인 시세계를 구축하여 많은 평자들의 주목을 받아왔다. 박남수에 대한 논의는 1970년대 이후 단일 시집이나 특정 이미지를 중심으로 이루어지기 시작하다가 1990년대 이후에는 학위논문으로도 연구가 발전하는 양상을 보여주었다.

그동안의 박남수에 대한 논의는 첫째, 그의 시가 지니는 감각적 면모

---

1) 『초롱불』(삼문사, 1940), 『갈매기 素描』(춘조사, 1958), 『神의 쓰레기』(모음사, 1964), 『새의 暗葬』(문원사, 1970), 『사슴의 冠』(문학세계사, 1981), 시선집 『한국현대시문학대계21』(1982), 시선집 『어딘지 모르는 숲의 기억』(1991), 『서쪽, 그 실은 동쪽』(인문당, 1992), 시선집 『새소리』(1992), 『그리고 그 以後』(문학수첩, 1993), 『小路』(시와 시학사, 1994).

와 관념의 세계를 집중적으로 분석하는 경우로2) 이들은 주로 새의 이미지 분석을 통해 새가 절대적 상징성을 넘어 삶의 유한성을 극복하고 의미 가치로서의 부활을 지향하는 것으로 파악한다. 둘째, 시인의 의식 세계의 변모 양상을 다룬 글3)로 이들은 시인 의식의 지향점을 시기별로 구분하고 통시적으로 개별 작품을 나누어 분석하고 있는 경우이다. 셋째, 이미지의 분석에 바슐라르의 상상력 이론을 원용한 경우로 한국 현대시의 이미지즘을 긍정적으로 심화시키고 있다는 점에 의의를 두고 해석·평가하는 경우4)이다. 특히 한영옥의 논문은 이미지즘의 기법과 관련된 구체적 표현에 주목하여 박남수 시의 미학적 입지를 섬세하게 규명함으로써 무한과 절대로 표상되는 충만한 존재의 세계에 도달한 것으로 파악하고 있다. 이상과 같이 논지의 차이는 있지만 대부분의 연구자들은 박남수 시인이 섬세한 감각을 바탕으로 순수 이미지나 존재 탐구에 집중하고 있는 시인이라는 점에 의견의 일치를 보고 있는 듯하다. 특

---

2) 이승훈, 「박남수와 새의 이미지」, 『한국현대시사연구』, 김용직 외, 일지사, 1983.
  박철석, 「박남수론」, 『현대시학』, 1981. 1(『한국현대시인론』, 학문사, 1981).
  최운선, 「박남수 시에 나타난 새의 심상 연구-미적 체험을 중심으로 한 분석」, 연세대 교육대학원 석사논문, 1986.
  김시태, 「박남수론」, 『心象』, 1981.
  이건청, 「새와 박남수」, 『현대시학』, 1971. 4.
  범대순, 「절대적 이미지」, 『현대시학』, 1974. 6.
3) 김명인, 「박남수론」, 『한국문화연구』, 창간호, 경기대학교, 1984.
  박남희, 「박남수 시연구」, 고려대학교 국문과 석사논문, 1991.
  이혜원, 「박남수 시의 상상력 연구」, 고려대학교 석사논문, 1991.
  이선아, 「박남수 시 연구」, 이화여대 국문과 석사논문, 1995. 그 외 박사논문으로는 김은정의 「박남수 시연구」, 충남대, 1998, 김요안, 「박남수 시연구」, 한양대, 2000. 등이 있다.
4) 김진국, 「새의 비약-그 존재론적 희열」, 『문학사상』, 1980. 2.
  한영옥, 「박남수론-상승과 하강의 변증법」, 『한국 현대 이미지스트 시인 연구』, 푸른사상, 2010.

히 그의 시 전편에 반복적으로 나타나는 새 이미지 분석에 주력하여 상상력의 역동성과 외부 세계에 대한 내면적 반응을 끌어낸 연구가 많은 비중을 차지한다.

이 글에서는 기존의 연구를 긍정적으로 수용하면서, 박남수 시의 언술 구조가 창조되는 은유적 원리에 주목하여 박남수 시의 구성 요소와 의식의 관련 양상을 새롭게 드러내고자 한다. 필자가 특히 주목하는 부분은 상승과 초월의 은유적 의미 작용이 박남수 시의 창조성을 파악하는데 본질적 요소가 될 수 있다는 것이다. 따라서 이 글은 박남수 시에 구현된 은유 구조의 원리를 파악하는데 중점을 두고자 한다. 논의 전개를 위해 이 글은 『神의 쓰레기』(1964)와 『새의 暗葬』(1970)만을 대상 텍스트로 논의를 진행하고자 한다. 이 두 시집은 박남수 시 전편에 산재한 특성을 집약적으로 갖추고 있을 뿐 아니라 어두운 시대 체험에서 비롯된 현실 인식이 초월의 세계로 이행하는 양상을 보이기 때문이다. 주로 이미지 분석으로 모든 연구가 집중되었지 은유적 수사법에 의한 연구가 아직 나오지 않았음을 감안한다면, 은유적 수사법의 원리로 그의 시를 읽어나가는 작업은 그의 시를 새롭게 바라볼 수 있는 기회를 줄 것이라 생각한다.

시에서 은유란 시인이 세계를 인식하는 방법이자 시어의 특징적 활동을 강조함으로써 새로운 현실을 창조하는 행위까지 포함5)하는 것이다. 따라서 시적 언어는 근본적으로 은유의 언어를 지향한다고 할 수 있다. 이러한 중요성 때문에 은유는 아리스토텔레스 이후 고전주의와 낭만주의를 거쳐 문학 연구가들의 중요 초점이 되었는데, 은유에 대한 설명에

---

5) Terence Hawkes, 『은유』, 심명호 역, 서울대학교 출판부, 1978, pp.20~30 참조.

서 보다 폭넓게 은유를 바라보는 시각을 제공한 사람은 벤자민 후르쇼
프스키이다.

그는 단어 차원에서의 은유 관계를 넘어서서 의미론적 통합을 이루는
상호작용의 지시틀(frame of reference : frs)로서의 은유 이론6)을 세운다. 텍
스트를 매개하는 지시틀7)은 지시틀 내부나 외부에서 이것들이 직접 속
해있는 문맥 혹은 더 확장된 문맥과 독자적 관계를 가질 수 있다는 것
이다. 은유를 설명하기 위해 이 지시틀을 사용하면 대상의 고정성이나
상투성에 제한받지 않으며, 오히려 특정한 지시틀의 특성이나 여백 채우
기(gap-filling)의 도움을 받음으로써 시의 형식과 시적 세계를 통합적으로
이해할 수 있다는 것이다.8)

이 글에서는 초월 지향적 존재 탐구 과정이 가장 명확하게 드러나는
시집 『神의 쓰레기』(1964)와 『새의 暗葬』(1970)을 중심으로 시인이 지향
하는 생명성과 초월성이 어떠한 은유적 상상력의 체계 속에서 형상화되

---

6) Benjamin Hrushovski, 「Poetic Metaphor & Frames of Reference」, Poetic Today V, 1984.
   pp.10~11. 및 "The basic unit of semantic integration is not a sentence but a frame of
   reference(fr). As fr is any continuum of two or more referents to which parts of a text or
   its interpretations may relate:either referring directly or simply mentioning,implying,or
   evoking.It may indicate an object, a scene, a situation, a person, a state of affairs, a
   mental state, a history,a theory." p.12. 참조.
7) 틀의 그물망은 텍스트가 어떤 것인가를 나타낸다. 그물망은 자연 언어 그대로의 단어와
   끊임없이 변하는 세계의 재현 사이에 연결다리를 놓아준다. 지시틀은 더 낮은 층위를
   전위시키기 위해 언어의 형식화된 층위를 열려진 영역에, 개인적 문맥들에게, 그리고 소
   통에 있어서 주제적으로 중요한 부분에 제공한다. p.11.
8) 후르쇼프시키의 이론을 원용하여 텍스트를 분석하는 최근의 주목할 논의로는 박선영의
   논문을 들 수 있다. 지시틀 이론이 미세한 수사적 장치에 머무는 것이 아니라 언술의
   층위들이 서로 조력하면서 역동적인 것으로 열려진 세계 경험을 제공하는 것이라는 논
   지는 필자에게도 시사하는 바가 있었음을 밝힌다. 박선영, 『미당 시의 공간 은유 분석』,
   숭실대 문예연구소 학술 총서, 인터북스, 2009, 「김현승의 <마지막 지상에서>에 나타
   난 은유 미학」, 『어문연구』, 62호, 2009.

는지를 살펴볼 것이다. 그래서 작품들 간의 상호 지시성이 보여주는 시적 인식과 세계관의 층위를 검토해보고자 한다. 이를 위해 여러 자연물 — 특히 빛과 새, 화석 — 을 중심으로 논의를 전개할 것이다. 그의 시가 형상화시킨 자연은 소재주의적 차원에 머물지 않고 복합적인 은유의 연쇄고리를 거쳐 의미를 만들어내고 있기에, 미학적 갱신을 끊임없이 시도한 박남수 시의 특성을 밝혀낼 수 있다고 본다. 따라서 필자는 박남수 시에 구현된 자연물을 중심으로 이러한 지시틀 속에서 이루어지는 은유적 변전 과정에 대해 분석함으로써 박남수 시의 가장 중요한 요소인 초월의 의미에 대해 집중적으로 고찰해보고자 한다. 특히 은유란 텍스트의 연속적 특성(sequntial nature)을 취함으로써 대상들 사이에 유연성을 부여하고 의미의 탄력성을 얻게 한다는 후르쇼프스키의 은유론은 박남수 시를 보다 새롭게 파악할 수 있는 유효한 방법론이 될 것이라고 생각한다.

2. '빛'의 확산과 초월적 자연 은유

박남수의 시들은 초기에 비관적인 현실 인식과 고립의 공간을 바탕으로 시상적 삶의 한계를 자각9)하는 양상을 보이다가 이후에는 이를 극복하려는 초월의 욕망 속에서 전개된다. 초기시들은 일제 강점기와 6 · 25 전쟁으로 이어지는 역사적 격변기에 어둡고 대조되는 이미지들을 주로 활용하면서 삶의 터전이 상실된 현재의 공간을 그려내는 작업에 바쳐지고 있다. 절망적인 현실 상황에 몰려 과거의 고립된 공간으로 퇴행하던 시인 의식10)은 현재의 공간에서는 왜 현존재가 실존할 수 없는가라는

---

9) 「悲歌－갈매기 素描」 연작과 「다섯 篇의 소네트」 등이 이에 해당한다.
10) 이선아, 앞의 책, p.25.

질문에 매달린 듯하다. 시인은 자신의 공간이 소멸·해체되어 그의 존재가 실존할 수 없는 고립된 현실의 모순 상황을 직시했다. 초기시가 전체적으로 어둡고 상반되는 이미지들의 짜임으로 형상화되어 시인 자신의 개인사적 배경과 연결시켜 해석할 수도 있지만, 그것이 단순히 실향민의 애상적 어조로 끝나지 않는 것은 적절하고 구체적인 이미지들을 시 속에 끌어들여 운용하는 시인 자신만의 상상력과 관찰력이 그 바탕에 깔려 있기 때문이다. 이후 『神의 쓰레기』(1964)와 『새의 暗葬』(1970)에 이르면 소외된 현실에 대한 시인의 부정적인 인식이 "빛"이라는 이미지에 의해 굴절되고, 존재에 대한 새로운 인식의 지평을 열어나가고 있음을 발견할 수 있다. 이 두 시집은 상승과 하강, 빛과 어둠이라는 상반되는 속성의 변증법적 교체와 이완을 통해 현실을 초극하려는 시인 의식의 지향성을 잘 보여준다.

특히 시인은 여러 자연물을 매개로 과거와 현재의 단절을 초극하려는 시도를 보여주는데, 빛이 굴절되어 나타나는 세계는 어둠과 밝음의 경계를 해체하고 만물을 빛 속으로 되돌려 줄 창조적인 생성의 공간으로 전이되어 나타난다. 특히 "빛"과 "버려지는 것"이라는 대립적 구도 사이의 화해를 이끌어내 상승/하강, 긍정/부정, 이승/저승, 영원/소멸 등의 대립이 초월적 자연 은유로 이행되는 지평 구조를 보여준다. 이 장에서는 빛을 중심으로 초월성의 욕망이 구체화되는 지점을 탐색해보도록 한다.

> 1 天上의 갈매에서/부어내리시는
> 2 부신 별은/다시 하늘로 回收하지 않는/神의 쓰레기
>
>   *
>
> 3 아침이면/비둘기가 하늘에/구/구/구/굴리면서
>   記憶의 모이를/쪼고 있다.

4 다스한 神의 몸김을/몸에 녹히면서

*

5 神의 몸김을/몸에 녹이면서
6 하루만큼씩 밀려서 버려지는/무엇인가 所重한 것을
7 시인들은 종이 위에 버리면서/오늘도 다시
8 하늘로 歸巢하는 비둘기

—「神의 쓰레기」 전문

　　이 작품은 일차적으로 "햇빛" fr1="神의 쓰레기" fr1-1라는 은유적 등식 속에서 성립되고 있다. 햇빛의 속성은 위에서 아래로, 혹은 양방향으로 퍼져나가는 확산에 있다고 할 수 있을 것이다. 시인은 햇빛의 존재 양상을 통해 인간과 동물의 실존을 다시 재구(再構)하고 있다. 전체 3연으로 구성된 이 시에서 시적 화자는 하늘의 빛 fr1을 "神의 쓰레기" fr1-1로 인식한다. 이것은 다시 하늘로 올라가지 못하는 하강의 빛이기 때문이다. 이 작품의 지시틀 "비둘기" fr2와 "시인" fr3은 "신의 쓰레기" fr1-1인 "햇빛" fr1이라는 자연물과 서로 은유적 관계를 이루고 "신의 몸김을 몸에 녹"히고 있다는 언술의 공통항에 의해 유사한 의미 체계를 이루고 있다. 이 시는 "햇빛" fr1이라는 지언의 층위, "비둘기" fr2나는 동물의 층위, "시인" fr3의 시쓰기라는 인간의 층위가 결합하여 복합적인 의미를 낳고 있을 뿐 아니라 "神의 몸김", "신의 쓰레기" fr1-1라는 신성적 층위까지 서로 은유적 관계로 결속되어 있다. 햇빛이 퍼지는 섯은 하강의 속성을 보이고 신의 보살핌을 몸으로 받아 녹히는 것도 하강의 속성을 보이며, 시인이 소중한 것을 버리는 것도 모두 하강의 운동성을 가진다.

　　아울러 3에서 "비둘기" fr2가 쪼는 모이는 일상적인 새의 모이가 아니라 "記憶의 모이"이다. "記憶의 모이"는 시인 fr3에게 현실의 삶을 지탱해나가는 원동력이자 순수했던 과거의 공간에 대한 기억을 은유화한 것이라 할 수 있을 것이다. 나아가 "무엇인가 所重한 것"을 버리는 것으로 형상화하고 있는 시인의 시쓰기는 신이 눈부신 빛을 "부어내리는" 행위와 대응되어 동일한 차원으로 의미화된다. 이 시의 "버리다"는 서술어는 "所重한 것"이라는 목적어를 공유함으로써 새로운 의미 영역을 확장하고 있다. "神의 쓰레기"인 햇빛이 만물에 빛과 따스함을 부여하듯, 시인의 시쓰기 행위 역시 "버린다"는 표현과는 달리 현실 세계에서 가치를 추구하는 도덕적 행위임을 역설적으로 표현한다. 왜냐하면 시인의 시쓰기는 "하루만큼씩 밀려서 버려지는/무엇인가 所重한 것"을 종이 위에 적어나가고 남기는 역할이기 때문이다. 시쓰기가 함축하는 궁극적 의미는 지상의 유한한 삶을 극복하려는 초월적 자기 인식이라고 할 수 있을 것이다.

이처럼 이들 지시틀은 "버리다"는 서술어를 공유하고 상호 작용함으로써 융합을 이룬다. 끊임없는 폐기와 갱신을 통해 이루어지는 시인의 시쓰기에 역설적으로 지상의 삶을 초극할 수 있는 긍정적인 가치를 부여하는 것처럼, 그와 유사한 지시 영역(a field of reference)에 포섭된 "비둘기" fr2도 "하늘로 歸巢"함으로써 초월적 세계를 향한 상승 지향적 회귀 의식을 보여주고 있다. 이처럼 이 시는 단순히 '버림'의 역설성을 드러내는 차원을 넘어 다층적인 의미망을 통해 상승 지향적 초월의지를 보여준다. 이 시의 의미 구조를 두 개의 도표로 만들면 다음과 같다.

〈표 1〉

fr1 햇빛	fr2 비둘기	fr3 시인
神의 쓰레기	기억의 모이	시를, 신의 몸김을
부어내리다	쪼다	쓰다/버리다
ⓐ (땅으로)하강하다 ⓑ 확산의 파정	ⓐ (하늘로)귀소하다 ⓑ 영원의 시간 내재	ⓐ (창조하다) ⓑ 詩性의 획득

〈표 2〉

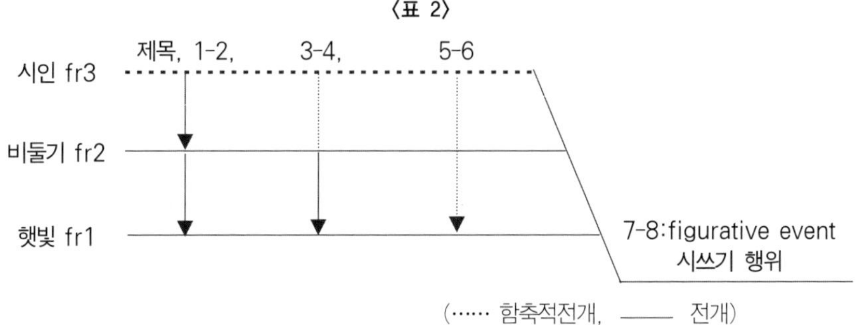

이렇게 시인은 일상과 초월, 확산과 응축, 폐기와 창조라는 변증법적 관계를 인지하면서 자신의 존재 인식을 통한 자아 성찰의 모습을 시쓰는 행위를 통해 보이게 된다. 특히 소멸하는 빛의 역설적인 힘은 빛과 어둠의 경계를 해체하고 생사의 연계성을 성찰하는 시인 외식으로 발전하는 양상을 보이고 있다. 아울러 이 두 개의 도표에서 알 수 있듯이 햇빛이 쏟아지고 비둘기가 "歸巢"하는 은유적인 축과 시인의 시쓰기가 안시하는 초월적 욕망 사이에 의미망이 형성되고, 각각의 지시틀의 틈새 메꾸기(gap-filling)가 "버리다"는 서술어로 묶임으로써 텍스트의 내적 통합을 이룩하고 있다. 이것은 그의 내면에 존재하는 생명에 대한 애정과 일상을 초월하고자 하는 욕망을 동시에 확인시켜주는 것이기도 하다.

1　감탕을 먹고/誕生하는 蓮꽃의 아기가
2　이끼낀 연못에/웃음을 띄운다
3　지금 한창/볕을 빨고 있는/이승의 뒷녘에서는
4　외롭게 떨어져가는/落日의 後光
5　九天에 뿜는 놀의 核心에서/부신 像이 타면,
6　— 나는/어둠에 燃燒하는/갈대에 지나지 않는다

—「孕胎」 전문

비교적 단순한 은유 체계이지만 박남수 중기시의 지향성을 엿볼 수 있는 작품이라고 여겨지는 이 시는 의미론적으로 3개로 분절되는 구도를 보여주고 있다. 1, 2는 연못에 피어있는 연꽃의 묘사이며 3, 4는 노을이 지는 하늘에 대한 공간 묘사이고 5, 6은 한계를 자각하는 '유한자적 인식'[11]으로 시상이 전개된다. 시인은 "연꽃" fr1의 존재 양상을 통해 인간 실존의 모습을 가시화한다. 그것은 "연꽃" fr1이 생명의 탄생을 가장 직접적으로 드러내는 단어인 "아기" fr1-1로 구체화되었기 때문이다. 1의 "감탕"이란 흙과 물이 짓이겨져 몹시 질어진 진흙[12]을 뜻한다. 진흙은 바로 그 메마른 대지에 물이 혼합된 상태이며, "연꽃" fr1은 대지의 단단함과 물의 부드러움이 교감하고 있는 진흙, 즉 "감탕"을 먹으며 환하게 만개하고 있는 것이다. "연꽃" fr1이라는 식물의 층위와 "아기"라는 인간의 층위가 결합하여 "지금 한창 볕을 빨고 있는" 연꽃의 모습에 현상적인 당위성을 부여할 뿐 아니라 연꽃의 모습을 정신적 인격체로 느낄 수 있도록 의인화하고 있다. 이처럼 연꽃과 인간의 두 범주는 내적인 본성의 유사성으로 인해 하나로 융화되고, 두 개의 지시틀 사

---

11) 박선영, 「김현승 후기시의 은유적 전이 양상」, 『어문연구』 66호, 2010, p.263.
12) 이선아, 앞의 책, p.31.

이에 일체감이 형성된다.

그런데 인간의 식물화가 함유하는 궁극적인 의미는 초월적 욕망13)에 있다. 그 욕망의 흐름은 이 시의 공간 이동으로 살펴 분석할 수 있다. 연꽃은 현세에서 진실을 드러냄으로써 환각의 어둠을 쫓아내기 위해 존재의 어두운 내부에서 피는 상징적인 꽃14)이다. 이승의 뒷녘 fr2-1인 저승 즉 죽음의 공간에서 타오르는 "후광" fr3도 어둠의 공간을 물들이며 피어나는, 비물질적인 또 하나의 꽃15)이라고 할 수 있다. 이렇게 "연꽃" fr1과 "후광" fr3이라는 두 개의 지시틀은 같은 상상력의 층위에 놓여 동일한 비유적 상황(figurative situation)16)을 만든다. 다만 이 둘은 존재하고 있는 공간이 변별되어 있다. 이승과 뒷녘이라는 공간은 현세와 내세를 구별짓기 위해 제시된 공간이라기보다는 현세와 내세, 생과 사의 관계가 양면처럼 밀접하게 연관되어 있다는 것을 보여주기 위한 공간인 것이다. "연꽃" fr1이 생명의 탄생을 함축하면서 이승에서 피어올랐다면, "後光"(노을) fr3은 이승에서 생명 창조의 역할을 다 하고, 그 이면에서 소진되어가며 한 송이 꽃처럼 붉게 타오르는 것이다. 이러한 생과 사의 충돌은 빛과 어둠이라는 상반되는 속성의 양상을 해체하기에 이른다. 빛과 어둠은 "九天"에 뿜는 노을에 의해 그 경계가 무화되고, 어둠이 소멸하기 직전의 아름다움을 만들어내기 때문이다. 이러한 해석상의 층위로 볼 때, 어둠은 생명력을 잃은 죽음의 시간이지만, 생명의 시간이 다가오

---

13) 박선영, 앞의 책, p.324.
14) 휠라이트에 의하면 연꽃은 동양적 상상력을 자극하는 두 가지 특성 즉 순수한 아름다움과 더러운 물에서 피어나는 신비를 가진다고 파악한다. Wheelwright, 『The Burning Fountain』, Indiana University Press,1954, pp.127~128.
15) 이선아, 앞의 책, p.32.
16) 후르쇼프스키, 앞의 책, p.27.

면 감추어진 만물을 빛 속으로 되돌려 줄 또 다른 창조력을 지닌 시간이다.

6에서 "나는 어둠에 燃燒하는 갈대에 지나지 않는다"는 시구에서는 빛이 소진되는 연소과정에 의해 빛을 내어뿜으면서 다시 어두워지는 존재론적인 한계 인식을 읽어낼 수 있다. "나" 안에 밝음과 어둠이 공존하고 있지만, 어둠 속에 존재인 내가 밝음으로 존재하기보다는 어둠이 밝음을 연소시키는 상태를 의미한다. 시인은 자신의 존재 방식을 버려지는 빛, 즉 소모되고 흩어지는 빛 이미지가 지니는 역설적인 의미의 반전을 통해 드러내보이고 있다. 고립된 현실에서 자신의 존재성을 시쓰기를 통해 가치를 지닌 것으로 파악해낸 시인 의식의 지향성은 빛이 영원한 것으로 응축되는 과정 속에서 확산하여 솟아오르는 상승의 초월 의식으로 전이되어 나타난다. 이것은 어둠이 오히려 밝음을 계시한다는 점에서 역설성을 지니며, 이로써 어둠의 의미가 역전되어 긍정적인 가치를 확보하게 된다. 이 시의 제목이 "孕胎"라는 점도 이런 맥락에서 읽혀진다고 할 수 있을 것이다. "잉태"는 생명을 품어 영원의 시간으로 진입하려는 시인의 현존을 은유적으로 나타낸 것으로 보인다. 결국 이 시는 인간의 내면세계가 자연화되어 한계성에 대한 자각이 초월적 욕망으로 이행되는 지점에 놓여있다고 할 수 있을 것이다. 분석 내용을 도표로 만들면 다음과 같다.

〈표 3〉

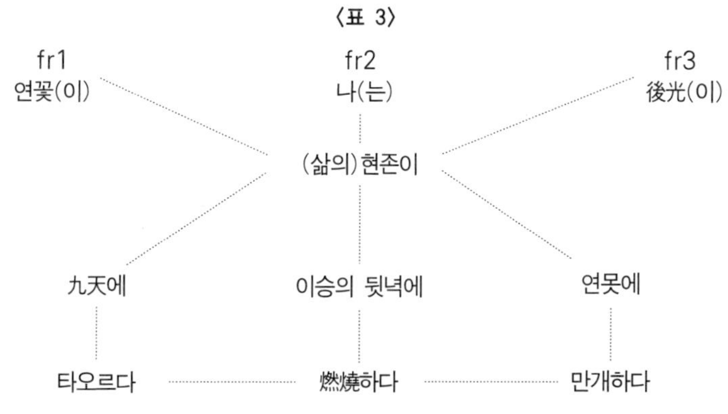

〈표 4〉

fr1 연꽃(이)	fr2 나(는)	fr3 後光(이)
연못에	이승에서	九天에
(아기처럼) 웃음을 띠며	(갈대처럼) 고독한 모습으로	(외롭게) 그림자가 지며
만개하다 : 생명의 근원	소진하다 : 상승의 초월의식	타오르다 : 소멸의 표상

한편 上方의 공간으로 상승하는 대상물들은 모두 수직적 초월의 의미 작용을 가지는데 박남수의 시에서는 아래로 하강하는 대립적인 텍스트의 의미 작용에 의해 더 역동적으로 유표화된다.[17] 어둡고 암울한 현실 속에서도 자신의 존재성을 가치있는 것으로 인식해 낸 시인 의식은 현실이 공간을 벗어날 수 있는 초월의 상승 의지를 꿈꾸고 있다. 그의 중기시들은 세속적인 지상 공간을 벗어나려는 내적 욕망과 지상적인 것을 쉽게 놓지 못하는 역설적인 애착이 동시에 작용하면서 초월이 이행[18]된

---

17) 이어령, 「문학공간의 기호론적 연구」, 단국대 박사논문, 1986, p.552.
18) 박선영, 앞의 책, p.113.

다. 시인은 초월 세계를 지향하면서도 어둠이라는 한계에 봉착하고, 이런 한계 속에서도 지속적으로 초월을 갈구하기 때문이다. 이것은 그의 두 시집의 핵심적 요인으로서 상승과 하강의 변증법이 시적 긴장을 가속화시키는 요인이 된다. 초월적인 것을 갈구하는 시인 의식은 밝고 선명한 이미지를 수반하는 자유로운 상상력 속에서 본격적으로 가동된다.

1 어둠은 새를 낳고, 돌을/낳고, 꽃을 낳는다.
2 아침이면,/어둠은 온갖 物象을 돌려 주지만
3 스스로는 땅 위에 굴복한다.
4 무거운 어깨를 털고
5 物象들은 몸을 움직이어/勞動의 時間을 즐기고 있다.
6 즐거운 世上의 잔치에/金으로 타는 太陽의 즐거운 울림.
7 아침이면,/세상은 開闢을 한다.

—「아침 이미지 1」 전문

　　시적 화자는 "어둠" fr2이 밝음 즉 "빛" fr3을 잉태하는 근원적인 것으로 파악한다. 이 시는 어둠이 다양하게 변주된다. "어둠" fr2이라는 관념적 현상의 층위가 새 → 돌 → 꽃으로 전이되고 이들 자연물이 "빛"과 함께 떠오르는 모습으로 표현되고 있다. 사물의 형체가 드러나는 현상을 "어둠" fr2이 새를 낳고, 돌을 낳고, 꽃을 낳는 것으로 파악하는 것이다. "낳다"라는 서술어는 어둠으로부터 빛 속으로 현현하는 "物象"의 양태를, 모태의 어둠을 거쳐 한 생명이 탄생하는 자연의 이치에 비견하여 표현하고 있다. 긍정적 의미를 지닌 "빛" fr3의 지시틀과 달리 "어둠" fr2의 지시틀은 일차적으로 부정적 의미를 드러낸다. 어둠은 빛 속에 "온갖 物象을 돌려주"는 근원적인 것이지만 빛의 세계인 "아침"의 시간이 오면 밤을 지배하던 시간을 내어주고 "스스로 땅 위에 굴복"하는 모습을 보이기에, 어둠과 빛이 대립적인 관계에 있음을 암시하는 것이다.

그렇지만 이질적인 이들 지시틀은 "勞動의 時間을 즐기고 있다"라는 시구를 공유하여 상호작용함으로써 "開闢"의 의미를 수렴해낸다. 특히 "物象"들이 잠에서 깨어나 생기있게 활동하는 움직임은 "즐거운 勞動"으로 비유되고 있다.

아울러 6에서 "金으로 타는 태양의 즐거운 울림"이라는 진술은 '금'이라는 광물의 층위와 '빛'이라는 자연의 층위가 병치되어 비유적 관계를 형성한다. "금빛"과 "타오르다"에서 드러나는 시각적 이미지와 울림이라는 청각적 이미지들의 혼용은 사물과 빛이 하나로 일체감을 이루는 역동적인 아침의 공간을 만들어낸다. 그 공간이 "開闢"한 세상으로 전이되어 나타나는 것이다. 태양의 빛이 솟아오르는 상승적인 극점으로서의 아침 공간은 태양의 이글거림과 진동감에 의해 보다 역동적인 의미를 낳고, 위로 확산하는 상승적 초월 의지를 가시화하고 있는 것이다. 지시틀과 서술어의 작용을 중심으로 도표화하면 다음과 같다.

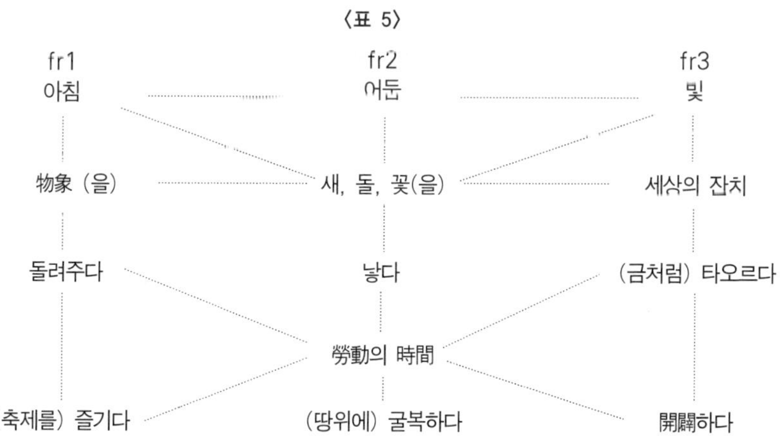

이렇게 박남수의 시는 빛을 매개로 상승과 하강, 어둠과 밝음이라는 대립의 축이 교차하면서 시인 의식의 초월성을 잘 구현한다고 할 수 있을 것이다. 버려지고 소멸된 빛의 지시틀은 금빛이라는 색채의 극대화된 작용으로 하늘을 향해 솟아오르는 반사 광선의 역동적인 움직임을 배가시킨다. 그 반사광선의 힘은 "勞動의 時間"과 어우러져 上方 공간을 넘나들며 시적 의미를 증폭하고, 순수한 생명을 갈구하는 내적인 초월성을 엿볼 수 있게 한다.

3. '새'의 비상과 역동적 존재 은유

앞장에서는 빛이라는 지시틀을 중심으로 생명의 확산과 내적 초월에 대한 열망이 의미화되는 양상을 분석해 보았다. 이 장에서는 박남수 시에 가장 많이 등장하는 오브제인 "새"라는 존재의 은유적 변전에 대해 분석하고 이들이 어떤 의미 체계를 구축하는지를 알아보고자 한다. 새에 관한 시인의 애착은 영원한 공간과 생명을 갈구하는 초월적 인식에서 싹튼다고 볼 수 있다. 새를 매개로 현실의 삶을 극복하고 존재와 생성의 자유로운 통합을 지향하는 시의식이 은유적으로 나타나고 있기 때문이다. 새의 비상과 운동성을 중심으로 상승과 가벼움, 자유의 감성을 가시화하고 있을 뿐 아니라 시인의 환상 속에 살아있는 영원의 존재로 각인되는 모습을 보이기도 한다.

> ① 1 나는 떠난다. 靑銅의 表面에서/일제히 날아가는 旗幅의 새가 되어
> 2 광막한 하나의 울음이 되어/하나의 소리가 되어. …(중략)…
> 3 나는 바람에 실리어/들에서는 푸름이 된다

　4 꽃에서는 웃음이 되고/天上에서는 樂器가 된다.

—「鐘소리」에서

② 1 나의 內部에도/몇 마리의 새가 산다.
　 2 隱喩의 새가 아니라, 기왓골을/쫑,/쫑,/쫑,//
　 3 옮아 앉는/實在의 새가 살고 있다.

　 4 새가 뜰로 나리어/모이를 쪼든가,
　 5 나뭇가지에 앉든가,/하늘로 날/든가,

　 6 새의 意思를/죽이지 않으면, 새는/나의 內部에서도/족히 산다.

　 7 새는 나의 內部에서도/쫑, 쫑, 쫑//기왓골을 옮아 앉으며/조그만
　　 自然이 된다.

—「새 3」전문

①에서는 현상적 화자인 나가 의인화되어 스스로의 움직임을 통해 울음, 소리, 악기 등의 청각적 이미지로 변용되고 있다. "靑銅의 表面"에서 울려퍼지는 "종소리" fr1라는 지시틀은 "새" fr2의 비상과 동일한 의미망을 형성한다. 차갑고 딱딱한 금속성의 재질인 "鐘"이 고립의 공간으로부터 분리되어 퍼져나갈 때는 그저 "하나의 울음"이고 "하나의 소리"로 그 존재성을 구현하지 못하다가, 자연에 동화·합치되는 과정을 통해 존재의 가치와 의미를 찾아나가게 된다. 종소리는 "바람", "들", "꽃", "天上" 등의 자연적 공간 속에서 그 존재 의미를 찾아나간다. 역사가 단절된 "漆黑의 監房"에서 자유롭게 비상하는 "旗幅의 새" fr2로 변주되는 것이다. "광막한 하나의 울음"이라는 부정적인 상황에서 솟구치는 종소

리는 "들의 푸름", "꽃의 웃음", "천상의 樂器"로 변용되어 존재의 통합을 구현하고 있다.

이렇게 종소리 fr1는 무한한 공간으로 퍼져나가는 속성을 지님으로써 온 세상에 충만하게 존재하는 "천상"의 소리로 자리 잡는다. "나"는 감옥을 벗어나 세상과 교류하며 자신의 존재를 환유하는 감옥을 탈피하여 "천상의 樂器"로 새롭게 갱신되는 면모를 보이는 것이다. 이는 부정적 상황을 극복하고 생명을 창조하려는 시인 상상력의 내적 구조를 반영한다고 할 것이다. 특히 "가루 가루 가루의 音響"이라는 복합적인 지시틀은 금빛이라는 금속의 물질에서 응축되어 솟아오르는 운동성과 청각적 이미지의 결합으로 인해 작품에 내적인 진동성마저 느끼게 해준다.

②의 시도 같은 맥락에서 해석이 가능하다. 순수한 세계를 갈망하는 시인 의식은 이상, 생명, 순수 같은 지고한 가치를 함축하는 원형적 지시틀인 새를 통해 계속 이어진다. 시인이 동경하는 초월적인 공간은 자연 상태에서만 현현하는 본질적인 것으로서 이성의 힘으로는 해명할 수 없는 직관의 세계이기도 하다. 화자는 실존적 의식의 눈을 뜨고 자신의 내부를 응시하며 "자연" fr3에 대해 생각한다. 자신의 내부에 있는 새는 "隱喻의 새"가 아니라 "實在의 새"라는 진술에서 새가 간직하고 있는 실체적 감각과 구체성을 성찰하고자 한다. 복잡한 관념의 틀에 갇힌 새가 아니라 구체성을 가진 현존하는 새라는 말이다. 이렇게 시인은 관념 속에 매몰된 은유의 새가 아니라, 상상의 공간에서 자유롭게 날아다니는 "實在의 새"로 새를 정의하고 있다. 또 화자의 내면에 살고 있는 새는 "조그만 자연" fr3으로 변주되어 있다. 이때 자연은 화자 자신의 생명과 숨겨진 내면의 자아를 찾는 정신적 공간으로 전위되며 화자는 "實在의 새"에게 자신의 실존 의식을 투영한다. 이로써 화자는 자연에 동화되고

새와 동일화됨으로써 비가시적인 삶의 실재[19]를 은유화하고 있다. 이 시는 자연의 공간을 매개로 영속성을 구체화하고 있을 뿐 아니라 새를 매개로 서정적 동일성이 회복[20]된 모습을 보여준다고 할 수 있을 것이다. 세 가지 지시틀을 중심으로 도표를 만들면 다음과 같다.

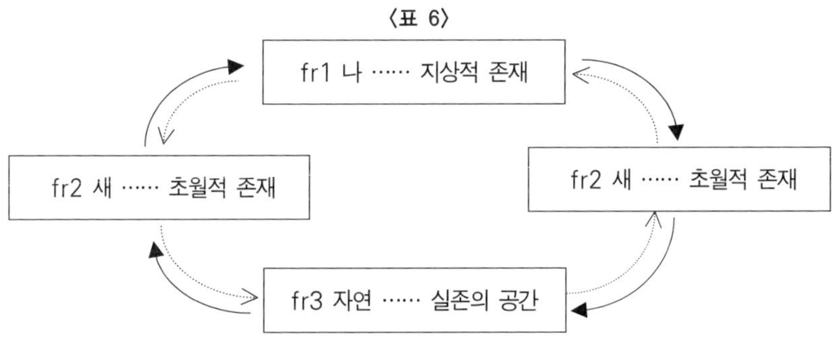

한편 새의 지시틀에 부여된 상승의 운동성은 박남수의 중기시를 주도하는 역동성과 자유의 감성을 잘 드러내는데, 다음의 시에서도 비가시적인 희열을 통해 초월적 공간으로 비상하는 존재의 자유로움을 드러내고 있다.

1 하늘의 屛風 뒤에
2 뻗은 가지, 가지 끝에서
3   포롱
   포롱

---

19) 이승훈, 「박남수와 새의 이미지」, 『한국현대시사연구』, 김용직 외 공저, 일지사, 1983, p.537.
20) 금동철, 「김현승 시의 고독과 은유의 수사학」, 『우리말글』 21집, 우리말글학회, 2001, p.21.

　　　　포롱
　4　튀는
　　　　天上의 樂器들

　5　보리밭에 서렸던
　　　아지랑이의 靈身들이, 지금은
　6　하늘에서
　　　얼굴만 내어밀고.

　7　群鐘이 울리는 音樂의 잔치가 되어
　8　고운 갈매의 하늘을
　9　　　포롱
　　　　포롱
　　　포롱
10　날고 있다.

11　흐르고
　　　　있다.
12　포롱
　　　　포롱
　　　　　포롱
13　시냇물 위에 날리는 잔바람에
14　하늘이 떨어져
15　破顔의 즐거운 波紋.

―「종달새」 전문

　이 시에서는 "종달새" fr1-1의 구체적인 표상이 시행의 역동적 배열과
짜임으로 드러나 작품에 살아있는 생명의 운동성을 느끼게 해준다. 이
종달새는 "天上의 악기 → 아지랑이의 靈身 → 群鍾이 울리는 음악의 잔

치→破顔의 즐거운 波紋"으로 은유적 변전을 이룬다.

천상의 존재인 새가 소리, 아지랑이, 파문 같은 유동적인 자연의 층위로 변주되고 이들이 상호작용하면서 초월의 생명력을 확보하기에 이른다. 아지랑이가 보리밭에 피어오르며 하늘로 번지는 상황과 "群鍾"이 하늘에 울리며 음악의 잔치를 벌이는 상황, 새가 날아오르며 수면 위에 "波紋"을 만들어내는 상황은 새가 천상의 소리를 고르며 아름다운 소리로 울려퍼지는 상황과 모두 동일한 의미망을 형성한다. 새, 종, 악기의 역할은 모두 다르지만 새롭고 아름다운 세계를 지향하며 생성의 공간에 놓인다는 점에서는 유사한 것으로 보인다.

이 세 개의 지시틀은 상호 교섭되어 비유적 상황을 창조하고 시행 "포롱/포롱/포롱"의 행간걸침(enjambement)으로 시각적 효과를 극대화함과 동시에 2차적인 은유적 패턴을 만들고 있다. 새의 은유적 의미작용 속에서 새롭게 탄생하는 소리와 형태를 사물화하고 각각의 지시틀이 새의 역동성에 관여함으로써 다층적인 의미망을 보여주기 때문이다. 특히 "날고 있다", "흐르다"는 서술어는 공간의 확산에 의한 초월적 욕망과 자유로움이 보다 구체화된 것으로 파악된다. 이 시는 물질성을 털어낸 상태에서의 종달새의 운동을 통해 시의식의 자유로움을 느낄 수 있고 소리와 형태의 역동성에 의해 초월성이 구체화되어 있다는 점에서 추상에서 구상으로 이행[21]하는 은유 양상을 보인다고 할 수 있을 것이다. 이 시에 나타난 은유 구조를 도표화화면 다음과 같다.

21) 박선영, 앞의 책, p.329.

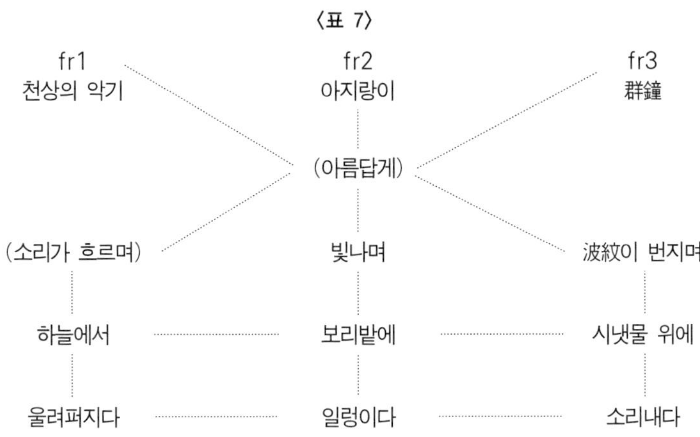

이렇게 박남수의 시에는 상승과 가벼움, 초월 의지를 새라는 지시틀의 사용으로 구체화시키고 있음을 알 수 있다. 특히 이 과정에서 새의 비상을 음악소리와 종소리에 비유함으로써 하늘의 신비를 무한의 영역으로 확대시키고, 수직의 역동적인 운동성을 통해 자유롭게 발산하는 생명 의지를 드러내고 있다는 점을 흥미롭게 확인할 수 있었다. 천상의 존재인 새가 소리, 파문, 아지랑이라는 자연의 층위로 변주되고 이들이 상호작용하면서 초월의 생명력을 확보하고 있는 것이다.

4. '暗葬'과 '化石'을 통한 불멸의 실존 은유

한편, 시인의 순수를 향한 자기 갱신의 욕망은 현상의 차원에서는 그것의 파악이 어렵다는 인식에 이르면서 더 이상의 진척을 보이지 않는다. 순수라는 이상적 세계를 향한 시인의 초월적 상승 의지는 「새의 暗葬」 연작에서 새로운 국면을 맞이하게 된다. 새의 순수한 영혼을 통해 실존의 방식을 탐구하던 시인은 그것을 표상하는 것의 한계성을 자각하고, 새를 "暗葬"시키는데 이르게 된다. 그러나 새의 "暗葬"은 단순히 새의 죽음이 아니라 불멸의 세계를 향해 나아가는 또 다른 초월 의지로 기능하고 있음을 주목해야 한다. 땅에 묻힌 새들은 소멸의 상태에 멈추는 것이 아니라 흙의 내밀한 공간에 자리 잡음으로써 그 존재성을 발현[22]하게 된다. 이것은 불멸의 세계를 꿈꾸는 존재 인식의 또 다른 표현이다.

> 1 삶보다 透明한 軌迹을 그으며/한 마리의 새는/저승으로 넘어가고 있다.
> 2 죽음과 生殖의 알이 쏟아지는/보이는 싸움과 보이지 않는
>   싸움 속에서/暗葬되고 있다.
> 3 스스로가 노래인 하늘의 住民들은
> 4 붕 붕 날리는 危險으로/온 몸에 소름을 쓰며 떨고 있다.
>
> ―「새의 暗葬 1」 전문

일차적으로 이 시는 저승으로 하강하며 떨어져 죽는 "새" fr1의 상태를 묘사하는 데서 출발한다. 절대 관념으로 순수를 표상하던, 그래서 "스스로가 노래인" 새는 "하늘의 住民"으로 천상의 공간에 속해 있는 생명체이기도 하다. 이 시의 중심 공간은 "저승" fr2이다. 저승은 하늘이라는 공간과 지상의 공간이 은유적으로 결합하여 새로운 의미의 이동을 낳고 있다. 특히 "보이는 싸움과 보이지 않는 싸움"이라는 시어는 현실의 부정적인 힘을 암시하고, 그 싸움 속에서 시인이 지향하는 순수의 경지는 훼손되는 면모를 보인다. 그것은 "암장" fr3이라는 지시틀이 암시하듯 외부의 물리적인 힘으로 묻혀버리는 것이기에, 천상의 "住民"인 "새" fr1는 하늘을 날아다니는 자유로움을 만끽하기보다 언제 죽음에 치할지 모르는

---

22) 한영옥, 앞의 책, p.186.

위협 속에서 "온 몸에 소름을 쓰며 떨고 있"는 안쓰러운 모습으로 그려진다. 그러나 이 상황을 역전시키는 구절은 "透明한 軌跡을 그으며 한 마리의 새는/저승으로 넘어가고 있다"는 부분이다. 새는 죽는 순간에 "저승" fr2으로 넘어감으로써 이승에서 저승으로의 공간 이동을 보이고 있다. 저승과 이승이라는 이질적인 지시틀은 "넘어가고 있다"는 서술어에 의해 삶에서 죽음으로 그 범주가 이동하면서 새로운 의미를 낳고 있다. 다시 말해 삶이 있는 이승의 공간에서 보다 "透明한 軌跡"을 남기고 있기에, 새는 소멸된 것이 아니라 새로운 존재의 경지로 이행하는 것이다. 새의 존재성을 통한 영원성의 탐구는 다음의 시에서도 계속 이어진다.

ⓐ
1 땅 속을 자맥질하던/한 쭉지의 날개는
2 三千年의 季節을 넘어서, 지금/이승 쪽으로 떠오르고 있다.

3 高句麗의 하늘이었을까, 아니면/濊貊의 하늘이었을까
4 부릉 날아오른 활촉에/꿰뚫린 것은 새가 아니라, 그것은 죽음에 앞지른 絶叫
5 一瞬間에/새는 피를 쓰고 곱게 落下하였다.

ⓑ *
6 땅에 떨어져 내딘/한쭉지의 날개는 地下로 落下하여
7 어느 地層을 날아가고 있었다.

8 피를 앞지른 絶叫./사람의 귀에 세운 不立文字
9 化石은 어느 標本室/유리창 속에서 證言하고 있다.

ⓒ *
10 죽음을 앞지른 絶叫는/三千年이 지난 지금에도,

11 어느 十字架에서/나이 어린 少年의 붉은 입술에서

12 어느 戰場터에서/꽃다운 젊은이의 목덜미에서

13 지금도 귀먹은 사람의 귀에/不立文字를 세우고 있다.

ⓓ *

14 어두운 三千年의 세월을/자맥질 해 온 한 쪽지의 날개는

15 지금 어느 標本室에서 證言하고 있지만/귀먹은 사람의 귀로는 듣
지 못한다.

16 무수한 죽음을 앞지른 絶때는/긴 季節의 저쪽에서 化石하여

17 鮮明한 쪽지의 무늬를 만들고 있다.

—「새의 暗葬 3」 전문

이 시는 의미론적으로 네 부분(1-5, 6-12, 11-13, 14-17)으로 나뉘어 시상
이 전개되고 있는데, 먼저 이 시의 은유 구조를 도표화화면 다음과 같다.

〈표 8〉

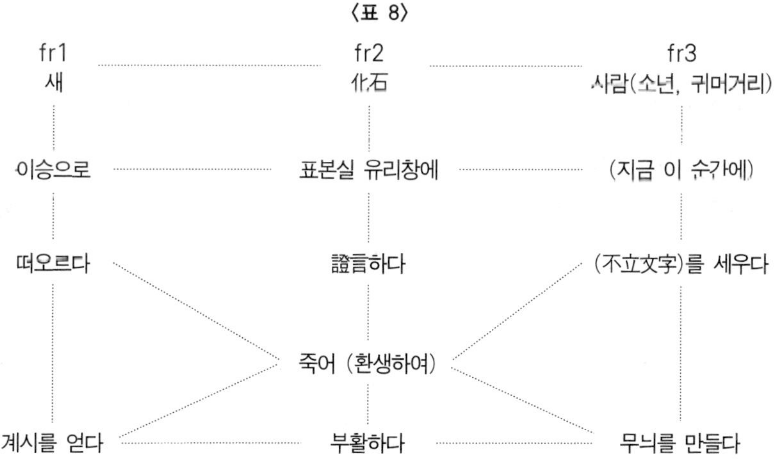

이 시는 "새" fr1, "화석" fr2, "사람" fr3이라는 생명과 사물의 대립과 동질화가 동시에 병치되어 상호 충돌함으로써 시적 긴장을 증폭하고 자기 갱신에 대한 욕망을 드러내고 있다. 먼저 ⓐ에서는 땅 속을 자맥질하던 "새" fr1가 이승 쪽으로 떠오르는 모습이 "三千年의 季節"이라는 시간대와 결합하여 생명의 회복에 대한 열망을 담고 있는 것으로 볼 수 있다. "三千年"이라는 숫자는 무한대의 시간인 크로노스[23]의 시간을 암시한다. 산술적인 숫자의 개념으로 이루어진 시간대라기보다는 완전을 표상하는 숫자 '3'에 천 번을 곱한 것으로 아주 기나긴 시간이라는 주관적 시간의 변전이며, 생명과 우주의 원형적 가치를 발견하는 태초의 시간[24]이기도 하다. 이 시간은 "高句麗의 하늘이었을까, 아니면/滅貊의 하늘이었을까"라는 진술을 공유하여 새가 죽었던 시점을 아주 먼 전설의 시간으로 끌어올리고 동일한 의미망을 형성하게 된다. 전설의 시간 속에 암장되었다가 다시 떠오르는 "새" fr1의 모습은 죽음을 극복하고 다시 소생하는 생명체의 모습이기도 하다. 그러나 죽음을 받아들이고 지상을 향해 "落下"한 새는 땅 속을 살아 다시 날아오를 수 있는 역동성을 부여받는다.

ⓑ에서 이 새의 모습은 "地下로 落下"하여 "地層"을 날아가는 모습으로 그려진다. 그러다가 地層과 시간의 벽을 뚫고 다시 모습을 드러내는 방식을 "標本室의 化石" fr2이라는 광물질을 통해 드러낸다. ⓐ에서의 "三千年의 계절"이라는 시간의 층위는 "화석" fr2이라는 광물의 층위로

---

23) 크로노스(χρόυος)는 지연(delay)과 여유(time to spare)의 의미를 가진 개념이기도 하지만 무시간적(timeless) 영원을 뜻하는 것으로 신성성과 영원성의 개념으로 이어지는 무한대의 시간이기도 하다. 김철손, 『요한계시록신학』, 대한기독교서회, 1989, pp.280~281 및 이선아, 앞의 책, p.54 참조.
24) N.프라이, 『비평의 해부』, 임철규역, 한길사, 2000, pp.601~605.

전위되면서 초월성을 구체화한다. 특히 "화석" fr2이 된다는 것은 시간을 초월하여 불변한다는 의미이므로, 영원히 살아있는 절대적인 존재 방식으로서의 상징이 된다. 새 fr1의 "石火"는 죽음을 통해 영원성을 얻을 수 있는, 역설적인 부활의 모습이다. 그래서 이 부활의 상징은 유한한 지상의 세계에 "不立文字"를 새겨놓고 있는 것이다. "不立文字"는 마음에서 마음으로 전하는 것이므로 언어의 세계를 넘어설 뿐 아니라, 이성의 힘을 초월한 곳에 존재하는 영원과 절대성의 경지를 은유화한 것이다.

이렇게 "새" fr1라는 지시틀은 "화석" f2의 지시틀로 변용되어 하강의 운동을 초월성을 향한 수직적 상승 운동으로 전환시키고 있다. 나아가 "標本室" 유리창 속에서 그 모습을 드러낸 새는 삶의 영원성을 "證言"하는 모습을 보여준다. 새가 죽은 과거는 죽어있는 과거의 시간이 아니라 살아있는 과거로, 현재를 되비추는 거울과 같은 과거이며, 현재의 삶을 암시하는 하나의 정신적 능력을 표상하는 과거25)가 되는 것이다.

ⓒ에서는 죽음을 앞지른 "絶叫의 비명소리"가 저승에서는 침묵 속에 묻혀 있다가, 다시 이승에 "화석" fr2의 모습으로 떠올라 "귀먹은 사람" fr3의 귀에 속삭이는 것으로 변주되고 있다. "나이어린 소년", "꽃다운 젊은이", "귀머거리"라는 범주의 인간 군상 fr3은 지상의 유한한 삶을 은유적으로 대변하는 지시틀로, 새의 영원성과 대조를 이루며 의미를 생성해낸다. 이 지시틀은 역시 "不立文字"라는 진술과 결속하여 지상의 삶을 극복하고 영원성과 불멸의 힘을 부여받을 생명 의지를 표명한다. 이 지시틀은 "화석"과 마찬가지로 "三千年"의 시간을 공유하여 영원성을 의미화하는 데 기여하고 있는 것이다.

---

25) 이승훈, 앞의 책, p.540.

마지막으로 ⓓ에서는 새의 "날개"가 "標本室"에 전경화되어 죽음을 현시하는 이미지로 구체화되고 있다. 불멸을 꿈꾸고 있지만 "귀먹은 사람의 귀"에는 들리지 않는다는 부정적 진술을 통해 폐쇄적인 마음의 상태로는 영원의 세계에 도달하지 못한다는 것을 암시한다. 그러나 이와 대조되는 "화석" fr2은 여기서 "鮮明한 쭉지의 무늬를 만들"어 내어 죽음을 극복하고, 이승을 향해 다시 부활하는 양상을 보여준다. 결국 시인이 꿈꾸는 "새"는 죽지 않으려고 안간힘 쓰는 왜소한 생명체의 모습이 아니라, 죽음을 통해 화석의 경지에 들어가고, 그로 인해 영원한 삶을 갈망하며 다시 떠오르는 모습으로 나타나고 있는 것이다. 결국 상승에서 하강이라는 다소 이분법적 운동성을 보이던 시인 의식은 「새의 暗葬」 연작에서는 상승과 하강, 삶과 죽음, 빛과 어둠이라는 이원론적 구도를 변증법적으로 통합하여 영원의 세계를 구축하는 것으로 파악할 수 있을 것이다. 아울러 이 시의 "화석"이라는 지시틀은 불멸이라는 관념의 사물화된 표현으로 영원히 존재한다는 영속성을 드러내고 있다. 이렇게 "화석"과 은유적으로 결속된 새의 지시틀은 박남수 시에서 대립적인 이분법을 통합할 수 있는 가장 강력하고 역설적인 긍정의 힘으로 자리잡고 있다. 이 역설의 힘은 다음의 시에서도 계속 이어진다.

> 사람은 모두 原生의 새.
> 어느 記憶의 숲을 날며, 가지 무성한 잎 그늘에
> 잠깐씩 쉬어가는 原生의 새.
> 地平과 하늘이 맞닿는 곳에서, 새는
> 땅으로 꺼져들던가. 하늘로 蒸發되어 그 形象을 잃는다.
>
> 당신의 눈에 낀 안개 같은 것,

산새가 죽어, 눈에 끼던 흰 안개 같은 것,
— 커어피를 마시며
아침 두 時, 분명 어딘지 모를 어느 숲의 記憶에서
당신은 날아왔다. 나의 內壁에 메아리가 되어.

—「어딘지 모르는 숲의 記憶」에서

작품 속의 화자인 "나" fr1는 이른 새벽에 커피를 마시며 "새" fr2의 모습을 자신의 내면에 각인시키고 있다. "어딘지 모르는 숲"에서 날아오르는 새는 지상/천상적 존재의 이원성을 간직하고 있지만, 화자의 내면적 층위로 이동하면서 영원의 공간으로 날아오르고 있다. 새의 운동성이 무한성의 표상인 "메아리"로 울려퍼지는 과정에는 시인 자신의 초월적 욕망이 내재되어 있다. 새는 마지막 행에 화자의 내면에 메아리로 울려퍼져 공명(共鳴)함으로써 확산의 범위를 배가시키고 지상적 한계를 돌파하려는 초월의 욕망을 보여준다.

작품 속에서 사람은 모두 "原生의 새"로 은유화되어 인간과 동물이 하나로 결속되는 양상을 보인다. 새는 지평선의 끝에서 그 모습이 완전히 사라질 때까지 "하늘로 蒸發"되어 그 형상을 잃는 새로 나타난다. 하늘로 증발된다는 서술어는 수증기로 기화(氣化)되어 사라진 무정형의 존재 양태를 드러내지만, 새가 날고 있는 지평선은 하늘과 땅이 하나로 이어지는 경계 공간26)으로 지상과 천상, 삶과 죽음의 경계를 함축한다. 바로 이 지점에서 은유적 관계의 지시틀이 생성된다. 지상에 추락하던 하강의 운동성과 하늘을 향해 날아오르는 상승의 운동성이 지평선에서 하나로 합치되고 이로 인해 상승과 하강, 삶과 죽음이 하나로 통합되는 경

---

26) 박선영, 앞의 책, 2010, p.273.

지에 이르고 있는 것이다. 하늘과 땅이 맞닿는 곳까지 날아가서 형상을 지우는 "原生의 새"는 빛/어둠, 삶/죽음, 과거/현재, 열림/닫힘 등의 이분법적 대립항 사이를 회전하며 변증법적 인식을 가능케 할 뿐 아니라 시인 의식의 초월 지향성을 가시화하고 있다고 할 수 있다. 이는 영원의 시간과 공간을 꿈꾸는 시인 자신의 현존을 의미하는 것이다.

5. 지평 융합으로서의 은유

이 글에서는 후르쇼프스키의 지시틀 이론을 중심으로 박남수 시의 미감과 형식 미학에 대해 살펴보았다. 구체적으로는 『神의 쓰레기』(1964)와 『새의 暗葬』(1970)에 나타나는 초월성이 어떤 은유적 의미망 속에서 구현되는지를 살펴보고 이를 바탕으로 박남수 시의 지향성이 어떤 미학적 연관성 아래 창작되었는지를 검토해본 것이다.

먼저 2장에서는 "빛"을 중심으로 초월성의 욕망이 구체화되는 지점을 살펴보았다. 시인은 여러 자연물을 통해 과거와 현재의 단절을 초극하려는 시도를 보여주는데, 빛이 굴절되어 나타나는 세계는 어둠과 밝음의 경계를 해체하고 만물을 빛 속으로 되돌려줄 창조적인 생성의 공간으로 전이되어 나타난다. 특히 "빛"과 "버려지는 것"이라는 대립적 구도 사이의 화해를 이끌어내 긍정/부정, 삶/죽음, 소멸/영원 등의 대립이 초월적 생명 은유로 이행되는 지평 융합을 이룩한다. 이것은 시인 내면에 존재하는 생명에 대한 갈망과 일상을 초극하려는 신성(神聖)에 대한 욕망에서 비롯되는 것이다.

3장에서는 "새"의 지시틀을 중심으로 박남수 시의 주요 모티프 중 하나인 새의 은유적 변전에 대해 고찰해보고 이들이 어떤 의미 체계를 구축하는지를 분석해 보았다. 그의 작품에서 새는 죽음과 소멸을 통해 생명을 창조하려는 시인 상상력의 내적 구조를 반영한다. 상승과 가벼움, 초월의지를 새라는 지시틀의 사용으로 구체화함으로써 비가시적인 삶의 실재를 은유화하고 있음을 확인할 수 있었다.

4장에서는 암장과 화석의 은유적 결속 관계를 통해 새의 영원성을 파악하고 자기 갱신을 통해 다시 태어나고자 하는 시의식의 지향점을 분석하였다. 이로써 『새의 暗葬』 연작에서는 대립되는 항들의 변증법적 통합을 이룩하고 불멸의 세계를 갈망하는 시인의 내적 심리를 파악할 수 있었다.

필자는 세 가지 층위에서의 은유를 바탕으로 지상적 삶의 유한성을 극복하고 초월성을 갈망하는 시인 인식이 구체화되고 있음을 규명하였다. 이를 바탕으로 박남수 시에 표상된 초월성과 생명에 대한 인식이 근본적으로 은유적 세계 인식에 의해 뒷받침되고 있음을 알 수 있었다. 이 글은 박남수의 시가 초월성에 기반을 둔 은유적 세계 인식에 바탕을 두고 있음을 후르쇼프스키의 지시틀의 상호작용을 통해 규명하고, 그동안 간과되었던 은유 구조를 새롭게 규명했다는 점에서 의의를 가진다고 생각한다.

에코페미니즘의 지향과 여성성의 복원

강은교의 시세계

1. 여성과 에코페미니즘

시인 강은교는 1968년 『사상계』에 「순례자의 잠」으로 문단에 데뷔하면서 여성시의 한계를 넘어섰다는 평가와 함께 주로 '허무와 죽음'의 관점에서 많이 조망된 시인이다. 그녀의 시는 여성이라는 부정적 꼬리표를 떼어낸 여성 시인[1]이라는 평가를 받으며 기존의 여성 시인들이 보여준 소박한 주제의식과 서정성의 폭을 뛰어넘는 독특하고 참신한 시세계를 보여준다.[2] 그녀는 여성 시인 특유의 섬세한 직관과 주술적인 리듬, 원형적 이미지를 바탕으로 풍성한 시세계를 구축해 왔다. 그러나 그 명성과 풍성한 시세계에도 불구하고 대부분의 논의가 시집 해설이나 평문

---

1) 이혜원, 「생명을 뛰어넘는 비리데기의 노래」, 『강은교의 시세계』, 천년의시작, 2005, p.294.
2) 지금까지 출간한 시집은 『허무집』(1971), 『풀잎』(1974), 『貧者日記』(1977), 『소리集』(1982), 『붉은강』(시선집, 1984), 『우리가 물이 되어』(시선집, 1986), 『바람노래』(1987), 『오늘도 너를 기다린다』(1989), 『벽 속의 편지』(1992), 『어느 별에서의 하루』(1996), 『등불 하나가 걸어오네』(1999), 『젊은 시인에게 보내는 편지』(詩畵集, 2000), 『시간은 주머니에 은빛 별 하나 넣고 다녔다』(2002), 『초록 거미의 사랑』(2006) 등 14권의 시집이다.

등 단편적인 논의에 그치고 있어 강은교 시에 대한 새롭고 심층적인 논의가 필요하다고 생각한다. 기존의 논의는 크게 다음과 같은 측면에서 이루어졌다.

첫째, 삶과 존재에 관한 관념적 성찰과 허무의식에서의 조망3)으로 시인 자신의 병고 체험과 상상력의 변전을 중심으로 고찰한 경우이다.

둘째, 강은교의 역사의식에 대한 연구로 죽음, 허무, 소멸 등의 관념 세계가 중심이었던 초기시에 비해 차츰 현실적이고 민중적인 세계로 확대되어 나간다고 보는 경우4)이다.

셋째, 강은교 시에 나타난 무속과 신화적 여성상에 대한 연구5)로 이들은 무속의 계승과 시사적 측면에서의 영향을 분석하고 여성주의적 관점에서 강은교 시의 세계관을 분석하고 있다.

그녀는 한국 여성시의 흐름에서 볼 때 전통적인 감수성을 거부하고 남성중심적 사유체계에 의해 구획지어진 사회에서 억압받는 타자로 살아온 여성의 삶을 해방시키고 주체적 자아의 모습을 복원시켜 여성의 정체성을 확립시킨 시인이라고 평가를 받는다. 지금까지의 논의는 그녀

---

3) 진형준, 「무덤의 상상력에서 뿌리의 상상력으로」, 『순례자의 꿈』, 나남, 1988.
　김병익, 「허무의 선험과 체험」, 『한국문학의 의식』, 동화출판공사, 1976.
　김경복, 「죽음으로서의 초대」, 『풍경의 시학』, 전망, 1996.
　박찬일, 「소극적 허무주의에서 적극적 허무주의로」, 『강은교의 시세계』, 천년의 시작, 2005.
　구모룡, 「생명의 슬픔, 생명의 아름다움」, 『강은교의 시세계』, 천년의 시작, 2005.
4) 정영자, 「강은교의 시세계」, 『한국여성시인연구』, 평민사, 1995.
　이선영, 「꿈과 현실의 변증법」, 『벽속의 편지』, 해설, 창작과 비평사, 2002.
5) 김은희, 「강은교 김승희 시의 여성 신화적 이미지 연구」, 이화여대 석사논문, 2007.
　김희정, 「통과제의적 죽음과 모성의 회복」, 이화어문논집, 24-25, 2007.
　박노균, 「존재 탐구의 시에서 역사적 삶의 시로」, 『한국현대시연구』, 민음사.
　박경혜, 「강은교 시의 자궁 이미지」, 『한국 페미니즘 시학』, 동화서적, 1996.
　송희복, 「강은교의 시세계와 여성생태주의」, 『강은교의 시세계』, 천년의 시작, 2005.
　이은옥, 「강은교 시의 창작 정신 연구」, 단국대 석사논문, 2004.

의 시가 주로 죽음과 허무의 문제를 통해 존재에 대한 근원적 성찰과 인간의 보편적 선험(先驗)의 세계를 보여주었다는 평가가 지배적이다. 그러나 강은교 시가 이야기하는 죽음과 허무에 대한 보편적 의미망 이면에는 여성적 경험이라고 할 만한 특수한 영역이 함께 공존하는 것도 사실이다. 실제 강은교의 시들이 펼쳐놓는 행간을 따라가다 보면 죽음과 허무의 문제를 통해 삶의 근원적 존재 원리를 탐구하는 보편적 의미망 사이로 여성이 봉착하는 딜레마와 함께 이분법적 세계를 초월한 화합과 공존의 상황들이 산재해있음을 자주 발견할 수 있다.

이 글은 이런 점에 착안하여 강은교 초기시6)에 나타난 여성적 체험과 상상력이 어떻게 구현되어 있으며 동시에 이런 특수성이 그녀의 시세계 전체와 어떤 관련을 맺고 있는가를 탐구해보고자 한다. 이를 위해 필자는 강은교 시가 갖는 미학적 가치와 의의를 조명하기 위해 에코페미니즘적 관점으로 그의 시를 검토·분석해보고자 한다.

에코페미니즘에서는 첫째, 자연이 목소리와 욕구를 가질 뿐 아니라 개별적인 주체의식을 갖는 것으로 재이미지화(reimaging)하는 것을 중요시한다. 자연을 대상물로 바라보는 남성적 시각을 거부7)함으로써 남성과 여성, 인간과 자연 등에 가해지는 모든 차별에 대항한다. 이렇게 에코페미니즘은 자연과 여성의 타자적 위치를 거부할 뿐 아니라 관계 지향적 태도와 친밀감을 강조하고 여성의 삶과 경험의 가치를 중요시한다.

---

6) 논의 대상 시집은 『허무집』(1971), 『풀잎』(1974), 『貧者日記』(1977), 『소리集』(1982), 『붉은강』(시선집, 1984)을 중심으로 한다.

7) Gretchen, T.Legler, "Ecofeminist Literary Criticism", Warren, Karen, J, ed. 「Ecofeminism-Women, Culture, Nature」, Bloomington & Indianapolis : Indiana University, 1997, p.228. 송지현, 「문학비평으로서의 생태여성론」, 『한국문학이론과 비평』 4호, 1999, p.106 재인용.

즉 여성들이 갖고자 하는 힘은 다른 사람들 위에 군림하는 권력이 아니라 다른 사람과 함께 하는 힘, 가부장적 힘을 대신하는 일종의 나눔의 힘8)이라는 것이다.

둘째, 자연이 능동적인 주체라는 인식은 '나'라는 존재가 인간/자연물 관계에서 상호 고립되고 독립적인 존재가 아니라 자연의 삼라만상과 관계를 맺고 있는 '관계적 자아(relational self)'라는 깨달음9)으로 이끈다. 관계적 자아란 자신을 대상에서 독립된 존재로 인식하는 것이 아니라 관계적 그물망 안에서 그 대상과 밀접한 관계를 맺고 있는 것으로 파악하기 때문에 자연과의 직접적이고 구체적인 접촉을 전제로 한다.

셋째, 에코페미니즘은 자연과 여성, 하층 계급, 소수 민족 등에 행해지던 모든 차별과 폭력을 근절하려는 탈근대적 사유이기도 하다.10) 능동적이고 주체적인 생산자로 타자화된 여성의 삶을 극복하고 평화와 공존의 가치를 강조함으로써 인간 공동체를 이해하고 보살필 수 있는 능력을 강조한다는 것이다. 결국 문명 세계가 만들어낸 위계 질서와 지배의식으로부터 자연과 여성을 해방시키기 위해 에코페미니즘은 반위계 질서를 바탕으로 한 '상호관련성, 상호의존성, 나눔의 힘'11) 등을 강조한다.

이렇게 에코페미니즘은 서구 사유에서 경시되었던 신체를 지각의 근원으로 새롭게 중시하는 20세기 철학의 한 경향과 맥이 닿아 있으며, 몸

---

8) Petra Kelly, "Women & Power", Warren, Karen, J.ed. 『Ecofeminism -Women, Culture』, Blooming and Indianapolis : Indiana University Press, 1977, p.114.
9) 신두호, 「남성과 에코페미니즘」, 『영미문학페미니즘』 제9권 1호, 2001, p.53.
10) Irene Diamond, 정현경·황혜숙 역, 「생태여성주의와 심층 생태학」, 『다시 꾸며보는 세상』, 이화여대 출판부, 1996, pp.202~217.
11) 고갑희, 「에코페미니즘 : 페미니즘의 생태학과 생태학의 페미니즘」, 『외국문학』, 1995년 여름호, pp.101~106.

을 통한 외부 세계에 대한 인식을 지향한다는 점에서 근대가 노정한 갈등과 억압적인 구조를 해결할 대안으로 주목받아 왔다. 강은교의 시들은 가부장적 상징 질서 안에서 부재의 자리로 인식된 여성성, 특히 어머니의 모습과 상실된 어머니를 갈망하는 여성적 주체의 음성들과 이미지들이 암시적으로 나타나고 있다. 또 영성(靈性)의 가치를 강조하면서 신화적 여성 이미지가 산재하고 있어 에코페미니즘의 세계관과 잘 부합하는 텍스트라고 생각한다. 에코페미니즘적 시각에서 그녀의 시를 검토하는 것은 생태주의적·여성주의적·탈근대적 관점을 포괄하면서 그녀의 시에 내장되어 있는 생명의 정신과 통합적 세계관을 이해할 수 있는 방법이 될 수 있다고 생각한다.

이를 바탕으로 본고에서는 강은교 초기시에 반복적으로 나오는 몸의 이미지와 무속의 상상력, 주술적 언어의 특성을 집중적으로 살펴봄으로써 에코페미니즘의 중요한 요소인 생명 의식과 자비의 현재적 의미를 살펴볼 것이다. 또 여성 차별과 자연에 대한 강한 저항에서 에코페미니즘의 탈근대적 성격을 함께 검토해 볼 예정이다.

2. 몸의 이미지와 치유의 시학

강은교 초기시에 반복적으로 등장하는 시어들은 "살", "뼈", "피" 등의 원형적인 실료로서 봄과 관련되는 이미지들이다. "살"과 "뼈", "피"12)는 강은교 시에서 세계 속에서의 사회적 처소(處所)이며 동시에 감

---

12) 바리공주 무가에서는 '뼈살이(骨生)', '살살이(肉生)', '숨살이(息生)'를 인간을 존재시키는 기본 요소로 파악한다. 뼈살이는 뼈를 살리는 것, 살살이는 살을 살리는 것, 숨살이는 숨을 살리는 것으로 죽은 사람의 삶을 다시 살릴 때 이런 의식을 치른다는 것이다.

각들의 상호 작용을 통해 시적 자아를 세계와 공명(共鳴)시키는 중요한 시어들이다. 시의 전편에 이런 시어들이 등장하여 그녀의 시는 샤머니즘적 분위기를 강하게 발산한다. 원형적 육체 이미지는 무속적 상상력의 기본 바탕이 되며 강은교 시의 근본 골격을 형성하는데, 샤머니즘은 성격상 여성과 친연성이 강한[13] 사유 방식이라고 할 수 있다. 다시 말해 여성에게 주어진 도덕적 열등감과 사회적 무력감을 극복하고 신화적 세계에서나마 사회적 권위를 획득하려는 시도[14]가 담겨있는 것이다. 살, 뼈, 피의 이미지들은 생명을 구성하는 육체의 강렬한 존재감을 환기시키며 강은교 특유의 신화적 여성 이미지를 만들어내는 데 기여하고 있어 많은 평자들이 주목한 부분이기도 하다. 살과 뼈의 이미지와 운동성은 샤머니즘적 세계와 신화적 공간에 채색되어 특유한 여성성으로 육화되어 나타난다. 이것은 아픈 상처와 역사를 치유하는 어머니로서의 면모를 보이는 생명력의 근원이 된다. 몸의 이미지는 수시로 형태를 바꾸어 형상화되기도 하는데, 이는 만물을 치유하고 구원하고자 하는 신화 속 주인공 '비리데기'의 삶과도 연결된다.

> ① 사람이여/네가 가는 길 위에
> 웬 모래가 이리 많은가
> 조금만 귀 기울여도/창밖에는 살(肉)을 나르는 바람소리
> 동쪽에서 서쪽으로/내 뼈 네 뼈가 불려가는 소리
>
> ―「黃昏曲調」四番에서
>
> ② 살이 춤춘다/춤추면서 살은
> 主人없는 山으로 간다

최길성, 『한국 무속의 이해』, 예전사, 1994, p.152.
13) 이혜원, 「해원(解冤)과 부활의 주술」, 『생명의 거미줄』, 소명출판사, 2006, p.93.
14) 김재희, 『깨어나는 여신』, 정신세계사, 2000, p.46.

가다가 밭이 있으면/잠깐 쉬어 밭이 된다
山밭에 나물로 핀다/살은 다시 더
높은 山으로 간다/가다가 물이 있으면
잠깐 쉬어 물로/흐른다
흘러서 더 큰/바다로 간다

—「煉禱」에서

①의 시적 화자는 "조금만 귀 기울여도" "살(肉)을 나르는 바람소리"와 "동쪽에서 서쪽으로/내 뼈 네 뼈가 불려가는 소리"를 듣는다. 창 밖에서 자신의 육체가 살과 뼈로 분해된 채 죽음을 향해 옮겨지고 있는 소리를 창문 안 쪽에서 듣는 화자의 모습은 일차적으로 자아와 육체의 분리를 표상한다. 몸의 해체와 소멸은 합리적 이성의 세계를 넘어선 공간에서 이루어지기에, 의식적 자아로서도 어쩔 수 없는 것이다. '나'와 '너'의 '살과 뼈'는 시적 자아의 욕망과 상관없이 "바람"이라는 타자에 의해 실려가고 호명된다. 이렇게 숙명적인 죽음과의 대면은 자아로 하여금 스스로의 불안정한 정체성에 눈뜨게 한다. 부서지는 살과 뼈의 이미지는 존재의 소멸과 죽음의 이미지가 함께 투영되어 있다.

②이 「煉禱」에서는 '살과 뼈'가 나채로운 운동의 과정을 거치며 물로 정화되어 재생하는 과정을 그려 보이고 있다. 무당의 살풀이와도 같은 물의 정화력은 이 시의 핵심 의미를 가질 뿐 아니라 격렬한 살과 불의 춤을 통해 "자기가 깨어있다고/춤추면서 부서지면서/피흐르면서" 움직인다. 움직이는 "살"은 "밭이 되"고 "나물로 피"며 "꽃"이 되는 등 죽지 않고 계속 살아 생명 활동을 이어나간다. 이것은 영혼이 죽지 않고 계속 살아있다는 샤머니즘적 사고와도 맞닿아있는 것으로, 이런 의식은 자연과 만물 그리고 인간의 영혼이 영속성을 지닌 하나의 생명체라는 유기

적 사유 방식에서 나온 것이라고 할 수 있다. 유기적 사유 방식은 자연과 삶을 하나의 전체로 인식하는 사유 방식으로, 훼손되지 않은 순수한 생명의 세계를 추구하며 우주론적인 생명의식을 전개하거나 자발적인 자기 표현과 감정의 영역을 중시함으로써 반근대성을 지향하는 것[15]이기도 하다.

이 작품에서 시인은 "살아있는 者 살아서 못보나니./눈뜬 者 눈떠서 못보나니"에서처럼 이성의 세계에서는 파악할 수 없는 세계를 투시하며 죽은 혼령과 공감하는 시의 공간을 만들어낸다. 시인은 삶과 죽음이 하나로 이어져있다는 통찰을 보여줄 뿐 아니라 스스로 영매(靈媒)가 되어 죽은 영혼들을 달래면서 영혼의 세계를 투시한다. 이러한 샤머니즘적 사고는 합리적 이성의 범주를 넘는 영성(靈性)과 예지의 시적 산물이다. 영성(靈性)은 만물의 신성함과 존귀함을 인지하는 능력으로 여성으로 하여금 생명을 사랑하고 축복하게 해주는 에너지[16]라고 할 수 있다. 우주와 주체의 교류를 직관하고 생명의 역동성을 포착하기에, 이성의 범주를 초월하여 생명의 경외감을 통찰하게 하는 능력이다. 강은교 초기시들은 영성에 바탕을 둔 강렬한 무속적 심상을 가지고 있다는 점에서 작품에 주술성을 배가시킬 뿐 아니라 선험적 직관 속에서 여성의 몸이 체현하는 생과 사의 비의를 투명하게 그려낸다.

> 깨어진 거울 속에서 어제 밤은/바다로 가는 물을 보았다
> 薔薇와 모래가 함께 나는/저쪽
> 옷과 신발도 버리고/맨몸으로 맨몸으로

---

15) 구모룡, 「문학과 근대성의 경험」, 『좋은날』, 1998, pp.51~56.
16) Maria Mies · Vandana Shiva, 손덕수 · 이난아 역, 『에코페미니즘』, 창작과 비평사, 2000, pp.29~32.

물은 祖國을 떠나서 갔다

　　　…(중략)…

그렇다 旅行이다/가장 가까운 곳에서

눈물 하나가 바다를 일으킨다/바다를 일으켜서는

또다른 바다로 끄을고 간다/부끄럽게 가만가만

暴風 속에서도 새우를 키우며/돌아오지 않으려고

바다에서 자는 물,/잠자리가 불편하다고

곳곳에서 女子들은/무덤을 가리키며 울었다

그런데 또 누가 중얼대는군/아직 늦지는 않아

그 사람의 목소리는 暴風에 실려/반짝이는 千個 의 지붕을 지나고

벌판을 지나고/드디어 어느 하루

우리나라에도 도착한다/방황하는 數百人의 寢臺

마른 눈썹에 걸리는 이불들

그렇다 旅行이다

—「비리데기의 旅行 노래」 중 「二曲· 어제밤」에서

　　강은교는 한국 신화인 '비리데기'에 관심을 가지고 이를 반복적으로
형상화하였다. 그녀가 샤머니즘적 세계관에 관심을 가지고 신화적 주인
공을 하나의 방법론으로 이용한 것은 무속이 제의적 의례에서 손재하고
삶 속에서 되풀이되고 있어, 다양한 여성의 경험을 표출할 수 있기 때문
이라고 본디.17) 그녀의 시에 등장하는 "비리데기"나 "유화(柳花)"는 모두
가부장적 이데올로기의 회생물로 고통과 죽음을 극복하고 출산과 양육
같은 여성의 과업을 묵묵히 수행해낸다. 신화 속 여성들은 남성적 공간

---

17) 김영숙, 「여성중심 시각에서 본 바리공주」, 『페미니즘 문학론』, 한국문화사, 1996,
　　p.79. 설화 속에서 '비리데기'는 오구대왕의 버려진 일곱째 딸이며 딸이라는 이유로
　　태어나자마자 버려진 아이이다. '비리데기'의 유기(遺棄)는 세계를 성적으로 분화시키
　　고 차별화하여 위계질서를 만들어내는 가부장적 질서에서 비롯됨을 보여준다.

에서 좌절과 고통의 극한을 맛보지만 무신(巫神)이 되는 입사식의 과정을 거쳐 세상과 자기 자신을 구원하는 위치에까지 오른다.

「비리데기의 旅行 노래」는 서사 무가의 형식을 빌어 전체 5곡으로 구성된 장편시[18]이다. 위의 2곡의 서사적 구성은 비리데기가 버려진 후 아버지를 구하기 위해 부름을 받고 육친의 정과 원한 사이에서 번민하는 내용이다. 자아의 고뇌를 암시하는 "깨어진 거울" 속에서 "바다로 가는 물"을 본 비리데기는 "장미"와 "모래"와 함께 "맨 몸으로" 조국을 향한다. 여행이 일상에 대한 거부와 반란, 탈주의 과정을 상징하는 것이라고 본다면, 비리데기의 행로는 고착화된 자아상에 대한 부정과 여성 정체성의 확대를 암시한다고 할 수 있을 것이다.

2연에서는 "눈물 하나가 바다를 일으킨다"는 진술에서 시작함으로써 물의 역동성을 강조하고 있다. 특히 강은교의 시에서는 "바다"가 어떤 물보다도 투명하고 훼손되지 않은 원형적 물[19]로 등장한다. 시인은 폭풍 속에서도 "새우를 키우는"모성적인 물의 힘과 영향력을 강조한다. 그러나 곳곳에서 여자들이 "잠자리가 불편하다"고 하소연하며 "무덤을 가리키며 울었다"는 것은 그 과정이 결코 쉽지 않은 일이며 여성의 인고와 희생이 요구됨을 표현하고 있다. 그러나 시적 화자는 "아직 늦지는 않아"라는 희망적인 어조를 통해 "暴風"에 실려 "千個의 지붕"을 지나

---

18) 비리데기 신화의 서사적 구성은 다음과 같다.
　① 비리데기는 태어나자마자 딸이라는 이유로 버림받는다
　② 비리데기는 병든 부모를 위해 약수를 찾아 서역서천국으로 떠난다
　③ 약수를 얻어 귀환한 비리데기는 병든 아버지와 어머니를 살리고 오염된 세계를 정화시킨다
　④ 비리데기는 아버지가 보장해주는 미래의 세계를 거절하고 사자들을 저승으로 인도하는 무조신이 된다
19) 나희덕, 「물과 불 그리고 탄생」, 『강은교의 시세계』, 천년의 시작, p.101.

고 우리나라에 도착한다고 하면서 여행을 다시 암시[20]하고 있다. 다시 말해 이 시는 물의 흐름을 통한 유동적 이미지로 비리데기의 험난한 여로를 암시하는 것이다. 타자와 세계의 고통을 자신의 고통으로 상쇄하는 비리데기의 삶은 "피"와 "살"과 "뼈"의 존재 방식을 육화하는 방식으로 드러난다. "피", "살", "뼈" 이미지는 아픈 상처와 역사를 치유하는 '어머니 자연'(Mother Nature)의 면모를 보이며 강인한 생명력과 재생의 근원이 된다. 이것은 자연을 침탈과 정복의 대상으로 보는 서구의 이성중심적 사고와 대척점에 있는 것으로 만물이 공유하는 영성과 생명의 존엄성에 대한 자각에서 비롯되는 사유 방식이라고 할 수 있다. 이렇게 강은교의 시에 샤머니즘적 심상이 많이 등장한다는 점은 서구의 이성적 합리주의를 거부하는 새로운 세계 전망[21]으로서의 탈근대성을 지니고 있다. 여성과 감성을 억압하는 근대성의 한계를 벗어나고자 하는 욕망 이면에는 이분법의 세계를 해체하고 일원론적 세계를 추구하고자 하는 여성적인 것의 진정성이 내포되어 있기 때문이다.

> 다음날 더 큰 바다로 가면
> 청천에 빛나는 저 이슬은
> 누구의 옷 속에서
> 다시 자랄 것인가
>
> 사라지는 별들이
> 찬바람 위에서 운다
> 만리 길 밖은
> 베옷 구기는 소리로 어지럽고

---

20) 김은희, 앞의 책, p.19.
21) 송희복, 앞의 책, p.217.

> 그러나 나는
> 시냇가에
> 끝까지 살과 뼈로 살아있다
>
> —「비리데기 旅行 노래 제 3曲—사랑」에서

위의 시는 비리데기가 출산과 결혼을 거치고 아버지를 살려낸 이야기이다. 그런데 시인은 아버지를 구한 딸이 아버지의 체제에 입성하지 않고 "서천서역국"으로 가기 위해 반드시 건너야만 하는 시냇가에 끝까지 "살과 뼈로 살아"남는 것으로 시를 마무리한다. 이것은 아버지로 표상되는 남성중심적인 체제에 편입되길 거부하고, 죽은 영혼을 안내하는 '무조신'으로 살과 뼈를 선택한 비리데기의 의지를 형상화한 것이다. 비리데기가 스스로 선택한 길은 아버지의 세계에서 수동적인 위치를 거부하고 자립적인 존재가 되고자 하는 강한 신념의 길이다. 이렇게 비리데기의 정체성은 여성적 자아의 의식 속에서 긍정적으로 복원되는 모습을 보여준다. 가부장제에 의해 버려진 여성이 죽음의 통과제의를 통해 새로운 정체성을 찾고 어머니의 몸을 회복해가는 과정[22]을 보여주는 것이 이 원텍스트의 효행담 이면에 내포된 심층적 의미라고 할 수 있다. 살아있는 "살과 뼈"는 죽음을 통한 자기 갱신 이후 비리데기가 획득한 새로운 몸의 형태라고 할 수 있다. 이렇게 강은교의 '비리데기'는 남성의 주변으로서 여성이 주변의 삶을 극복하고 주체로 복귀하는 과정을 노래하고 있다는 점에서 '상상계적 유토피아처럼 꿈을 주는 어머니'[23]이면서 환상적인 힘을 가진 어머니이기도 하다.

---

22) 김희정, 「통과제의적 죽음과 모성의 회복」, 이화어문논집, 24-25, 2007, p.125.
23) 김승희, 『코라 기호학과 한국시』, 서강대출판부, 2008, p.437.

새벽마다 나는 길을 떠난다
이 어둡고 어두운 날들
이 갈앉고 갈앉은 구름들 사이로
나는 하나이지만
수많은 하나들의 뼈를 데리고 간다
　　　　…(중략)…
그리고 마침내, 드디어

내 맨발의 피가
그리고에 피맺히는 것을 본다
마침내에 입다무는 것을 본다
드디어 形體 스러짐을 기다린다
이 어둡고 어두운 날
누군가 버리는 눈물 속으로
소리없는 소리되어 흐르는 날.

―「碧蹄를 생각하며」에서

강은교의 시에서 반복되는 몸의 이미지와 운동성은 죽음의식[24]과 강하게 연결되면서 무의식의 영역으로 추방된 죽음의 본능을 텍스트 안에 적극적으로 수용하고 있다. 죽음을 응시하는 화사의 대도는 사뭇 진시하고 성찰적이다. 텍스트는 죽음의 징후로 가득 차 있다. 한 연에 나와 있는 "그리고 마침내"의 부사들은 숙음을 관망하는 시적 주체의 결연한

---

24) 프로이드에 의하면 생의 본능은 죽음의 본능을 극복하고 지배권을 획득한다고 한다. 그것은 죽음으로의 하강을 방해·지연시킴으로써 죽음에 대항하여 삶에 내재한 잠재적 불멸성을 획득한다. 인간의 무의식 속에는 유기체가 무기체로 되돌아가려는 반복강박으로서의 죽음 충동과 이러한 죽음 충동을 지연시켜 삶이 지속되게 만드는 역동적 에너지로서의 삶의 충동이 근원적으로 내장되어 있다는 것이다. 캘빈.S.홀『프로이트 심리학 입문』, 황문수 역, 범우사, 1977. 및『문학비평용어사전 下』, 한국문학평론가협회, 국학자료원, 2006, p.160.

의지를 나타낸다. 뼈의 해체는 "그리고"에서 "마침내" 그리고 "드디어"로 넘어가는 연의 통사적 과정과 조응하면서 순차적으로 완성되고 있다. 형태의 분해와 절단을 통해 "소리없는 소리"로 변하게 된 화자의 몸은 삶과 죽음, 안과 밖, 몸과 영혼의 이분법적 경계가 해체된 어머니의 수용적 몸을 환기시킨다. 상징 질서에 의해 구성된 사회적 몸을 해체시킴으로써 화자는 의식 밖으로 추방당한 어머니의 몸과 다시 마주치고 있는 것이다. 그러나 어머니의 몸은 흐르고 고착되지 않는 유동성을 가지며, 서로 대립되는 것들을 결속시켜주는 원형적 힘을 가진다. 이것은 힘의 원천이자, 상상계적 유토피아로서의 대지 모성이기도 하다.

우리가 물이 되어 만난다면
가문 어느 집에선들 좋아하지 않으랴
우리가 키큰 나무와 함께 서서
우르르 우르르 비오는 소리로 흐른다면

···(중략)···

그러나 지금 우리는
불로 만나려 한다
벌써 숯이 된 뼈 하나가
세상에 불타는 것들을 쓰다듬고 있나니

만리 밖에서 기다리는 그대여
저 불 지난 뒤에
흐르는 물로 만나자
푸시시 푸시시 불꺼지는 소리로 말하면서
올 때는 인적 그친

넓고 깨끗한 하늘로 오라

―「우리가 물이 되어」에서

이 시에 등장하는 물과 불의 원형적 이미지는 생명의 원천으로 여겨지는 물질로서의 이미지라고 할 수 있다. 강은교의 시에서 물의 이미지가 어머니의 수용적 몸 혹은 모성적 이미지를 상징한다는 것은 이미 널리 알려진 사실이다. 바슐라르에 의하면 물은 자연의 나체를 환기시키며 자연의 순환성을 간직하고 있기 때문에 존재의 순수성을 회복하는 정화력을 가진다[25]고 한다. 물에서 나타나는 존재는 조금씩 자기 자신을 물질화해가는 반영으로서 어떤 존재가 되기 이전의 이미지 혹은 어떤 이미지가 되기 전의 욕망으로 나타난다는 것이다. 다시 말해 물은 현상으로 일어난 모든 존재를 용해함으로써 정화, 재생, 새로운 탄생의 힘[26]을 가지게 한다.

시적 화자는 물이 되어 다시 만나면 "나무"를 살리며 모두에게 축복받는 존재가 되리라고 믿는다. 자기 완성과 충만함의 표상인 물의 이미지는 불의 이미지와도 만나 변증법적 상상력으로 형상화된다. 물이 되기 위해서는 먼저 불을 통한 자기 징화의 과정이 필요하나. "숯이 된 뼈"가 불타는 세상을 감싸는 포용력과 우월성을 갖게 되듯이 불을 통과해 자신의 몸을 내우고 나의 경계를 해체시켜 물이 되어 만난다는 것이다. 그래서 우리가 지금 "불"로 만나는 것은 새로운 존재로 태어나기 위해 죽음의 과정을 겪는 것과도 같다. "푸시시 푸시시 불 꺼지는 소리"는 온몸을 다 태운 자아가 물이 되는 순간, 즉 자아가 "어머니의 몸"으로 다시

---

25) G. 바슐라르, 『물과 꿈』, 이가림역, 문예출판사, 1980, p.205.
26) M. 엘리아데, 이은봉 역, 『종교형태론』, 형설출판사, 1979, p.216.

태어나는 순간을 보여준다. 여기서 물은 자기 해체의 통과의례를 거쳐야 획득될 수 있는 새로운 형태의 몸이다. 이 새로운 물은 "죽은 나무뿌리를 적셔줄" 생명력과 재생의 힘을 가지고 있는 물질이다. 스스로의 몸을 해체하고 나의 경계를 무화시킨 뒤 자아는 자유로운 몸이 된다. "만리" 밖까지 흐르며 "죽은 나무뿌리를 적시"는 몸은 어머니의 몸이 가진 생명력과 재생의 힘을 강렬하게 환기시킨다. 그래서 시적 화자가 지향하는 물은 비리데기가 저승에서 길어온 약수와 동일한 은유적 관계로 결합하여 가부장제가 "어머니의 몸"에서 찬탈한 회복과 치유의 힘을 여성성의 영역으로 복원시키고 있다.

3. 삶과 죽음의 경계 공간과 자비의 시학

강은교의 생명 의식은 존재의 보편적 문제이기도 하지만, 여성의 몸에 근거한 특수한 경험에서 비롯되는 것으로도 보인다. 그녀의 시에 나타나는 삶과 죽음에 대한 성찰, 치유의 언어를 바탕으로 한 윤회 사상 등은 여성의 몸이 겪는 고유한 경험과 밀접한 관계를 갖는다. 앞장에서도 살펴보았지만 강은교 시에 나타나는 신화적 여성들은 가부장제 질서에서 희생당한 존재들로 그들은 "잠들지 못"하거나 "귀신이 되어 울"거나 "살과 뼈"로 이승과 저승을 오고 간다(「黃昏曲調 二番」). 버려지고 죽어가며 쓰러지는 여성들은 한과 슬픔을 품고 있으며 허무와 소멸의 정조를 노래한다. 특히 이 여성들은 아버지로 상징되는 부권에 수동적이며 남성들(아버지, 남편 혹은 아들)을 위해 수난, 출산, 노동을 강요당한다. 이러한 신화적 원형을 시작 모티프로 삼았기에 강은교 시에 나오는 주요 공간은 매개적 공간에 위치하며, 작품에 등장하는 여성은 주로 "무덤",

"문", "벽", "창", "사이" 등의 경계 공간에 위치한다. 이러한 방향성은 위치가 부정확한 공간으로 형상화되며 여성의 존재론적 불안감과 위기의식을 암시하기도 한다.

그러나 이런 경계성은 만물을 구원하는 신성(神聖)의 힘을 가지면서 긍정적 의미로 확대되기에 이른다. 그래서 그녀의 시에 등장하는 "아버지"는 부정과 환멸의 대상이 아니라 연민과 용서의 대상이 되기도 한다. 시인은 아버지의 권위를 추락시키거나 해체시키기보다는 부성을 치유하고 포용해야 한다는 긍정과 자비의 태도를 보여준다.

> ① 열린 子宮을 닫고/이제 드는 잠은 얼마나 깊은지
> 가까운 大陸에는/몇 번이나 다시 고친 긴 무덤
> …(중략)…
> 마지막으로/우리는 虛空에 도착한다
> 사과껍질 위에서/큰 山이 무덤과 함께 昇天한다
>
> —「旅行次」에서

> ② 그 무덤에 핀 할미꽃은
> 어느날 더 많은 할미꽃을 피우다가
>
> 그 무덤이 쓰러져
> 아주 地下로 가버렸을 때
> 혼자 남아 무덤의 흙을 만지더니.
>
> 만지다가 저도 어느 날
> 모진 비 끝에 따라가더니
> 세상이 끝났다고 따라가더니.
>
> —「오래된 이야기」에서

　강은교 시에서 생명의 모태로서의 여성의 몸은 자궁의 이미지로 나타난다. 여성의 자궁은 물로 가득찬 삶 이전의 세계인 동시에, 하나의 생명 안에서 새로운 생명을 잉태한다는 점에서 재생의 공간이라고 할 수 있다. 생명을 잉태하고 자라게 하는 자궁은 여성에게만 존재하며 남성의 폭력성에 의해 훼손된 세계를 치유하는 여성성의 상징이기도 하다.

　①에서 무덤과 자궁은 동일시된다. 열린 자궁은 삶의 국면이고, 닫힌 자궁은 죽음의 국면27)이며, 닫힌 자궁은 무덤과 형태적 유사성을 가진다고 볼 수 있다. 여성의 몸은 생과 사를 넘나들며 이를 반복하는 공간이기에, 시인은 여성의 몸이 우주와 맞먹는 생명과 재생의 근원28)임을 환기시킨다.

　②의 시는 무덤에 피는 "할미꽃"을 의인화하여 삶과 죽음의 경계 공간을 가시화한다. "할미꽃"은 삶과 죽음이 교차하는 무덤마저 무너져 "지하"로 사라졌을 때, 혼자 남아 무덤의 흙을 만지고 스스로 무덤을 따라간다. 그리고 "무덤의 무덤"이라는 이중적 공간이 존재한다고 믿고 있다. 여기서 무덤은 삶과 죽음의 경계 공간을 암시하지만 소멸과 부정의 공간이 아니다. 오히려 시적 주체는 더 넓고 깊은 사후 세계를 인정하며 재생과 윤회의 가능성을 믿고 있다.

　한편 문은 공간적인 측면에서 연속성의 단절을 보여주는 전이 지점이다. 안과 밖을 가르는 문이기에 외출을 위해서 작품 속 주인공들은 이 경계를 넘어서야 한다. 또 문은 보호하는 울타리와 자유를 막는 장애물

---

27) 김경복, 「강은교 초기시에 나타난 물의 이미지」, 『강은교의 시세계』, 천년의 시작, 2005, p.258.
28) 박수경, 「강은교 초기시에 나타나는 여성상 연구」, 『경남대 교육문제 연구소』, 2009, p.167

의 이중적 의미를 가진다. 여성적 주체는 끝없이 문 밖을 꿈꾸지만, 문 안이나 문 턱에서 서성거리거나 정착하지 못하는 주변적 존재에 머무르고 있다. 이러한 망설임과 두려움은 문의 불안정성을 더 증폭시키지만, 문의 경계적 성격은 여성적 주체로 하여금 늘 모색의 과정에 있도록 만든다는 점에서 흥미로운 공간으로 자리 잡고 있다.

> ③ 門을 열면 모든 길이 일어선다
> 　　새벽에 높이 쌓인 집들은 흔들리고
> 　　문득 달려나와 빈 가지에 걸리는
> 　　數世紀 낡은 햇빛들
> 　　사람들은 굴뚝마다 煙氣를 갈아꽂는다(중략)
> 　　門을 열면 모든 길을 달려가는
> 　　한 사람의 視野
> 　　虛空에 투신하는 외로운 煙氣들
> 　　길은 일어서서 盡終日 나부끼고
> 　　꽃밭을 나온 사과 몇 알이
> 　　廢墟로 가는 길을 묻고 있다
>
> ―「自轉 3」에서

"문"은 안과 밖을 구분짓는 매개 기호이다. "문"을 열면 "모든 길"을 달려가는 "한 사람의 視野"가 열리고 "외로운 煙氣"들이 "虛空"으로 투신하며 "꽃밭"에서 나온 "사과 몇 알"은 "廢墟로 가는 길"을 묻고 있다. 이 시에서는 "높이 쌓인 집"이 하나의 고정된 공간이지만 "흔들린"다는 운동성으로 인해 다른 감각의 세계와 교류할 수 있는 지점에 놓여진 것으로 보인다. 죽은 사람의 영혼은 "굴뚝"으로 나가며 "굴뚝"으로 들어간 영혼은 다시 "虛空에 투신"하여 삶과 죽음이 반복되는 양태를 볼 수 있다. "사과 몇 알"은 척박한 토양에서 결실을 맺은 생명의 열매로 살아있는 삶을 의미하며, "廢墟"는 죽음의 공간을 의미하는 것으로 볼 수 있다. 그래서 이 시는 문의 안과 밖을 통해 변전하는 죽음과 삶의 재생을 파악할 수 있는 의미 구조를 가진다.

그러나 강은교의 시에 등장하는 화자는 여성의 불안하고 불공평한 현실에 대해서는 의식하고 있지만, 이를 비판하거나 부정적으로 인식하고 있지는 않다. 이것은 여성이 경계적 공간에서 만물을 구원하는 신성(神聖)을 부여받기 때문이다. 앞에서도 지적했지만 시인은 부권의 상징인 아버지의 존재를 전면 부인하거나 해체해야 할 대상으로 인식하지 않는다. 오히려 삶과 죽음의 경계 공간에서 평화와 공존의 의미를 확인하며 재생과 무한 순환을 반복하는 우주적 공간으로 여성의 몸을 인식하기에 이른다.

> ④ 무너져 太陽의 언저리에서
> 千萬 번 돌다가 돌아다니다가
> 어디서든 부딪쳐 깨어짐의 希望을,
> 세상 한쪽은 늘 피로 물드는
> 希望의 끝간데를,
> 거기서 일어서는 한 사람 내 그리운 아버지를 본다.
>
> —「黃昏曲調」三番에서

> ⑤ 이제 일어설까, 일어서 떠나볼까
>
> 나의 허약한 아버지가 나를 부르고 있으니
> 가장 작은 지상의 것들이 나를 부르고 있으니
>
> —「새벽바람—비리데기, 가장 일찍 버려진 자이며 가장 깊이 잊혀진 자의
> 노래」에서

삶과 죽음의 경계 공간에서 영험력과 신성을 가지는 여성은 만물을 구원하므로 도움을 필요로 하는 "허약한 아버지" 역시 구원의 대상으로 인식한다.[29] ④에서 시적 화자는 무너진 태양의 주변을 배회하다가 산산조각난 희망 속에 아버지를 발견하기에 이른다. 희망마저 산산조각 난 절망적 상황 속에서 일어서는 단 한 사람은 바로 연민의 대상인 "아버지"이다.

⑤에서 화자는 "허약한 아버지"가 자신을 호명한다는 소리를 듣고 길을 재촉한다. 작품의 아버지는 권위와 정체성을 잃은 나약한 존재이지만 비리데기는 그런 존재들을 위해 기꺼이 자신을 바치기로 한다. "가장 작은 지상의 것들"이 나를 부른다는 소명의식을 가지고 그들의 "길"이 되고자 하는 것이다.

라캉이 남성 자신은 그의 징후로서의 여성을 통해서만 존재한다고 말한 바 있듯이 모든 생명의 근원은 여성으로부터 출발하여 남성성의 세계를 구제한다.[30] 이러한 강은교의 의식은 세상에 대한 화해와 용서로 확대된다. 올더스 헉슬리는 "신성에 도달하는 조건은, 자기를 철저히 버리고 사랑을 퍼주는 자비의 마음이다. 자기를 버리고 한없는 사랑을 퍼주는 그 마음만이 우리 속에 있는 우매함과 독선을 정화시킬 수 있다"[31]고 밀한다. 모성적 포용력과 자비를 실행하는 여성성의 세계는 근내의 배금주의와 폭력에 맞설 수 있는 영적 능력을 보여준다. 어머니의

---

29) 비리데기 설화에서 볼 수 있듯이 오구대왕은 비리데기를 버렸지만 나중에 병을 얻어 비리데기의 도움을 필요로 한다. 권력을 잃고 무력해진 아버지는 비리데기 설화에 나오는 병든 아버지와 같으며, 그 아버지를 가엾게 여기는 여성은 아버지를 구하기 위해 험한 여정을 떠나는 어린 비리데기에 해당한다. 권위를 가진 아버지는 극복과 부정의 대상이지만 권위를 잃은 아버지는 연민과 구원의 대상이 된다.
30) Jaques, 라캉, 『욕망이론』, 권택영 엮음, 문예출판사, 1994, pp.21~25.
31) 김재희, 앞의 책, p.85.

영적 능력은 "허약한 아버지"가 상징하는 이성과 합리성의 원칙과 달리 생명에 대한 긍정과 포용력을 내포한다. 신화적 주인공을 내세운 일련의 작품에서 차별과 모순에 반하는 특성이 비리데기로 표현되는 것은 여성이 지니는 각별한 영성과 생명력에 대한 긍정에 기인한다. 남성에 의해 여성 지배를 정당화하고 합리화하는 사회는 지배와 경쟁의 논리가 지배적이지만, 그 반대의 경우는 평화와 공존의 원리를 지향한다.

> 이제 떠나라
> 짧은 그림자로 저 길을 넘어가라
> 신속하게 추락하라
> 네 발은 축축히 젖어 있으니
> 길에는 두리번거리는 눈들, 눈들이 바람에 쓸리고 있구나
> 거세게 저 풀을 밟아주어라
> 풀들은 밟히면서 더 커 오르나니
> 아침의 입술에 묻은 이슬이라든가 서리 같은 걸 홀짝거
> 리며 마실 때까지
> 노래여, 나에게서 떠나 나에게로 오는 노래여
> 발목까지 물 차오른
> 이 쓸쓸한 정거장에서
> 그대의 아버지를 찾아라
> 그대의 아버지를 살릴 약수를 찾아라
> —「짧은 그림자로—비리데기, 가장 일찍 버려진 자이며 가장 깊이 잊혀진
> 자의 노래」에서

이 시는 비리데기의 여행길을 강조하고 떠날 것을 촉구하는 언술 구조로 이루어져 있다. 시인은 당대의 남성적 지배 질서에 반하는 여성적 가치와 태도를 보여준다. 시적 주체는 근대의 폭력적인 남성성을 거부하

기보다는 오히려 평화롭고 자비로운 품성을 강조한다. 타자에게 사랑과 자비를 베풀고 평화로운 공존을 모색하려는 시인의 정신은 근대의 삭막한 현실을 초극하려는 정신적 지향을 반영[32]한다. 비리데기는 타자인 "아버지를 살릴 약수"를 찾으라는 명령과 더불어 "추락하는 영혼"들에게도 희망과 사랑의 노래를 들려준다. 나아가 비리데기는 여행길에서 "축축히 젖"은 모습으로 "쓸쓸한 정거장"에서 자신의 아버지를 찾는다. 자신 위에 군림했던 아버지를 살려냄으로써 아버지와의 관계를 회복하고 생명에 대한 신념과 열정으로 만물을 아우르는 "무조신"의 역할까지 하는 것이다. 이렇게 비리데기는 타자와의 관계 지향적인 태도와 자비의 마음으로 스스로의 정체성을 찾고 여성적 원리를 통해 여성=자연, 남성=문화의 공식을 해체하고 문화와 자연, 이성과 감성, 인간과 동물, 삶과 죽음 등의 이원론적 가치에 대한 새로운 인식의 전환을 보여주고 있다. 비리데기는 여성으로서의 삶을 초월하여 여성과 남성의 경계를 해체하는 양성성의 차원에서 세계와의 조화롭고 평화로운 관계를 지향하는 인물이라고 할 수 있다.

이는 가부장적 상징 질서의 대타자인 아버지의 폭력성을 고발하거나 부정하려고 했던 동시대의 다른 여성 시인과는 확연히 변별되는 강은교만의 특색이라고 할 만하다. 이 작품에 여운을 남기는 시정신의 본질은 측은지심이나 자비심 같은 도덕적 덕목과 관련된 것으로서, 타자에 대한 진지한 감응과 연민 없이는 생길 수 없는 부분이다.

---

32) 이혜원, 「자발적 복종과 저항의 양식」, 앞의 책, p.57.

4. 주술의 언어와 회귀(回歸)의 시학

강은교의 시는 내용면에서뿐만 아니라 형식면에서도 고대 서사 무가(巫歌)의 구조를 많이 끌어오고 있다. 고대 서사 무가(巫歌)를 연상시키는 「黃昏曲調」 연작, 「旅行歌」, 「虛塚歌」, 「短歌」, 「風景祭」 등의 작품이 그것이다. 한국 고유의 전통적 분위기를 무가(巫歌)나 판소리의 리듬으로 재현해낸 작품이 많은데, 이는 비리데기 설화를 재구성해 억압된 여성의 언어를 본격적인 시의 담론으로 격상시키고자 하는 시인 자신의 의도와도 상통하는 것이다. 다시 말해 반복적 언술이나 호격으로 형성되는 리듬감, 단호하고 급박한 명령형의 통사 구문, 무당의 공수와도 같은 시인의 주술적 언어는 만물과 소통하는 샤머니즘적 사유를 드러내고, 나아가 생명에 대한 사랑과 포용의 가치를 드러내준다. 에코페미니즘은 남성 중심적 세계의 폭력성에 맞설 수 있는 대안으로 영성의 회복과 여신의 복귀를 강조한다. 잊고 있던 여신의 복귀와 주술적 언어는 만물을 경외시하고 세계와의 공존을 모색할 수 있는 대안으로 떠오르기 때문이다. 생과 사를 넘나들며 육체와 영혼의 경계가 사라진 무당의 언어는 근본적으로 이성과 거리를 두고 있을 뿐 아니라 평등과 긍정의 정신 세계를 지향한다는 점에서 에코페미니즘과 친연성을 보이는 언어이다. 특히 정돈되지 않은 횡설수설의 언어와 비문법적인 통사 구문은 이성보다는 감정에 바탕을 둔 언어[33]라고 할 수 있다. 시인은 마치 굿판에서 연행을 수행하는 무녀처럼 청자에게 직접 말건넴을 시도하여 격렬하고 도취적인 리듬을 만들어낸다.

---

[33] 정돈된 글은 이성에 바탕을 둔 '중심'의 언어이지만 정돈되지 않은 횡설수설의 말은 감정에 바탕을 둔 '주변'의 언어이다. 김미현, 『한국여성소설과 페미니즘』, 신구문화사, 1996, p.192.

① 지붕을 거두어./지붕을 거두어.
  우훠넘차 슬프다./어허영차 슬프다.

  네 살은 내가 안고./내 살은 네가 업고.
  靑天하늘 밝은 밤/없는 곳 없는 곳으로.

―「虛塚歌」 1에서

② 좋은 날 좋은 時를 가렸지만
  부끄러워라 우리 살은
  한 대접 冷水에도 쉬이 풀리는
  소금이라 하더이다.

―「短歌 三篇」에서

③ 일어서라 풀아/일어서라 풀아
  땅 위 거름이란 거름 다 모아/구름송이 하늘 구름송이 다 끌어들여
  끈질긴 뿌리로 닭힌 얼굴로/빛나라 너희 터지는
  목청 어영차 천지에 뿌려라

―「일어서라 풀아」 1연에서

위 시들의 반복되는 리듬은 의미 이전의 상징계적 언어로시의 성격을 여실히 부여준다고 할 수 있디. ①의 시는 주검이 없는 빈 무덤을 배경으로 상승과 하강의 순환 구조 속에 삶과 죽음을 통합하는 양면적 의식이 드러나 있다. 두 번씩 반복되는 "가지" "거두어", "슬프나" "東西南北" 등의 어사와 "우훠넘차", "어허영차" 같은 의성어의 반복을 통해 강한 리듬감을 느낄 수 있다. 노래를 하는 듯한 곡조의 형식은 죽은 이를 위해 의식을 행하는 무가적 성향이 강하다. 이렇게 시인은 제(祭)와 가(歌)의 무속적 형식을 차용하여 음악적 효과를 높이고 체계화되지 않은

비이성적 언어 형태를 통해 작품에 역동성을 부여한다.

②의 시는 "좋은 날 좋은 時를 가렸지만" "소금"으로 환유되는 화자의 몸을 부정적으로 인식하는 데서 출발하고 있다. "한 대접 冷水에도 쉬이 풀리는" "우리의 살"은 "나의 몸"과 "어머니의 몸" 사이의 경계가 해체된 상황을 연상시킨다. 또 "하더이다"라는 구문은 화자 자신의 직접적 견해가 아니라 대화의 형식을 통해 산 자와 망자(亡者) 사이를 왕래하는 듯한 인상을 전달하고 있다. 무당의 웅얼거림 같은 통사구문과 나와 어머니의 몸이 합치된 듯한 환몽적 분위기로 주술적 분위기를 배가(倍加)시킨다.

③의 시에서도 시인의 주술적 언어는 만물과 상통하는 애니미즘적 사유를 드러낸다. "일어서라 풀아"라는 시인의 호명은 작품에 역동성을 부여할 뿐 아니라 독자가 텍스트의 반복되는 리듬감에 합치되는 듯한 느낌을 부여한다. 시인은 만물에 힘을 부여하여 죽음과 삶의 경계를 초월하고, 주술적 언어로 영성의 세계를 열어놓는다. 또 작품 곳곳에 반복되는 감각이나 느낌은 감탄사를 동반하며 작품에 비의적 이미지를 심어놓는다. 강은교는 다음의 시에서 무가(巫歌)를 직접 인용하여 작품의 환상적 분위기를 강조하고 주술적 언어를 더 극대화시킨다.34)

> 다음에 올 때면 그대여
> 저승에나 갔던 듯 돌아오게
> 저승이 저 하늘이라면
> 여기서 하늘이 참 가까우니

---

34) 비리데기 무가에서도 죽은 아버지를 구하기 위해 약수와 꽃을 구해와서 육신을 부활시키는 제의를 행한다. 재생을 위해 육신을 살리려는 현세적인 영육관을 드러내는 것이다. 김은희, 앞의 책, p.49.

별냄새도 조금 나고
바람때도 조금 묻혀서
山모래 부서지듯 부서지듯
부끄럽게 부서지며 오게

다음에 올 때면 그대여
죽은 江허리 위에
귀뚜라미 울음이나 얹어주게
쓰러질 수 있다면 다시 한 번
마지막으로 쓰러져서
귀뚜라미 울음 위에
저 하늘의 푸른 色을
놓아주게, 잠들지는 말고.

─「回歸─鈴受를 위하여」에서

시인은 삶과 죽음이 하나로 맞물려 있으며 그것이 영속적으로 순환하는 것이라고 생각한다. 시적 화자는 이승인 이곳과 저승인 "하늘"이 가깝다는 생각을 하며 세상을 떠난 "그대"에게 "귀뚜라미나 풀잎처럼" "눈물"이 되어 "죽은 강물"을 깨우고 저승에서 이승으로 새 생명을 얻어오라고 말한다. 시적 화자는 세상을 떠난 그대에게 "죽은 江허리" 위에 "귀뚜라미 울음"을, 그 위에 다시 "하늘의 푸른 色"을 놓아달라고 하여 죽음의 분위기를 생명과 소생의 이미지로 전환시켜놓고 있다.

시적 화자에게 저승이란 비극적인 종말의 공간이 아니라 "가까"운 곳이며 자연과 융합할 수 있는 조화롭고 평화로운 공간이다. 또 "그대"는 언젠가 다시 회귀하여 이승의 삶을 영위할 것이라는 믿음이 내재되어 있어 존재의 유한성을 초월한 생명의 역동성을 보여주고 있다. 시인은

"오게", "말게", "주게" 같은 대화형 종결 어미를 통해 무가(巫歌)적 분위기를 고조시키고 존재의 영속성에 대한 강한 믿음을 보여주고 있다. 이렇게 죽음에 대한 친화적인 태도를 통해 시인은 오히려 죽음을 극복하고 재생을 기약하는 삶의 방식을 구현한다.

> 떨어진다, 女子들은
> 구렁으로
> 소리친다, 산 (生) 것 모두
> 함께 부둥켜 안아.
>
> 오라 親舊
> 달콤한 잠
> 와서 가만가만 여기
> 살(肉)내 나는 재(灾)를 묻어라
>
> 이슬의 大地에
> 다만 녹으라 녹으라
> 命令하며
> 다음 일어서라 일어서라
> 救援하며
>
> —「生子埋葬 I」 중 「불의 寢牀」에서

시인에게 공동의 유대감과 친밀감을 형성할 수 있는 주술적 언어는 서로의 소통을 열망하는 여성의 몸과 목소리가 만든 언어이며 가부장적 언어를 대치할 수 있는 새로운 형식의 언어이다. 이 시에서 뼈의 화형식을 치르는 불의 이미지와 "산 것 모두 함께 부둥켜 안아"라고 소리치며 "구렁"으로 떨어지는 여성들의 모습이 하나로 합치되어 삶과 죽음의 통합적 이미지를 만들어내고 있다. 이 시에서 "불"은 "뼈의 그늘을 핥고/핥아 속속들이 어둠 빛으로/타오르면서 무한 궁륭 넘고 넘어/결코 멸하지 않"고 모든 것을 파괴할 듯한 인상을 준다. 그러나 "불"은 "뼈"를 완전히 태우거나 해체시키지 않고 "살내나는 재"의 모습으로 "이슬의 大地"에 묻는다. 이 "살내나는 재"는 역설적으로 삶을 간직한 죽음의 의미를 지니고 있을 뿐 아니라 "生子埋葬"의 의미와도 바로 연결된다. "살내나는 재"는 만물에 깃들면서 재생의 과정을 되풀이하기 때문이다. 불은 스스로의 소멸과 죽음의 형식을 빌어 다른 존재와의 만남을 기약할 수 있는 정화의 기능을 가진다. "묻으라", "녹으라", "일어서라"의 반복되는 명령형 언술은 단호하고 확신에 찬 화자의 내면의식을 드러냄과 동시에 재의 소멸을 딛고 만물을 "살아나는 재"로 구원하고자 하는 생명의식을 고조시키는 데 기여한다.

이렇게 시인은 샤먼의 시선으로 생명의 연속적 윤회를 감지하고 이성적 합리주의의 눈으로는 볼 수 없는 생명체 간의 상호 관련된 유기적 세계를 창조하고 있다. 죽음의 정화와 재생에 대한 시인의 믿음을 엿볼수 있는 부분으로 이는 생명에 대한 긍정과 희망을 가지고 있기에 가능힌 것이다. 강은교의 시가 생과 사의 비의적 탐구에 치우쳐 있다는 기존의 평가와는 별개로 그녀의 시는 죽음을 통한 재생의 과정과 개별 생명의 존엄성을 강조하는 에코페미니즘의 정신에 더욱 밀접해 있다고 말할수 있다. 이렇게 시인은 주술적 언어와 만물의 재생을 믿는 시정신으로 강한 생명의 탐구를 보여줌과 동시에 지상의 생명을 구원하고자 하는 비리데기의 노래를 부르고 있는 것이다. 무가의 유장한 호흡에는 자연과 영혼의 신성이 깃들어 있음을 감안한다면,35) 논리적 구성이나 의미 이전에 독자의 감정을 사로잡는 반복과 리듬감이 쉽게 독자의 호응을 불러온다고 할 수 있을 것이다. 개별 생명의 존귀함과 영속성을 중시하는 시정신은 지극히 보편적일 수 있지만, 미약하고 힘없는 존재들의 세계를 투시하는 그녀의 시는 강한 리듬감을 타고 만물과 교감할 수 있는 소통의 회로를 만들어낸다는 점에서 의의가 있다고 본다. 시인은 영원한 회귀와 재생의 가능성을 믿고 '여성－자아', '주술적 언어'의 극점을 무의식적 충동의 언어로 표출하면서 열린 형식으로 텍스트화시키고 있는 것이다.

5. 생명의 존엄성을 강조하는 시의 힘

이 글에서는 그동안 강은교 시에 내려진 해석과 평가를 수용하되, 주로 죽음과 허무의 관점에서 해석되어 오던 초기시를 에코페미니즘의 관점에서 검토해 보았다. 에코페미니즘은 자연의 파괴와 타자의 폭력을 정당화시킨 서구 근대화의 과정에 맞설 수 있는 혁신적인 이론으로 영성의 회복과 자비의 가치, 자연과의 공존, 잊혀진 여신의 복귀를 강조하는 이론이다. 강은교 시를 에코페미니즘의 관점에서 조망한 것은 탈근대로 접어든 2000년대의 시점에서 그녀의 시가 갖는 원형적 생명성과 여성적 영성의 힘을 점검하기 위함이다.

이를 바탕으로 필자는 세 가지 관점에서 강은교의 시를 조망해 보았다. 첫째, 몸의 이미지와 치유의 시학이다. 강은교 초기시에 반복적으로 등장하는 시어들은 "살", "뼈", "피" 등의 원형적인 질료로서 몸과 관련되는 이미지들이다. "살"과 "뼈", "피"는 강은교 시에서 세계 속에서의

---

35) 이혜원, 앞의 책, p.99.

사회적 처소이며 동시에 감각들의 상호작용을 통해 시적 자아를 세계와 공명(共鳴)시키는 중요한 시어들이다. 시의 전편에 이런 시어들이 등장하여 그녀의 시는 샤머니즘적 분위기를 강하게 발산한다.

둘째, 경계 공간과 자비의 시학이다. 신화적 원형을 시작 모티프로 삼았기에 강은교 시에 나오는 주요 공간은 이승/저승, 땅/하늘 사이의 경계에 위치하며, 작품에 등장하는 여성은 주로 "무덤", "문", "벽", "창", "사이" 등의 공간에 자리 잡는다. 이러한 경계성은 위치가 부정확한 공간으로 형상화되며 여성의 존재론적 불안감과 위기의식을 암시하기도 한다. 그러나 이런 경계성은 만물을 구원하는 신성을 가지면서 긍정적 의미로 확대되기에 이른다. 그래서 그녀의 시에 등장하는 "아버지"는 부정과 환멸의 대상이 아니라 연민과 용서의 대상이 되기도 한다. 시인은 아버지의 권위를 추락시키거나 해체시키기보다는 부성을 치유하고 포용해야 한다는 적극적인 긍정과 자비의 태도를 보여줌으로써 에코페미니즘의 실천적 가치를 잘 구현하고 있다.

셋째, 주술의 언어와 회귀(回歸)의 시학이다. 강렬한 도취와 반복을 바탕으로 하는 무가의 형식을 차용함으로써 강은교의 시는 집단적 공감을 자아낼 뿐 아니라 이성적 합리주의의 눈으로는 볼 수 없는 생명체간의 상호 관련된 유기적 세계를 창조하고 있다. 죽음의 정화와 근원적인 것으로의 회귀에 대한 시인의 믿음은 생명에 대한 긍정과 희망이 있기에 가능한 것이다. 강은교의 시가 생과 사의 비의적 탐구에 치우쳐 있다는 기존의 평가와는 별개로 그녀의 시는 죽음을 통한 재생의 과정과 개별 생명의 존엄성을 강조하는 에코페미니즘의 정신에 더욱 밀접해 있다고 말할 수 있다.

그녀의 시들은 허무와 죽음 의식 이면에 부드럽고 섬세한 태도로 남성 지배 중심의 대립적 구도와 차별에 저항하여 가부장적 시선의 허위성을 지적하고, 죽음을 겪어낸 뒤 살아있는 '살과 뼈', 생명력 넘치는 '물'로 전환되는 과정을 그림으로써 어머니의 몸이 갖는 긍정성과 치유의 가능성을 부각시키고 있다. 그녀의 시에 반복되는 죽음 모티프와 절망의 상황들은 새로운 존재로 태어나기 위한 통과제의의 과정으로 파악할 수 있으며, 여성이 대지모성의 정체성을 확립해나가는 과정과 상응한다고 할 수 있다. 그리고 이런 과정을 통해 강은교는 불모의 토양에서 자비와 공존의 힘을 강조하고 비천하고 버려진 것들을 수용하는 사랑의 실천자로 드러나고 있다. 이런 점에서 강은교의 시들은 근대의 이성중심적 사유로 억압된 여성의 몸과 여성 자아의 내면적 위기, 영성의 가치를 복원했다는 점에서 에코페미니즘의 핵심적 의의와 가치를 잘 구현한 텍스트라고 생각한다.

여성 생명력의 신화적 회복과 에코페미니즘
정한모의 시세계

1. 원초적인 것에 대한 갈망

시인 정한모(1923~1991)는 1945년 『백맥』을 통해 등단한 이후, 1958년 첫 시집 『카오스의 사족』을 비롯하여 6권의 시집과 2권의 시선집을 발간한 바 있다.[1] 그가 활동한 시기는 해방 이후 한국의 산업화·자본주의화가 구축되어 가는 시기로, 그는 산업화의 물결 속에서 생명의 가치와 중요성을 간파하고 그 본질을 추구한 시인 중의 하나이다. 그의 시세계에 대한 논의는 주로 작품의 휴머니즘적 측면[2]을 중심으로 이루어진 연구가 대부분이며, 이들은 시집 『아가의 방』(1970)을 전후로 시세계

---

[1] 시집으로 『여백을 위한 서정』(신구문화사, 1959), 『아가의 방』(분원사, 1970), 『새벽』(일지사, 1973), 『아가의 방 별사』(문학예술사, 1983), 『원점에 서서』(문학사상, 1989). 시선집으로는 『나비의 여행』(현대문학사, 1983), 『사랑시편』(고려원, 1983), 『내 유년의 하늘엔』(미래사, 1991) 등이 있으며 사후에 유고시를 포함한 『정한모 시전집』(포엠토피아, 2001)이 출간되었다.

[2] 김재홍, 「휴머니즘 또는 미래지향의 역사의식」, 시선집, 『나비의 여행』 해설, 현대문학사, 1983.
신용협, 「생명의 외경과 휴머니즘」, 『현대한국시연구』, 학문사, 1983.

의 전환이 이루어진 것으로 보고 있다. 연구자들은 그의 시세계의 변천이"파괴의 측면에서 창조의 측면"3)으로, "현실 부정에서 모태 회귀로, 다시 현실 긍정"4)으로 전환되었다고 그 변모의 과정을 분석하고 있다. 또 특정한 이미지의 지향성을 중심으로 시적 세계관을 분석하거나 그의 시에 반복적으로 등장하는 시어들의 상관 관계를 규명한 경우,5) 에코에로티시즘의 관점에서6) 시세계를 해명하거나 나르시시즘의 양상을7) 통해 시세계를 분석한 경우, 정한모 시인의 시론에 초점을 맞추어 시의식과 세계관을 규명8)한 연구 등으로 논의가 확대되어 왔다.

정한모 시에 대한 이해와 평가는 필자마다 논지의 차이는 있지만 대개 정한모 시의 생명의식이나 휴머니즘의 측면에서 작품을 분석하고 해명하는 경우로 볼 수 있다. 그가 지향한 휴머니즘은 이상적인 유토피아의 지향과 다르지 않다. 그가 꿈꾸었던 유토피아는 생명을 전제로 구현되는 세계이자 문명의 야만성을 희석시킬 수 있는 공간이기 때문이다. 생명에 대한 열망은 잃어버린 시간에 대한 회복 의지와 양면을 이룬다. 시간성을 전제로 한 생명은 일정한 흐름과 연속성을 갖고 있기에 '순환성'과 '관계성'을 동시에 포함한 개념이라고 할 수 있다. 다시 말해 생명은 상호 의존적인 연속성 속에서 개체의 삶을 이루기 위한 실천적 움직

---

3) 김시태, 「정한모와 휴머니즘」, 『한국 현대시사 연구』, 일지사, 1983.
4) 오세영, 「자아와 세계의 화해」, 『현대문학』, 1975, 5.
5) 양승준, 「정한모 시 연구」 1999, 상지대 석사논문.
　 송기한, 「정한모 시에 나타난 고향의 의미」, 『한국문학이론과 비평』 23집, 2004. 6.
　 박미란, 「영원한 빛바라기와 원점 회귀의 시학」, 『한국 전후 문제시인 연구3』, 예림기획, 2005.
6) 전미정, 「전쟁 속 몸, 몸 속 성－정한모론」, 『에코토피아의 몸』, 역락, 2005.
7) 양소영, 「정한모 시에 나타난 자기애 양상 연구」, 『비평문학』, 2009. 6.
8) 양소영, 「정한모－'생명'과 '존재'의 의미를 중심으로」, 『20세기 한국시론 2』, 한국현대시학회, 글누림, 2006.

임이자 인간 존재에 대한 인식의 바탕을 이루는 중요한 요소이다.

정한모 시의 본질적 성격을 규명하기 위해서는 휴머니즘과 생명의식, 에로티시즘의 상상력을 통합하는 거시적 관점이 요구된다고 생각한다. 그의 시쓰기는 무엇보다도 생명의 존귀함에 바탕을 두고 있지만, 이것은 소재주의적 차원에서 해명될 부분이 아니기 때문이다. 이 글에서는 기존의 정한모 시에 대한 이해와 평가를 긍정적으로 수용하되, 정한모 시가 갖는 미학적 가치와 의의를 조명하기 위해 에코페미니즘적 관점에서 그의 시를 검토·분석해보고자 한다.

에코페미니즘은 심층생태학을 바탕으로 전통적인 페미니즘의 대안 이론으로 등장한 이론9)으로, 사회 생태학10)의 특수한 학파로 볼 수 있다. 에코페미니즘에서는 남성에 의한 여성의 가부장적 지배를 여러 가지 계급적·군국주의적·자본제적 그리고 기업적 형태 속에서 이루어지는 모

---

9) 심층생태학과 에코페미니즘의 차이는 첫째, 자연이 살아있을 뿐 아니라 능동적 주체라는 인식을 강조하기 위해 지모신(Gaia, 혹은 motherhood) 이미지를 자주 사용한다는 것, 둘째, 에코페미니즘은 심층생태학에서 놓치기 쉬운 인간중심주의의 추상성을 경계하고 이를 극복할 수 있는 대안으로서 여성적 사유와 시각을 중시한다는 것이다. Karen J. Warren, 『Ecological Feminism』, by Routlledge, London and New York, 1994, pp.96-97, 160. Many feminist theorists have written about the oppression of women through the institution of motherhood. Others have attemped to reconceptualize aspects of mothering away from the sexism and labor divisions under which motherhood has been constructed. Proponents of either approach to motherhood agree that when female identity is bound intricately with motherhood, or when motherhood is presented as the only or best way to have meaningful lives, women's life options are severely limited.

10) 생태학에는 신층 생태학 외에 두 가지 중요한 철학 학파가 있다고 보는 견해가 지배적이다. 사회 생태학과 에코페미니즘이 그것이다. 이 세 가지 학파들은 서로 경쟁의 관계에 놓여있는 것이 아니라 각각 생태학적 패러다임의 중요한 측면을 제기하고 있다는 점에서 서로 보완, 확대의 구도에 놓여있다고 보여진다. 심층 생태학 운동은 노르웨이 철학자 아르네 나데스에 의해 정립된 개념이며 궁극적으로 심층 생태학적 인식은 영적 혹은 종교적인 인식을 추구한다. 또 심층생태학의 근본 원리인 '생물중심 평등' (biocentric equality)은 능동적 주체로서의 자연 인식의 토대가 된다. F. Capra, 『생명의 그물』, 김용정·김동광 역, 범양사, 1998, pp.24~25.

든 지배와 착취의 원형으로 간주11)한다. 그렇기 때문에 에코페미니스트들은 여성의 치밀한 경험적 지식이 세계에 대한 생태학적 전망을 얻을 수 있는 중요한 원천으로 여긴다. 이들은 여성의 역사와 환경의 역사를 연결시켜 페미니즘과 생태학 사이의 자연스런 연결의 고리를 만들고, 생물 시스템을 연결망으로 바라보는 관점을 통해 자연의 계층 구조에 대한 새로운 통찰을 제시한다. 나아가 이분법적인 인간관과 세계관을 탈피하여 모든 생명 시스템이 상호 연결되어 있다는 관점을 취한다.

에코페미니즘은 첫째, '몸의 육체화를 강조'함으로써 몸의 감각을 통한 인식을 심미적인 것으로 만들고, 자아를 육체를 통한 관계 속에서 파악12)하기 때문에 인간이 육체를 통해 자연과 연결되어 있다는 인식을 기반으로 한다.

둘째, 남성/여성, 인간/자연, 이성/감성, 정신/육체 같은 이분법적이고 대립적인 인간관과 세계관을 극복하고 상호주의, 연대, 사랑, 타인에 대한 배려, 미래에 대한 책임 등 생존을 보장해주는 새로운 가치들을 추구한다. 이 두 가지는 서로 배타적인 관계를 맺고 있는 것이 아니라 오히려 서로 보완적인 관계를 맺고 있다13)고 본다.

셋째, 에코페미니즘은 관계적 자아의 개념을 바탕으로 모든 차별과 폭력을 근절하려는 탈근대적 사유이기도 하다.14) 피지배자의 자율성과 인권을 존중하고 자비를 실현할 수 있는 생명력을 강조함으로써 해방된

---

11) F. Capra, 앞의 책, p.25.
12) 신두호, 「남성과 에코페미니즘」, 『영미문학페미니즘』, 제9권 1호, 2001, p.49.
13) 이연승, 「정진규 시의 에코페미니즘적 이해와 실천적 의미」, 『비평문학』, 30호, 2008, p.112.
14) Irene Diamond, 정현경·황혜숙 역, 「생태여성주의와 심층 생태학」, 『다시 꾸며보는 세상』, 이화여대 출판부, 1996, pp.202~217.

미래를 꿈꾸는 비판적 담론으로서의 의미를 가진다는 것이다.

정한모 시인은 근대화의 물결 속에서 생명에 대한 관심과 애정을 궁극적인 귀착지로 삼았다. 시인은 "나는 지금까지 생명 내지 생명적인 것에 대한 사랑을 집요하게 추구해 왔다. 그것은 자연과 인간에 대한 관심으로 나타났다. 비자연화, 비인간화의 추세가 가속화될수록 내 시의 지향은 더욱 더 원초적인 것에 대한 그리움과 갈망으로 치달을 수밖에 없다"15)고 한 산문에서도 밝히고 있다. 1950년 한국전쟁을 경험한 시인은 전쟁의 남성적이고 파괴적인 위력과 맞설 수 있는 하나의 대항담론으로 생명의 가치를 추구하는 시쓰기를 통해 그 현실을 극복하고자 한 것으로 보인다. 그렇기 때문에 그의 시에서 논의되는 관능적 이미지나 휴머니티는 모두 생명의 원리와 연결시켜 해석해야 유효하다고 생각한다. 에코페미니즘적 시각에서 정한모의 시를 검토하는 것은 생태주의적·탈근대적 관점을 포괄하면서 정한모 시에 함축되어 있는 생명의 정신을 이해할 수 있는 방법이 될 수 있기 때문이다. 따라서 이 글에서는 정한모 시인의 전시기 작품을 대상으로 그의 시에 나타난 생명의식과 에로티시즘의 상상력, 그리고 모성의 원리가 에코페미니즘의 세계관과 어떻게 연결되어 구현되는지를 집중적으로 분석할 것이다.

2. 전쟁에 대한 반작용과 원시적 생명의식

먼저 정한모의 에코페미니즘적 인식은 문명이나 전쟁과 같은 근대화에 대한 반작용에서 생기고 있음을 파악할 수 있다. 그의 시에 화두처럼

---

15) 정한모, 『原點에 서서』, 문학과 사상, 1989, p.1, 自序.

등장하는 생명에 대한 애착과 물음은 개체들 간의 관계 양상에 대한 사유에서 출발한다. 인공적 기획과 물질 문명으로 가득한 세계 속에서 생태적 사유는 곧 생명성 회복의 문제로 자연스럽게 이어진다. 그에게 생태적 사유는 인간이 다른 생명체와 공동의 영역 속에 있음을 자각하고 평화롭게 공생하고자 하는 시도이기 때문이다. 정한모 시는 자연과 인간의 몸이 갖는 생물학적 친연성을 근원적 동질감으로 드러내는데, 그의 시가 보여주는 자연에의 몰입이나 시적 동일화의 순간은 자연에 대한 단순한 투시를 넘어 그것을 자연의 몸과 연결시키는 통합적 인식에 의해 열린다. 문명과 전쟁의 후유증 속에서 자연과 생명의 소리를 들음으로써 그 갈등에서 벗어날 수 있는 길을 모색하고 있는 것이다. 시인은 동시대의 자연을 초토화시키고 있는 사회적 불의와 악에 대해 적극적으로 저항하여 개혁해야만 에코토피아를 구현할 수 있다고 생각한다.

① 지금은 이름만인 「꿩의 바다」
　「꿩의 바다」라고 발음하며 살던 사람들도
　이제는 경사진 골목 길목 가득 차 넘치는
　자동차의 소음과 문명의 내음

—「原點에 서서 2 -꿩의 바다」에서, 『原點에 서서』

② 한 장의 검은 표지를 열고 들어서면
　아비규환하는 화약 냄새 소용돌이
　전쟁은 언제나 거기서 그냥 타고
　연자색 안개의 베일 속
　파란 공포의 강물은 발길을 끊어버리고
　사랑은 날아가는 파랑새
　해후는 언제나 엇갈리는 초조

그리움은 꿈에서도 잡히지 않는다

―「나비의 旅行」에서, 『아가의 방』

초기시에서 정한모는 우리가 사는 현실 세계를 어둡고 고통스러운 것으로 파악한다. 그 현실은 문명의 폭력성과 공포스러운 분위기가 지배하는 세계이다. "어둠", "밤", "겨울" 등의 부정적 시어들을 동반하면서 시인은 단절된 삶의 현장에 외롭게 서있는 자신의 내면 의식을 보여준다. 20세기를 거치며 발전해 온 과학 기술과 물질 문명은 인간에게 풍요로움과 편리함을 가져다주었지만, 생명을 존중하는 영성(靈性)을 지극히 홀대하는 결과를 낳고 말았다. 특히 이성 중심적이고 물질 중심적인 가부장적 산업 문명은 자연을 그저 자원으로만 파악하고 정복, 착취, 수탈의 대상으로 삼았기에 현재 인류 전체는 생존을 위협받는 심각한 위기 상황에 놓이게 되었다.[16] 가부장적 남성 문화는 로고스 중심의 이분법적 가치를 절대시한 반면 여성성의 긍정적 가치와 치유의 원리에 바탕을 둔 영속성을 소홀히 한 것이다. 전쟁이라는 극한 상황은 죽음에 대한 공포를 더 조장하기 때문에 생명의 본능을 더 자극[17]하는 계기가 된다고 할 수 있다.

두 편의 시는 전후의 암울한 현실과 출구없는 미래에 대한 불안감이 나타나있는 작품이다. 현실에 대한 단절감과 비극적 인식이 자리잡고 있어 전쟁과 문명이 가져온 비인간화의 실상을 느낄 수 있게 한다. 전쟁은 문명의 최고 정점에서 발생하는 사건[18]으로, 문명의 파괴력과 비인간주

---

16) 김재희, 『깨어나는 여신』, 정신세계사, 2000, pp.75~78.
17) 양소영, 「정한모―'생명'과 '존재'의 의미를 중심으로」, 『20세기 한국시론 2』, 한국현대시학회, 글누림, p.371.
18) Herbert Marcuse, 『에로스와 문명』, 김인환 역, 나남출판, 2004, p.33.

의를 가장 강렬하게 드러내는 지표이다. ①의 시에서는 근원적 충족의 공간으로 회귀하고자 하는 시인의 역설적 열망을 읽어낼 수 있다. "꿩의 바다"가 부재한 시대는 곧 근대의 파편화되고 균열된 시간 의식에 바탕을 둔 것이다. 건강성을 간직한 원시적 공간과 "자동차의 소음과 문명의 내음"이라는 현실의 폐허 사이의 대립을 통해 시인은 현재의 시·공간에 대한 강한 부정 의식을 표출한다. 야수적 생명성이 상실된 현실 속에서 시인은 문명의 부작용이 가져온 인간간의 관계 단절을 회복하길 열망하고 있다.

②의 시에서는 "아비규환하는 화약 냄새 소용돌이"라는 부정적 이미지들에 전쟁의 폭력성을 병치시켜 생명과 상충하는 현대 사회의 갈등과 번민을 형상화한다. 시인은 "화약 냄새 소용돌이"라는 이미지를 통해 현대 세계에 내포된 폭력성을 부각시키는 한편, 이러한 파괴적 속도에서 파생되는 위기에 대한 비판을 전면화한다. 근대 문명의 왜곡된 가치를 드러내는 이러한 시어들은 생명의 자연스러운 흐름과 질서를 절단하고 해체하는 역동성을 내포한다. 사람의 "발길을 끊어"버리는 "강물"이나 "꿈에서도 잡히지 않는" "그리움"은 전쟁의 상처가 가져온 허망함과 고통을 구체적으로 환기시킨다. 전후의 파탄된 시·공간의 체험이 시인으로 하여금 근대적 시간의 연쇄로부터 이탈하고자 하는 역설적인 욕망을 낳고 있는 것이다.

그렇지만 그는 이런 갈등을 해소하고자 생명의 독특한 이미지화로 현대의 비인간화를 극복하고 자연의 역동성을 전경화시킨다. 정한모에게 시쓰기는 고향 상실과 그 회복의 지향이라는 구도 속에서 진행된다. 근원적 시간으로의 회귀를 지향하는 이 의식은 과거에 봉인된 기억과 맞닿아 있기도 하다. 다음 장에서 자세히 분석할 내용이지만, 현재와 미래

앞에서 불안을 느끼는 화자는 끊임없이 이 시간으로부터 이탈하고자 한다. 그것은 도래할 미래를 선취하는 대신, 출생 이전의 충만함이라는 유토피아를 기억하고자 하는 태도로 표출되기도 한다.

시인은 궁극적으로 문명 속의 고독한 자연과 생명을 통해 이러한 문제를 부각시킴과 동시에 생명의 당당한 자태와 원리를 보여주어 자아와 문명의 간극에 변화를 주고자 한다. "바다는 눈감는 나의 내면에서 차라리/싱싱한 생명이 된다"(「바다 素描」), "어느 아침과 같은 환한 출발"(「종언」), "잠들어 깔리는 아슬한 지평에서/태양이 떠오르는 꿈을 이룬다"(「어둠이 쌓이는 밤의 깊이」) 같은 구절들은 빛과 생명으로 충만한 전일적 세계를 보여줌으로써 자아와 문명 사이의 골깊은 단절 상황을 극복하는 것으로 파악할 수 있다.

정한모 시인이 무엇보다 강조하는 것은 생명을 사랑하는 것과 생명에 대한 연민 의식이며, 여성적인 감수성과 자연친화적인 감성의 확장이라고 할 수 있을 것이다. 그는 세계 속에 존재하는 모든 것들을 생명의 힘으로 인식하며, 생명의 역동성을 구체화시키는 시쓰기를 추진해나간다. 결핍과 단절의 현실을 극복할 유일한 대안은 다름 아닌 생명의 본질을 응시하고 이를 추구하는 것이다.

③ 지금은/물방울 듣는/목소리로
　환히 붉히는/꽃이여

　빛을 만나/비로소 빛이 되듯/그렇게 탄생한 너의 빛으로 하여
　나도/바람탄 旗幅처럼 이렇듯/아침의 생명으로 살고 싶은 것이다
　오늘을./꽃이여

―「꽃의 誕生」 전문, 『아가의 방』

④ 치솟아
　　터지는
　　황홀
　　속에
　　잡히는
　　팽팽한
　　힘의
　　균형은
　　드디어
　　투명한
　　하늘에
　　氣化한
　　육체

―「꽃 體驗 1」 전문, 『아가의 방』

⑤ 나무는 가지마다 새싹이 돋아난다.
　　소년은 팔다리에 힘이 솟는다
　　　　　　…(중략)…
　　비밀은 하나씩 바람에 흔들리면서
　　자랑스런 언덕이 되고
　　수줍은 골짜기가 되고
　　꿈이 되고 기쁨이 되고
　　어른스런 목소리로 터져나기도 하며

　　이제 의젓한 나무로 자란
　　소년의 짙은 그늘이 된다
　　내면이 된다.

―「五月의 나무」에서, 『아가의 방』

시인이 작품에서 지적하는 비자연화·비인간화는 문명의 병적 징후들로서 생명을 상실한 현실에 대한 간접적인 비판의식으로 이어진다. 그래서 시인에게 자연 회복은 곧 생명의 회복을 뜻한다. 자연의 정체성을 생명력이 충만한 곳에서 찾고 있는 위의 시들은 바로 이런 맥락에서 해석된다. 그의 시에 나타나는 숱한 자연의 이미지들은 생명에 대한 경이로움과 깊이 연결되어 있다. 정한모에게 우주 생태계는 인과론적 질서에 의해 치밀하게 구축된 하나의 유기적 전체이다. 그가 생명에 대한 전일적 인식으로 전개하는 생태계는 다층 구조(multileveled structures)를 취하고 있다. 생태계를 다층구조로 보는 인식은 전형적인 생태학적 세계관의 산물19)로서 각각의 구조들은 그 부분들의 관점에서는 전체를 형성하지만, 동시에 그보다 더 큰 전체에 대해서는 부분이 된다20)는 인식이기도 하다. 이것은 여러 기관들이 하나의 유기체를 구성하는 것이다.

작품 ③④에 공통적으로 나오는 이미지는 "꽃"이다. 꽃은 그의 시에 가장 빈번하게 등장하는 자연물 중 하나로서 생명력과 순수성을 상징하는 시적 기호이다. 특히 꽃은 어둠속에서 탄생한 순수한 생명의 모습으로 그려져 작품 전반에 역동성과 활기를 불어넣는다. 그것은 우주 전체를 형성하고 그 전체를 극적인 긴장과 아름다움으로 채색하는데 기여한다.

③의 시는 생명의 극점에서 탄생한 꽃의 모습을 묘사하고 있다. "빛을 만나 비로소 빛이 되"어버린 꽃의 존재는 그 자체로 신성하고 아름다운 것으로 그려신나. 시적 화자는 꽃을 통해 "바람 탄 旗幅"처럼 "아침의 생명"으로 "오늘"을 "살고" 싶다는 욕망을 드러낸다. 다시 말해 아침의 생명처럼 순수하고 사심없는 마음으로 살고 싶다는 말이 된다. 우

---

19) 김옥성, 「이광수 시의 생태의식 연구」, 『한국현대문학 연구』, 2009, 27권, p.179.
20) F. Capra, 앞의 책, pp.47~50.

주의 다층적 구조 속에서 나와 생명, 꽃은 계기적 질서에 의해 하나의 단일한 세계를 이루어나간다. 생명이 빛을 매개로 탄생하듯이 작품에 나타난 "나"와 "꽃", "생명"은 하나로 빚어진 전일적인 유기체가 되는 것이다.

④의 시는 서술어를 생략한 극적 긴장감으로 꽃이 주는 황홀함을 노래한 시다. 갓 피어난 꽃에서 느껴지는 "팽팽한 힘의 균형"이 곧 육체가 된다고 진술함으로써 꽃에 인간의 생명성을 부여하고, 그 순간의 절제된 힘의 장력(張力)을 형상화하고 있다고 볼 수 있다.

⑤의 시에서는 나무의 역동성과 소년의 기운이 하나로 합쳐지고 소년은 자연의 관계성과 몸을 섞게 된다. "가지마다 돋는 새싹"과 "안으로 짙어가는 그늘"은 만물과 내통하는 길이며, 몸 속에서 만물과 내가 하나 되는 길임을 알기 때문에 화자의 마음은 "五月의 나무"처럼 풍성한 기운으로 넘치는 것이다. 이렇게 생물체를 상생의 관계로 파악하는 것은 생태학적 자기 실현이 있기에 가능해진다. 생태학에서의 자기 실현은 개별적인 존재가 이루는 의미의 자기 실현이 아니라 전체 우주적 차원에서 조화를 이루는 자아 실현을 의미한다. 즉 차이성의 극소화와 상생의 극대화를 통해 모든 만물이 하나로 통합되는 상태를 지향하는 것21)이다.

정한모 시에 구현되는 생명의 힘과 원리는 단순히 자연의 신비감을 예찬하거나 묘사하는 데 머무르지 않고 자아의 주체적 인식과 참여를 강조한다는 점에서 에코페미니즘이 지향하는 인간과 자연의 평화로운 공존의 원리를 잘 나타낸다고 할 수 있다. 또 생명을 매개로 자연을 인

---

21) F. Capra, 앞의 책, pp.21~25. 이러한 새로운 패러다임은 세계를 분리된 부분들의 집합이 아니라 하나로 통합된 전체로 보는 전체론적 세계관(holistic worldview)이라고 할 수 있을 것이다.

식하는 행위는 근본적으로 자연과 대화를 나누는 데서 출발하며, 이러한 접촉의 원리는 지배종속의 이분법적 관계마저 불식시키고 있다. 그의 시에 나타나는 자아는 신비스러운 생명의 기운을 감지할 뿐 아니라 스스로 생명의 작용에 합치되거나 참여하는 모습을 보여준다. 이것은 자연을 침탈과 정복의 대상으로 보는 서구의 이성중심적 사고와 대척점에 있는 것으로 만물이 공유하는 영성(靈性)22)과 생명의 존엄성에 대한 자각에서 비롯되는 사유 방식이라고 할 수 있다. 에코페미니즘에서는 서로간의 차이성에 의한 상호 의존과 상호 접목의 연쇄 과정을 중시한다는 점에서 생명이 끊임없이 새로운 세계로 확장되고 생성해 나간다는 관점을 중시한다. 이것은 타자를 존중하는 배려와 사랑의 마음과도 이어지는 부분으로서, 나의 주관성을 넘어 타자를 위한, 타자 중심의 윤리적 관계 설정으로까지 확대될 수 있는 통합적 사유의 핵심이라고 할 수 있다.

3. 에로티시즘의 구현과 '아가'의 존재성

정한모의 시들은 근대의 이성 중심적 사고로 억압되었던 몸의 감각과 영성(靈性)을 중시한다는 점을 중요한 사항으로 볼 수 있다. 특히 그의 시에 빈번하게 나타나는 몸의 감각은 관능을 통한 자연의 인간화와 에로티시즘에로 이어지고 있다는 점에서 주목을 요한다. 그의 시에서 몸은 정신과 함께 현실을 인식하는 하나의 매개체이다. 그래서 시인에게 몸에

---

22) karen. J. Warren, 『Ecofeminism』, 1997, Indiana university press. p.46. "Spirituality is an important part of ecofeminism. The same is true for people of color environmental justice groups, in which spirituality is encouraged and there is a strong connection to religious institutions."

대한 인식들은 "살아있음"이라는 생생한 자기 실존의 문제와 직결된다. 살아있음의 가장 직접적이고 원초적인 형태는 작품 속에서 에로티시즘의 상상력으로 구현되는데, 그의 시에서 관능성은 인간의 생명 에너지를 교환하고 공유하는 상징적 시도이기에 자아의 실현과 완성을 추구하는 중요한 의식이라고 할 수 있다. 에로티시즘은 궁극적으로 조화와 질서, 생명으로 충일한 우주 합일의 세계이며 근원적 세계로 회귀하려는 열망과도 맞닿아 있기 때문이다.

① 달아오른 육체로/할딱이는 숨결로/뜨거운 입김으로
어둠 속 몸을 비트는/地熱로 沸騰하는 이브들의
와라와라 속에서/솜털 부끄러운/알몸을 드러내고
단단하게 팽창하는/乳頭의 봉우리

견디다 견디다 못해/드디어 터지는
하늘같은 환희여!/아 바람에 하르르 떨고 있는
목련의 꽃이파리

—「木蓮」 전문, 『아가의 방』

② 바람이 부는/가을의 窓 안에서

그 비릿하게 단/꿈을 씹어 삼키던 입은 자라서
눈이 되고/손이 되고
네 유방이 되고/다리가 된
모두가 다/뜨겁게 젖어 떠는/
너와 나의/입일 뿐이다

—「감꽃」에서, 『카오스의 사족』

에로티시즘의 원리는 객관적 현실보다는 본능, 다시 말해 억압된 본능이 상징적으로 활동하는 꿈의 세계를 전제[23]로 하는 것이다. 그것은 타나토스를 통과해야 자신의 본질적 세계에 도달할 수 있기에 암울한 현실을 생명 회복의 열망을 통해 극복하고자 하는 상상력이라고도 할 수 있다. 성적인 충동과 이미지는 죽음의 현실을 생명으로 전환시킬 역동적 에너지[24]로 가동하게 되어 있기 때문이다.

정한모 시에는 여성의 신체를 대상으로 하는 시어들이 많이 등장한다("유방", "유두", "가슴", "자궁" 등). 그의 시에 나타나는 여성적 편향성은 작품 속에 에로스를 지향하는 강렬한 힘으로 표출된다. 여성의 관능에 대한 이끌림은 여성을 일차적으로 생명을 잉태하고 낳아 키울 수 있는 원천적 힘으로 인식하는 데서 출발하는데, 그가 표현하는 에로스는 단순히 성적 행위나 소재적인 편향성에 그치지 않고 충만한 원초적 세계를 갈구하는 내면의 열망과 맞닿아 있는 것으로 보인다. 에코페미니즘은 자연이 인간과 다르지 않다는 전제에서 출발하기 때문에 에코페미니즘에서 자연은 몸의 상상력을 통해 은유화되는 경우가 많다.

몸은 죽음과 생명의 경계선을 드러내는 장소[25]이기 때문에 그의 시에 등장한 몸은 진쟁 혹은 근대화라는 부정적 상황을 떠나서 논의될 수 없다. 따라서 자유롭고 충만한 몸의 희구는 역설적으로 전쟁과 문명에 대한 강한 거부와 비판이자 상실된 동일성의 세계를 상상적으로 재구성하려는 사기 보존의 욕망이기도 하다.

①의 시는 "목련"을 대상으로 하고 있지만 목련은 여성의 몸, "이브

---

23) 정한모, 『사랑 詩篇』 이승훈 해설, 고려원, 1983, p.168.
24) 전미정, 앞의 책, 2005, p.80.
25) 전미정, 『한국 현대시와 에로티시즘』, 새미, 2002, p.78.

들”로 비유된다. 목련의 터질 듯한 충만함과 아름다움을 “단단하게 팽창하는 乳頭의 봉우리”에 비유하여 생명의 자연 리듬으로서 교감하는 꽃의 이미지를 형상화한다. 개화의 순간을 “견디다 견디다 못해/드디어 터지는/하늘같은 환희여!”라고 진술함으로써 우주와의 일체감을 꿈꾸는 극적인 순간을 그려낸다. ②의 시도 자연물인 “감꽃”을 대상으로 하고 있지만 “감꽃”이 여성의 몸과 동일화되어 생명을 잉태한 가을의 풍성함을 은유적으로 형상화한다. 시적 화자의 시선은 “눈”에서 “손”으로, “유방”으로 이동하고 있지만 이 이동은 농익어가는 열매의 풍성함을 단계적으로 묘사하는데 기여하고 있다. “단 맛”과 “알찬 살”은 타자와의 결합을 전제로 한 것이며 작품에 명시된 구체적인 신체 이미지들은 노골적이고 관능적인 분위기를 고조시키는데 기여하고 있다. “뜨겁게 젖어 떠는” 감꽃의 이미지는 원숙한 여성의 몸과 성애의 장면을 연상시키지만, 시인이 궁극적으로 지향하는 것은 관능 그 자체의 몰입이라기보다는 관능을 넘어선 생명성의 탐구로 파악하는 것이 더 타당할 것이다. 그의 시에 숱하게 등장하는 여성적 이미지와 시어들은 모든 것의 동참과 자기 실현을 전제로 한 생명의식의 추구를 지향하고 하고 있기 때문이다.

> 어둠이 씻어주는 이 순수한 공간에 누워
> 손끝이나 掌心에서
> 뜨겁게 살아나는 생명의 줄기에는
> 꽃이 열리고
> 너는 내 팔을
> 나는 네 가슴을 갖는다
>
> —「아름다운 부끄러움은」에서, 『카오스의 사족』

그에게 에로티시즘은 성애에 몰두한 자기 폐쇄적 자아가 아니라 성애를 초월하여 타자와 교감하고 열린 세계로 나아가고자 하는 친화적인 자아를 통해 구현된다. "뜨겁게 살아나는 생명의 줄기"에 열리는 꽃의 이미지는 존재의 위기를 심화시키는 낯설고 이질적인 상태를 극복하고 생명의 재생과 순환이라는 신성성에 대한 믿음으로 이어진다. "너는 내 팔"을 "나는 네 가슴"을 소유하는 타자와의 합일과 지향성은 유기적 관계로서 관능적 몸을 통한 의인화의 원리를 보여줄 뿐 아니라, 생명을 생성하기 위한 강렬한 생의 의지를 나타낸다고 할 수 있다.

특히 자연과 여성을 동시에 생산성의 근원으로 강조하는 수사법은 생명에 대한 새로운 인식을 수반함으로써 에코페미니즘의 세계관으로 나아가는데 기여한다고 하겠다. "사랑의 거짓말도/이제는 다 몰아내 놓고/우리 떨며 깍지 끼는/뜨거운 손바닥으로/살아 있는 우리의 生命을 演奏하자"(「연주」)라는 구절에서 암시하듯 시인은 타자와의 동질감을 바탕으로 나와 너, 자연과 인간의 경계를 해체하고 순수한 생명을 향한 설레임을 형상화한다. 성을 통해 몸이 "연주"하려고 하는 것은 다름 아닌 생명에 대한 희열감이다. 이것은 전근대적 세계 속에서 타자로만 여겨지던 몸이 대상적 존재로서만 의미를 갖던 틀을 깨뜨리고 "연주"라는 합일의 의식을 서침으로써 화합과 융화의 경지에 들어선 것으로 해석할 수 있다. 대상적 존재인 몸을 이렇게 신성한 생명적 존재로 새롭게 인식하는 것이 바로 에코페미니즘적 관섬에서 보는 신성성의 회복26)이기도 하다.

특히 그의 초기시부터 반복적으로 등장하는 "아가"의 존재는 에로스의 시적 승화를 통해 평화와 순수의 세계를 그려내는데 기여하고 있음

---

26) 김경복, 「생태시의 의미와 그 세부 주제」, 『생태시와 넋의 언어』, 새미, 2003, p.23.

을 주목해야 한다. 그의 초기시부터 반복적으로 나타나는 "아가"의 이미
지에 대해 살펴보도록 하자.

섬과 섬이/있었습니다

썰물진/낮에는/알몸 드러내고

목이 타는 모습으로/섬과 섬이
서 있었습니다

밀물이 밀려오는 저녁
발목과 무릎
허리와 가슴과
목으로 차오르는 바닷물에
섬은 비로소 하나로 이어지고

가득 찰랑 넘치는
섬의 절정에서
아가는 소스라쳐
꿈을 깨곤 했습니다.

—「아가의 방 別詞 6」 전문, 『原點에 서서』

"아가"의 존재는 시기별로 편차는 있지만 지속적으로 그의 시세계를
함축하는 중요한 소재이자 시정신을 직접적으로 형상화하는 시적 기호
이다. 현실의 카오스적 상태에 좌절하지 않고 생명이 흐르는 내면 세계
를 통해 그 현실을 초극하려는 의지로 빚어진 산물이 바로 "아가"이기
도 하다.

작품에 표현된 "섬"은 문명의 때가 묻지 않은 원시적 공간으로 설정

되어 있으며 차오르는 바닷물은 섬과 섬을 하나로 이어주는 매개항의 구실을 한다. "가득 찰랑 넘치는/섬의 절정"은 바닷물을 매개로 성적 결합의 장면을 암시하는 부분이다. 그리고 "섬의 절정"을 거쳐 마지막 연에는 "아가"라는 존재가 탄생하고 있다. 시인은 에로티시즘의 원리가 곧 생명을 잉태하는 행위임을 직접적으로 암시하고 있는 것이다.[27]

그렇다면 "아가"는 여성의 생명력과 사랑의 신비를 축복해주는 근원적 상징인 셈이다. 「아가」 연작의 주체는 생명의 신비를 직관적으로 인식하고 생명의 순환성에 대한 신뢰를 가지는데 이것은 생명의 작용을 긍정적으로 인식하는 '전일적인 연속성'에 바탕을 둔 사유방식이라고 할 수 있다. 특히 영성은 만물의 신성함과 존엄성을 자각하는 능력에 바탕[28]을 둔 것임을 감안한다면 주로 여성의 성적 에너지, 여성의 생명력과 거의 유사한 것으로 이해할 수 있다. 이렇게 "아가"의 해맑음과 영성은 우주와 인간의 관계와 흐름을 직관하고 생명의 역동성을 구현한 존재로 발현된다. "아가"의 영성은 이성의 힘을 초월하여 생명과 우주의 신성한 경지를 느끼게 하기 때문이다.

> 두 손을 펴 산의 눈을 가리며
> 가슴을 산의 등에 실리며
> <아가>하고 귓바퀴에 속삭이면서

---

27) 시인은 이기의 상징에 대해 다음과 같이 쓴다. "소박한 사랑의 시나 아가의 애정같은 시로 보일지 모르지만 나로서는 상당히 역사적인 의식이라든지 내 속에서 충분히 여과해서 나온 시로 「아가의 방」은 인류의 마지막 순간까지 그것이 어떤 초연 내지 인간의 자치성을 위험으로부터 지켜야 할 성질로 나타내고자 했습니다. 이 시에서 나타내고자 한 아가의 이미지는 인류의 마지막 보루같은 그것입니다" 『아가의 房·別辭』 1983, 문학사상사, 자서, p.3
28) Maria Mies · Vandana Shiva, 손덕수 · 이난아 역, 『에코페미니즘』, 창작과 비평사, 2000, pp.29~31.

> 어느덧 하나가 되어
> 밤을 새곤 했습니다.

—「산과 산이 있었습니다」에서

"아가"는 생명의 상징이자 동시에 관능적 행위의 결과로서 탄생한 기호로 파악할 수 있다. 위의 시는 관능적 행위를 암시하는 장면이 제시되면서 동시에 생명을 은유화시키고 있음이 주목된다. "<아가>하고 귓바퀴에 속삭이면서/어느덧 하나가 되어/밤을 새곤 했습니다."라는 진술은 단순한 몸과 몸의 결합이 아니라 공포스러운 현실을 극복하고 잃어버린 연속성을 되찾기 위한 시도로 파악할 수 있을 것이다. 다시 말해 연속적 세계에 대한 갈망[29]을 보여주는 것으로 이해할 수 있다는 말이다. "아가"는 남녀간의 에로스적 사랑과 생명의 잉태 과정을 그린 산물이면서 동시에 해맑고 아름다운 순수성과 평화로움을 상징한다. "아가"의 이미지가 인류의 마지막 보루라 할 때 "아가"는 전쟁과 근대화, 물질만능주의에 대한 강력한 인간적 보루에 해당[30]하는 것이다. 이렇게 에로티시즘에 바탕을 둔 세계는 살아있는 생명으로 충만한 유기체이기에 개체들이 연속성과 순환성, 관계성의 원리에 바탕을 두고 살아가는 거대한 우주 생태계이기도 하다.

4. 모성의 원리와 사랑의 내면화

이제 시인이 추구한 에로티시즘의 원리가 궁극적으로 지향하는 세계

---

29) 바타이유, 『에로티즘』, 조한경 역, 민음사, 1997, p.130.
30) 양소영, 앞의 책, 2006, p.368.

에 대해 살펴보도록 하자. 시인이 끊임없이 추구한 생명의식과 사랑의 원리로서의 "아가"의 이미지는 몸과 몸의 결합을 전제로 한 것이면서 동시에 모성의 원리와 사랑의 실천에 기댄 것이기도 하다.

에로티시즘은 여성이나 고향을 매개로 하여 완결된다. 인류사 속에서 인간의 낙원이 모태나 자궁을 통해 상징적으로 재현되어 온 것도 이 때문이다. 인간은 어머니의 몸에서 분리되어 나오는 순간 두려움과 불안에 사로잡히게 된다. 태어난다는 것은 지극히 무서운 체험이고 영원히 가시지 않을 공포에 노출되는 것이다. 그래서 이 분리는 죽음의 이미지[31]와 연결되어 있다. 이런 관점에서 모태로의 회귀 본능 속에는 영속적인 생명욕이 내재[32]하게 되고 이 상태에서 에로티시즘은 더 이상 갈등을 보이지 않아 세계와 조화로운 관계로 돌아서게 된다. 이 세계는 평화로운 아니마의 세계와 일치한다. 앞에서 분석한 "아가"의 이미지는 모성의 원리에 기댄 것이기에 순수함과 미래 지향적인 비전을 함축하는 탈근대의 정신을 보여준다. 생명의 순환에 대한 끊임없는 탐구는 근대의 폭력적인 남성성에 맞서는 평화와 자비의 가치를 역설하는 것으로 이어진다.

    ① 검은 손이여
      암흑이 광명을 몰아내듯이
      눈부신 태양을
      빛을 잃은 진주로
      진주를 다시 쓰린 눈물로
      눈물을 아예 맹물로 만들려는
      검은 손이여 사라져라.

---

31) Robert Jay Lifton, Eric Olson 공저, 이일철 역, 『죽음의 윤리』, 문지사, 1982, p.44.
32) 위의 책, p.48.

어머니는
오늘도
어둠 속에서
조용히
눈물로
진주를 만드신다.

                              —「어머니 6」에서, 『아가의 방』

② 흔들리는 종소리의 동그라미 속에서
　엄마의 치마 곁에 무릎을 꿇고
　모아쥔 아가의
　작은 손아귀 안에
　당신을 찾게 해주십시오

　이렇게 살아가는
　우리의 어제 오늘이
　마침낸 전설 속에 묻혀버리는
　海底 같은 그날은 있을 수 없습니다

　달에는
　은도끼로 찍어낼
　계수나무가 박혀있다는
　할머니의 말씀이
　영원히 아름다운 진리임을
　오늘도 믿으며 살고 싶습니다.

                              —「가을에」에서, 『카오스의 사족』

"아가"의 이미지는 모성의 원리로 발전하여 아픈 상처와 역사를 치유하는 '어머니 자연'(Mother Nature)의 면모를 보이고, 나아가서는 강인한 생명력과 재생의 근원이 된다. 이것은 자연을 침탈과 정복의 대상으로 보는 서구의 이성중심적 사고와 대척점에 있는 것으로 만물이 공유하는 영성과 생명의 존엄성에 대한 자각에서 비롯되는 사유 방식이라고 할 수 있다.

①에서는 "검은 손"으로 상징되는 세계의 불모성과 어머니의 모성적 가치가 대비되면서 시적 구도가 전개되고 있다. '사랑/폭력'의 세계와 '자비/공포'의 세계가 뚜렷한 대조를 보이는 이 시에는 시인이 혐오하는 근대화의 물결과 이기주의에 대한 간접적인 비판의식이 드러난다. "검은 손"은 근대의 물질주의와 광기, 무한경쟁과 속도를 함축하는 시어라고 본다면 시인은 "검은 손이여 사라져라"는 명령형 언술을 통해 악을 퇴치하고 희망찬 미래를 촉구하고자 하는 자신의 갈망을 드러낸다. 이 시에서 어머니는 생명의 근원이자 세상의 불의와 악에 맞서는 강력한 존재로 등장한다. 그리고 어머니는 "샘물"이 되어 아가들의 갈증을 적셔주고(「어머니 5」), "눈물"로 "진주를 만"들어 아가들의 가슴에 심어준다. 아가는 어머니의 사랑이 있는 한 진주가 되고 태양이 되어 밝고 존엄한 존재로 성장하게 된다는 것이다.

②에서는 "아가의/작은 손아귀 안에" 있는 절대자인 "당신"을 향한 구노(求道)의 마음을 형상화하고 있다. "이렇게 살아가는/우리의 어제 오늘이/마침내 전설 속에 묻혀버리는/海底 같은 그날은 있을 수 없습니다"라는 단호한 어소는 생명을 보호하고 지키려는 모성적 본능과 함께 죽음과 고통을 극복할 수 있는 대안으로서 절대자인 당신을 상정한 것으로 보인다. 그리고 "당신"은 차별을 거부하고 현실의 원리를 초월한 신성성을 담보한다. "달에는 은도끼가 찍어낼 계수나무가 박혀있다는 할머니의 말씀"은 생명에 대한 강한 긍정과 폭넓은 포용력을 함축하는 것

으로 볼 수 있다. 온갖 이기주의와 폭력을 잠재우는 능력을 가진 존재가 할머니로 표현된 것은 여성이 지니는 모성과 온화함, 자비의 능력에 대한 깊은 믿음에서 비롯된다.

이렇게 정한모의 시에 여성적 심상이 많이 등장한다는 점은 서구의 이성적 합리주의를 거부하는 새로운 세계 전망33)으로서의 탈근대성을 지니고 있다. 여성과 감성을 억압하는 근대성의 한계를 벗어나고자 하는 욕망 이면에는 이분법의 세계를 해체하고 일원론적 세계를 추구하고자 하는 진정성이 내포되어 있기 때문이다.

정정하신 그대로 저승에 가신
할머니는 거기서도 정정하셔서
옥황상제 앞에서도 정정하시고
삼신 지신 성조신 할머니 할아버지
다같이 어울려 정정하시고
언제나 하얀 치마 저고리
내 마음 속 한 자리 차지하시고
지금은 120세 우리 할머니

—「할머니의 기운」에서, 『원점에 서서』

위의 시는 할머니에 대한 사랑과 그리움을 바탕으로 영원한 삶을 이어가길 바라는 화자의 간절한 마음이 잘 나타나있는 작품이다. 시인은 인간의 유한성을 초월하여 할머니의 기운과 영혼이 영원히 남아있기를 갈망한다. 평이한 어휘와 통사구문을 바탕으로 하고 있지만 삶을 초월한 영원주의로 나아가려는 자신의 마음을 보여준다. 시인에게 모성의 원리

---

33) 김경복, 앞의 책, p.217.

는 결핍과 공포의 현실을 희망의 세계로 안내하는 원동력이 된다. 여기서 인류의 마지막 보루이자 존재의 본질인 아가의 세계는 어머니의 의미와 결합[34]된다. 그가 말하는 모성은 결핍의 현실을 충족시키고 갈등을 봉합할 수 있는 근원적 존재인 것이다.

이렇게 그는 전쟁과 폭력이 없는 세계와 순수한 동심의 세계를 갈망하고 그것을 유지하고자 하는 마음을 보여주었다. 정한모의 시에서 순수한 생명 의지는 다름 아닌 모성의 원리를 통해 태어나고 있음을 확인할 수 있다. "아가"와 "꽃"은 바로 그런 모성적 원리를 통해 태어난 존재들이며 시인은 이들에게서 생명의 존엄성과 영성의 가치를 발견한다. 그가 파악하는 모성의 원리는 이성과 합리주의 이전에 존재하는 근원적 생명의 힘이라는 점에서 주목을 요한다.

③ 어머니가 가꾸시는
　 호박넝쿨이 뻗어나간다

　 아침마다 아침마다
　 뼘 반쯤씩 쭉쭉 뻗어나간다

—「어머니 3」에서, 『아가의 방』

④ 마른 황토 흙냄새에 질려/첫울음 터뜨린/어리디 어린/생명
　 흙냄새에 익숙해지면서/어린이는 탈없이 자라고
　 흙먼지 속에서 소년이 되고/흙바람에 쏠리며
　 어른이 되었다/…(중략)…
　 석양이 환한/돌아온 원점에서
　 흙을 밟는다/피 속에 섞여 흐르는

---

34) 양소영, 앞의 책, p.369.

> 황토흙 냄새를/다시 확인한다
>
> ―「原點에 서서―32. 흙냄새」에서, 『원점에 서서』

③에서 어머니의 사랑으로 자라는 "호박넝쿨"은 시적 화자에게 마음의 자양분처럼 영원한 진주로 남아있다. 이 시에서 어머니는 생명의 근원이자 강한 생활력을 가진 존재로 그려진다. 어머니는 "뻗어나가는 호박 넝쿨"처럼 멈추지 않는 사랑과 삶의 근원이 되고 있는 것이다.

④의 시는 문명 생활의 한 복판에 놓여있는 중년의 자아를 통해 자신의 실존에 관한 질문을 던지고 있다. 장성한 화자가 도시 생활에서도 영원히 잊지 않고 마음 속에 간직하고 있던 것은 다름 아닌 "흙"이었음을 알 수 있다. 시적 화자는 자신의 근원이 흙에 있음을 자각하고 있는 것이다. 이 시는 문명의 가속화로 인해 피폐해진 현실에 대한 평면적인 묘사인 듯 하지만, 시인은 "토스트에 버터를 발라 먹어도/흙냄새가 가시지 않"았다고 고백함으로써 황토 흙냄새를 맡으며 근원을 확인하는 자신이 모성적 근원주의에 포섭되어 있음을 진술한다.

이렇게 시인이 물질문명에 대한 대안으로 강조하는 것은 흙의 정신이다. 자연과의 조화와 상생을 강조한 동양의 문화 속에는 에코페미니즘의 정신적 배경이 될 만한 사유가 풍성하게 들어있다. 그렇기 때문에 에코페미니즘에서의 자연은 끊임없이 모성의 원리에 기대고 있는 가이아[35]에 그 정체성을 둘 수밖에 없다. 흙은 생명의 잉태를 상징하는 물질로서 모성의 몸과 상동적인 구조를 취하고 있는 것이다. 결국 이 작품에서 흙

---

35) "살아있는 지구"를 뜻하는 가이아에 대해 제임스 러브록은 "가이아는 생명의 기원에서부터 시작하여 생물이 살아남는 최후의 순간까지 시간적으로 연속성을 갖는 실체로서 생물과 지구가 연계하여 진화하면서 영원히 변화하는 것"으로 가이아를 설명한다. 제임스 러브록, 홍욱희 역, 『가이아의 시대』, 범양사, 1988, p.55.

은 자신의 원점과 동일화되어 숨과 의식을 불어넣어주는 생명의 정기가 되고 있음을 알 수 있다. 결국 고향에 안착한 시인은 "내 안에서 나래 접으며/젖은 눈을 뜨며 네가 살아날 때/따뜻한 등불이 다시 켜지듯/어둠은 다시 생명이 된다"(「歸鄉」)고 고백함으로써 고향이 단순히 복고적인 그리움의 대상이 아니라 자신의 정체성에로 깊이 개입한 공간임을 알게 해준다. 시인은 고향의 흙을 통해 평화와 공존의 의미를 확인하며 재생과 무한 순환을 반복하는 근원적 공간으로 '흙―여성성'의 교차 지점을 열린 형식으로 형상화시키고 있는 것이다.

5. 사랑과 영적 가치

이 글에서는 에코페미니즘의 관점에서 정한모의 시를 분석·규명해 보았다. 에코페미니즘은 여성의 역사와 환경의 역사를 연결시켜 페미니즘과 생태학 사이의 자연스런 연결의 고리를 만들고, 생물 시스템을 연결망으로 바라보는 관점을 통해 자연의 계층 구조에 대한 새로운 통찰을 제시한다는 점에서 획기적인 이론이라고 할 수 있다. 나아가 이분법적인 인간관과 세계관을 탈피하여 모든 생명 시스템이 상호 연결되어 있다는 관점을 취한다.

우리가 살고 있는 지구 근대화의 원리는 진보가 인간 의식의 성장을 담보해준다는 이데올로기에 의해 유지되어 왔다. 이것은 마샬 버만 (Marshall Berman)이 지적한 대로 자아의 발전이라는 문화적 이상과 경제 발전을 향한 사회적 운동 사이의 친연성이 이념화되고 있음[36]을 의미한

---

36) Marshall Berman, 윤호병·이만식 역, 『현대성의 경험』, 현대미학사, 1994, pp.81~91.

다. 물질적 근대화를 숭고한 정신적 성취로 여기는 자본주의적인 열망은 근대의 소외와 단절을 은폐함으로써 세계를 결말도 한정도 없는 성장의 과정으로 만들어 버렸다. 정한모의 시는 잃어버린 낙원의 시·공간을 복원하는 지향점으로서 모성적 공간과 이미지를 차용했다는 점에서 반문명적이고 반폭력적인 정신 세계를 보여준 것으로 풀이된다.

또 자연을 침탈과 정복의 대상으로 보는 서구의 이성중심적 사고를 지양하고 만물이 공유하는 영성(靈性)과 생명의 존엄성에 대한 자각을 중시했다는 점에서 에코페미니즘적 세계관과 필연적인 친연성을 갖는 것으로 파악된다. 에코페미니즘에서는 서로간의 차이성에 의한 상호 의존과 상호 접목의 연쇄과정을 중시한다는 점에서 생명이 끊임없이 새로운 세계로 확장되고 생성해 나가간다는 관점을 중시한다. 몸과 자연에 대한 감성을 바탕으로 만물이 살아있는 관계임을 자각한 그의 미적 감수성과 자의식은 2000년대의 오늘날 시점에서 귀중한 실천적 가치를 내포한다. 그의 시에 나타난 폭넓은 생명 의식은 사랑의 존귀함과 영적 가치(spiritual value)의 의미를 깨닫게 하기 때문이다.

한국 여성시의 환상성에 대하여

1. 환상과 문학

환상이라는 용어는 전문적인 의미를 가지지 않고도 일상생활에 광범위하게 사용되고 있다. 환상적(fantastic)이라는 단어는 라틴어 'phantasticus'에서 나온 말로 '가시화하다' '명백하게 하다'라는 의미를 가지는데, 일상적이고 보편적으로 보이는 용어에 학문적인 관심과 분석이 가해지기시작한 것은 최근 몇 년 사이의 일이다. 심리학에서 환상(fantasy)은 꿈이나 백일몽처럼 생생한 이미저리와 강렬한 정서, 비논리적인 현상으로 나타나는 정신적 경험을 의미[1]하며 비평저 용어로서의 환싱은 사실적 재현을 우선으로 하지 않는 문학 장르에 적용되어 왔다.

최근 환상은 문학 양식의 주변부에서 중심으로 이동하고 있는 것으로보인다. 환상은 특히 문학의 영역에서 인접 예술 장르로 영토를 확장하

---

1) A. E. Kazdin, Encyclopedia of Psychology, Vol.3, N.Y : American Psychological Association & Oxford Univ. Press, 2000, p.336, 김점용, 『시적 환상과 무의식』, 국학자료원, 2003, p.45 재인용.

여 가는 추세이다. 환상을 소재로 한 작품들도 시, 소설, 신화, 영화에 이르기까지 다양하게 장르에 걸쳐 있어 바야흐로 환상은 기법에서 문화 양식으로 성장하고 있다. 로즈마리 잭슨은 환상을 모순과 양가성에 기반을 둔 것으로 범주화하면서 말해질 수 없는 것, 명료하지 않은 것, 진실하지 않은 것, 실재적이지 않은 것들이 재현된 것들 속에 그 흔적을 남긴다고 말한다. 실재적인 세계를 문제적으로 재현함으로써 환상은 실재와 비실재의 본질에 문제를 제기하고, 그들 사이의 관계를 중심적인 관심사로 전경화한다는 것이다.2) 잭슨에 의하면 환상을 실체화하고 장르화하는 작가들의 태도는 잃어버린 도덕적·사회적 위계를 뒤돌아봄으로써 그것들을 복원하고 부활시키는 선험주의의 태도와 연관된다고 지적한다.

슬라보예 지젝은 환상이 실재계의 공포를 감추고 있으며 이는 "억압된 참조지점"을 통해서 드러난다3)고 보는데, 사실 환상이라 불리는 어떤 추상적인 실체는 존재하지 않는 것인지도 모른다.4) 시는 출발점에서부터 미메시스적 재현과는 일정한 거리를 두고 있다. 시는 재현이 아니라 구성적 현실을 표현하는 장르이며, 그런 만큼 재현적 진실의 영토화

---

2) 로즈마리 잭슨, 서강여성문학연구회 역, 『환상성 : 전복의 문학』, 문학동네, 2001, pp.54~55.
3) S. Zizek, 김종주 역, 『환상의 돌림병』, 인간사랑, 2002, p.22.
4) 환상에 대해 수잔 랭거는 '환상은 예술의 원료(stuff)이며 이 원료로부터 반추상적이지만 독특한 때로는 감각적이고 표현적인 형식'이 만들어진다고 말한다. 랭거의 견해에 따르면 환상은 예술의 원료가 되며 이것을 최초의 환상(primary illusion)이라고 부른다. 그리고 이를 음악, 시, 소설, 등으로 확대 적용한다. 랭거의 견해에서 빠진 부분은 환상이 어떻게 발생하는지에 대해서이며 여기서 고려할 부분은 환상과 언어의 관계이다. 독자의 입장에서 독자는 항상 완성된 작품을 대하므로 독자가 마주칠 수 있는 것은 창조된 환상일 것이다. S. Langer, 『Problem of Art』, London & Beccles:Routledge & Kegan Paul, 1957.

로부터 상대적으로 자유롭기 때문이다. 시를 의미론이 아니라 감각의 논리에 따라 이해하고 분석해야 하는 이유도 여기에 있다. 서사 장르에서의 환상성이 즐거움의 문제와 관련을 가진다면 시에서의 환상성은 주로 참혹한 화자의 내면을 언어화하려는 의도[5]에서 유래하기도 한다.

그런데 시의 이미지가 "언어로 된 그림"이며 독자들은 그 그림에서 "외적 실재의 반영을 넘어서는 그 무엇을 상상하는 것"[6]이라면 시적 이미지와 시적 환상은 크게 차이가 나지 않는다. 그러나 정교하게 구조화된 시에서 창조된 환상은 단일한 체계를 가지고 있으며 이미지는 환상의 주요한 구성 요소가 된다.[7] 또 이미지가 관념과 사물이 만나 생성되는 것이라면 창조된 환상은 이미 관념이 포함되어 있는 '이념상'이거나 '가치있는 목적'이라는 점에서 그 차이가 드러난다. 다시 말해 이미지가 파편적이고 편재적이라면, 예술적 진리로서의 창조된 환상은 전체적이고 통일되어 있다. 그 안에 이미 관념이나 고유의 진리치를 포함하고 있는 것이다.

시와 환상의 관계 혹은 환상성에 관해 논의되었던 지금까지의 연구 업적들은 시에 나타난 환상이 '무엇'을 형상화하거나 재현하는가에 관심이 집중되었다. 그리고 시에서의 환상은 대부분 단편적인 이미지나 분위기로만 인정될 뿐, 환상에 대한 관심은 주로 서사물, 특히 소설에 국한되어 있다. 시와 관련하여 환상을 심도있게 고찰한 것은 노혜경[8]이나 윤지영,[9] 김윤정[10]의 논문이 있다. 그러나 환상의 문제는 환상의 대척

---

5) 고봉준, 「재현적 리얼리티의 바깥 풍경들」, 『시작』, 2006, 겨울, p.65.
6) C.Day. Lewis, 『The poetic Image』, N.Y, Oxford, Univ Press, 1948, p.8
7) A. 새뮤얼 외, 민혜숙 역, 『융분석비평사전』, 동문선, 2000, p.99.
8) 노혜경, 「세기말 시의 환상성, 환각과 환멸 사이로 난 좁은 길」, 『오늘의 문예비평』, 1997, 가을호.

점에 있는 현실의 문제와 깊은 관련이 있는 것으로 보이며 환상과 세계 혹은 현실의 관계는 환상이 현실의 '무엇'을 다루는가와 동시에 '어떻게' 다루는가의 문제와 연결되어야 할 것으로 보인다. 문학 작품 속의 이미지나 모티프는 현실을 재현한 것인데, 재현이란 실재 세계를 그대로 반영하는 것이 아니라 시인의 시각과 욕망에 의해 뒤틀리거나 굴절된 모습으로 나타난다. 그리고 그러한 굴절이 환상으로 나타날 때, 존재하는 현실과 환상 속의 현실의 관계는 다중적인 의미망 속에 연결된다.

80년대 이후 여성 시인들은 과거 어느 때보다 활발하게 환상을 도입하여 여성의 정체성에 대해 문제를 제기하는 시들을 발표하고 있다. 한국 여성시는 다원주의, 해체주의 등 포스트모더니즘의 배경 속에서 남성 중심주의, 이성 중심주의 세계관의 대타적 인식과 함께 등장한다. 특히 많은 여성 시인들은 환상을 사용하여 여성의 정체성에 대해 문제를 제기하는 시들을 발표해왔다. 여성시에서 나타나는 환상은 자의식과 세계관, 존재 의미를 해명하는 중요한 실마리로 작용할 뿐만 아니라 여성 인물과 현실, 그리고 무의식적인 여성의 욕망을 재현하고 있기 때문이다. 여성시에서 환상은 미적으로 중요한 구성 요소로서 성의 사회 문화적 의미와 역할 형성에 중요한 구실을 하고 있는 것이다.

2. 환상의 전개 양상과 여성의 정체

환상은 세계를 구성하는 주체와 타자, 그리고 그들에 대한 존재론적 사유를 표현한다. 여성시에서는 몸과 관련된 환상이 빈번하게 등장하는

---

9) 윤지영, 「허구의 경계를 넘보는 환상 충동」, 『서정과 환상』, 푸른사상, 2006.
10) 김윤정, 「전봉건 시의 환상성 연구」, 『한국문학이론과 비평』 26집, 2005.

데, 많은 여성시에서 환상성은 구체적으로 몸의 변화와 관련되어 있다. 여성시에서 몸은 무엇보다 여성이 존재하고, 세계 및 타자와 관계를 맺는 근원으로 나타난다. 여성은 몸을 통해 세계와 수신(受信)하고 세계와의 관계 속에서 자신의 정체성을 부여받는다. 그러므로 몸을 중심으로 발생하는 환상성은 여성들이 익숙해져 있는 존재 및 세계와의 관계 변화나 징후를 예고한다.

일차적으로 환상성은 실제로 일어날 수 없는 사건이 현실화됨으로써 발생한다. 일반적으로 이미지가 대상을 시각적으로 묘사함으로써 독자의 감각에 호소하거나 작가의 상상력에 의해 구현되어 정서나 관념을 환기시키는 기능을 가지는 것이라면 여성시의 이미지는 그러한 차원에서 그치지 않는다. 여성시의 이미지는 보다 더 적극적인 양태와 기능을 지니게 되는데, 그것은 현실에 대한 순응이나 동화를 목표로 하기보다 '지금 이곳'의 현실을 무화시키고 다른 현실을 소유하고자 하는 강한 욕망에서 비롯되는 것이기 때문이다. 여성시 특유의 이미지 처리 방식에 의해 대상은 지금 이곳의 현실을 덮어버리고 그 빈자리에 전경화되는 대체 현실, 즉 환상으로 기능한다. 지금 이곳의 현실을 부정하고 새로운 현실을 꿈꾸는 기제라는 점에서 환상은 욕망의 코드[11]라고 할 수 있다.

그래서 여성시에서의 다양하고 복잡한 이미지는 대상의 감각적 재현이나 기교를 위한 이미지 추구라는 측면에서 그 의미가 해명되지 않는다. 여성시의 이미지는 주제와 객체의 분리와 대립을 전제로 한 이분법적인 사유를 넘어서는 새로운 사유방식을 보여준다는 점에 의의가 있다.

이러한 여성시의 환상으로서의 이미지는 이미지 사유라는 새로운 사

---

11) 이봉재, 「이미지에 대한 철학적 연구」, 『서울산업대학교 논문집』 43집, 1996. 7, p.472.

유 방식을 제시하는 데서 그치는 것이 아니라 새로운 존재 방식을 보여주는 매개가 된다. 억압적 상황 아래에서 대상에 욕망을 투사하고 이를 상상적으로 구현하는 의식의 과정은 본능적 충동을 맹목적으로 표출하거나 사회화된 의식을 기계적으로 답습하는 것과는 구별되는 것[12]이기 때문이다. 환상적 이미지와 언술 구조를 통해 여성은 파괴된 내면 속에 새롭게 떠오른 자아를 만나거나 세계에서 일탈할 기회를 가지게 된다. 그때의 자아는 현실 원칙에 따라 논리적으로 사유하고 행동하는 합리적 자아가 아니다. 그것은 합리성과 이성을 강요하는 남성 중심적 사회에 억압당하는 자아를 전복하는 자아이며, 현실을 회피하여 꿈꾸고 유희하고 몽상하는 자유로운 자아이다. 결국 여성시의 환상성은 남성 혹은 세계와의 관련 속에서 여성이란 무엇인가 하는 정체성의 문제로 귀결될 수밖에 없다.

80년대 이후 뚜렷한 목소리를 내며 자생적으로 성장한 한국 여성시의 특징과 문학적 의의에 대해서는 이미 많은 논자들의 업적이 나왔다.[13] 그러나 몸을 매개로 한 환상의 구현이 어떤 식으로 표현되었으며 이것이 정체성 확인이나 존재론적 여성의 삶을 찾아가는 좌표로 기능하고 있는지에 대한 논의는 아직 미흡한 것으로 보인다. 대부분의 논의는 가부장적 지배질서 속의 억압에 저항하는 전략과 관계된다는 대항 시학으로서의 의미에 초점을 맞춘 경우가 많았다.

---

12) 김윤정, 앞의 글, p.368.
13) 김용희, 『페넬로페의 옷감짜기』, 문학과 지성사, 2004.
    _____, 「젠더와 검은 에로스」, 『순결과 꿈결』, 문학동네, 2006.
    김현자·김현숙·이은정·황도경, 『한국여성시학』, 깊은샘, 1997.
    김정란, 『한국현대여성시인』, 나남출판, 2001.
    송지현, 「현대 여성시에 나타난 몸의 전략화 양상」, 『한국문학이론과 비평』, 2002.
    정끝별, 「에로티시즘과 여성의 성」, 『천 개의 혀를 가진 시의 언어』, 하늘연못, 1999.

이 글은 강력한 대안 담론으로 부상하고 있는 여성시의 전개 과정에서 이들 시에 나타난 상상력과 환상성의 구현이 어떻게 전개되어 있는지에 대한 의문에서 출발하였다. 그리고 그러한 요인 중에 여성시의 독창적인 이미지 처리 방식이 놓여있다고 판단하게 되었다. 특히 여성 시인들은 대상을 환상적으로 전유하는 이미지 사유 과정에서 개인을 넘어서는 집단적이고 보편적인 원형 심상을 만나게 되는데 이때 구축된 심상은 여성 개인의 내면의 동일성을 회복해주는 계기가 될 뿐 아니라 여성시의 정체성을 획득하게 하는 단초가 된다는 점에서 큰 의의를 지닌다. 이 글에서 대상으로 하는 시인은 80년대 이후 우리 시단에서 개성적인 자리를 차지하고 있는 김승희, 김혜순, 박서원, 이향지, 성미정, 최승자 등이며 특정 시인만의 작품을 규명하기보다는 이들 작품에 드러나는 공분모와 차별적 요소의 비교와 분석을 통해 재현적 리얼리티를 넘어 새로운 세계를 향해 나아가는 여성시의 특징을 고찰해본다. 아울러 이 글에서는 환상의 층위를 세 가지로 나누고 위선적인 욕망으로 치장된 허구화된 몸과 거대 담론에 저항하는 몸, 그리고 개체의 진정한 욕망을 꿈꿀 수 있는 자유로운 몸으로 전이되는 과정을 자세히 분석해 볼 것이다.

3. 사산(死産)과 분열의 환상, 도구화된 몸

여성 시인들이 환상의 근간으로 몸을 택하게 된 이유에 대해 살펴보자. 헬레나 미키[14]는 여성에 대한 묘사가 얼마나 구조화된 비유로 이루어졌는가에 주목하면서 여성 신체를 언급한다. 일반적으로 여성성과 남

---

14) 헬레나 미키, 김경수 역, 『페미니스트 시학』, 고려원, 1992, pp.30~40.

성성에 관한 담론들은 남성을 이성적·능동적 존재로, 여성을 감정적·수동적 존재로 묘사하고 있다.[15] 이를테면 여성은 매우 유혹적이고 관능적인 의상, 즉 교묘하게 치장된 은유로 통해왔다는 사실이다. 장미, 나비, 천사, 임신한 암고양이 등, 그러나 이 같은 은유는 은유의 남용과 각인으로 인해 사(死)은유가 되고 만다.[16] 무엇보다 여성들은 여성 고유의 생리 외에도 내 몸이 타인에 의해 억압당하거나 스스로의 욕망을 거스른 잦은 경험 때문에 그만큼 육체를 자주 떠올리게 된다. 월경이나 임신은 물론 갖가지 폭력의 위협, 성적 욕망의 억압, 물신화된 현대 사회가 요구하는 상품화된 성적 매력들이 모두 여성들로 하여금 자신의 몸을 부자연스럽게 의식하게 하는[17] 걸림돌이 된다는 것이다. 여성시가 여성 특유의 신체 경험과 기억을 환기하는 방식들은 여성 고유의 미학을 구성하는 측면이 있다고 보는데, 몸을 매개로 쓰여진 여성시에서는 위선적인 욕망으로 치장된 몸에 대한 적극적인 인식에서부터 출발한다.

> 몸 안에 푸른 콩들을 가둔다
> 나 오늘 숨을 내쉴 때
> 청어 한 마리 튀어나오려
> 가슴을 탕탕 친다
>
> 나 자꾸 가둔다

15) 이렇게 고정화된 편견과 선입견은 모성성의 규정에도 영향을 미친다. 가부장적 사회에서 여성은 남성에 의해 '그의 성과 생식력을 지배당하는' 객체로만 존재하는 것이다. Roison Mcnough & Rachel Harrison, "Patriarchy and Relations of Production" in Feminism and Materialism : Routledge and Kegan Paul, 1978, p.26.
16) 김용희, 「한국에서 여성/시인으로 살아간다는 것」, 『순결과 꿈결』, 문학동네, 2006, pp.29~30.
17) 이은정, 「육체 그 불화와 화해의 시학」, 『한국여성시학』, 1997, p.47.

뿔뿔이 흩어지려는 튀는 생명을
숨 크게 들이마시며
날마다 몸속에 가둔다
나 죽으면
천갈래 만갈래 춤추듯 찢어져
흩어질 생물들을

—김혜순, 「들숨, 날숨」 일부, 『아버지가 세운 허수아비』

이렇게 살 바엔, 너는 왜 사냐고 물었던
사내도 있었다
이렇게 살 바엔—
왜 살아야 하는지 그녀도 모른다
왜 살아야 하는지 그녀도 모른다
쥐새끼들이 천정을 갉아댄다
바퀴 벌레와 옴벌레들이 옷가지들 속에서
자유롭게 죽어 가거나 알을 깐다
흐트러진 이부자리를 들추고 그녀는 매일 아침
자신의 시신을 내다 버린다, 무서울 것이 없어져 버린 세상

—이연주, 「매음녀 1」, 『매음녀가 있는 밤의 시장』

시 「들숨날숨」에서 "푸른 콩"과 "청어"는 튀어오르는 싱싱한 생명체로서 춤추듯 약동하는 내 몸 속 자아들의 분신이다. 억압된 상태에서 갈망하는 것은 모두 푸른빛으로 묘사된다. 가두어진 "푸른 콩"은 몸 속에서 "청어"로 살아나 내 "가슴을 탕탕 치"며 솟아오르지만, 오히려 화자는 "숨 크게 들이마시며" "몸속에 가두기"에만 집중할 수밖에 없다. 들숨날숨의 숨쉬기 같은 호흡을 통해 매일 '가두기'를 반복하는 여성의 관성적인 일상이다. 화자의 몸은 죽어서야 "춤추듯 찢어져" 살아오를 꿈과

욕망을 간직한 몸이다. 김혜순의 시에서는 여성의 몸에 가해지는 무의식적 억압을 극복하는 과정이 단순한 이미지의 유희적 차원에 그치지 않는다는 점에 주목해야 한다. 여성 몸의 다양한 변주를 소재로 하는 김혜순의 시에는 현란한 기호 놀이의 틈 사이로 일련의 강한 이미지들이 그 모습을 드러내기 때문이다. 이때의 이미지들은 시인이 대상을 파악하고 인식하기 위해 형성되는 것이라기보다는 현재의 상황을 잊게 하는 환상의 기능을 보유하는 것으로 생각할 수 있다.

이연주의 「매음녀」 연작에서는 자기 파멸적인 어조를 통해 스스로에게 가치없는 사랑을 부여하는 자멸적 어조가 빈번하게 등장한다. 매음녀가 환기하는 주된 이미지는 생명과 관능의 성이라기보다는 성을 중심으로 일어나는 인간 타락의 고통과 소외 현상이다. 그녀에게 성은 능동적인 신체의 사건이나 현상이 아니라 수동적인 육체의 일이고, 그래서 자유로운 몸과 쾌락이 지배하는 어떠한 열락(悅樂)의 요소도 발견할 수 없다. "죽어도 목숨값 없는 화냥년"으로 자신의 존재를 매음녀와 동일화시킴으로써 시적 화자는 스스로에 대한 실존적 의미를 격하시킨다. 그리고 매일 아침 "자신의 시신을 내다 버리"는 죽음의 환상으로 시를 맺고 있다. 매음녀의 삶을 중심으로 쓰여지는 이연주의 시는 처절한 자기 비하의 언어들로 가득하다. 매음녀야말로 근대화의 배경과 일부일처제의 이중적인 규범으로 인해 사회의 변경으로 일탈한 가부장 문화의 가장 모순적인 존재이다.

여성의 육체가 가부장적 사회에서 고통과 상실감을 주며 남성 지배를 정당화하는 열쇠가 될 때, 그것은 숱한 폭력 아래에 놓인다. 억압적인 제도와 사회적 통념에서 벗어날 수 없는 여성의 몸에 가해지는 다중의 폭력, 성에 대해 여성들이 갖는 피해 의식으로 구성된 의식들이 은유화

를 통해 드러나는 것이다. 다음 두 편의 시는 기존의 남성 중심 세계와
현실 상황 등 갖가지 억압 기제들에 의해 사산(死産)되는 여성의 환상을
그리고 있다.

> 내 애인은 태평양처럼 누워 있다
> 내 애인의 눈동자 속으로
> 한 낯선 사내가 걸어 들어간다
> 그녀의 홍채가 휘황한 꽃잎처럼
> 벌어졌다 접히고
> 일순 나의 일평생이 조용히 닫혀진다
> 닫혀진 문 안에서 그들이 나를
> 씹고 또 씹는 소리가 들린다
>
> —최승자, 「S를 위하여」 일부, 『즐거운 일기』

> 이윽고 잠, 닫혀진 회색 강철 바다,
> 속으로 한 사내의 그림자가 숨어들어
> 내 꿈의 뒷전을 어지러이 배회하고
> 환각처럼 흔들리는 창가에서, 누구시죠?
> 내게 희미한 두통과 고통을 흘려붓는, 누구시죠?
> 내 死産의 침상에 낮게 가리앉아,
> 누구시죠? 누구 누구 누구……
>
> 밤부엉이가 밤새 내 지붕을 파먹었어.
> 아침엔 날이 흐렸고
> 벌어진 큰골 속으로 빗물이 뚝뚝 흘러들었어
> 이미 죽은 내 몸뚱이 위에
> 누군가 줄기차게 오줌을 깔기고,
> 휘파람을 불며 유유히 떠나갔어
>
> —최승자, 「밤부엉이」 일부, 『즐거운 일기』

　　최승자의 시에서 존재간의 뒤틀린 관계 방식은 타락한 성을 통해 더욱 분명하게 드러난다. 「S를 위하여」는 애인의 간통을 에로틱하게 묘사하고 있는 시[18]이다. 태평양으로 비유되는 애인은 풍부한 물의 이미지에 의해 거대한 자궁을 형상화한다. 그런데 그 속으로 걸어들어가는 사람은 내가 아니라 "낯선 사내"이다. "나"는 소외된 채 그들의 즐거운 신음을 "나를/씹고 또 씹는" 고통으로 받아들이게 된다. 「밤부엉이」에서는 "오토머신"같은 강력하고도 기계적인 힘을 가진 "밤부엉이"의 이미지를 통해서 강간의 공포를 강렬하게 시각화한다. 문안과 문밖의 공간, 그 사이는 여성의 꿈과 폭력적 현실이 뒤엉킨 곳이며 동시에 내 몸 구석구석을 들여다보는 밤부엉이 같은 시선의 폭력, "깔긴 오줌과 휘파람" 같은 성적 코드들이 자리하는 곳이다.

　　남녀 간의 합일과 유대를 가장 직접적인 방식으로 드러내는 성관계가 타락한 세계 속에서는 이처럼 간통과 강간 등 왜곡된 양상을 띠게 되는 것이다. 서로에 대한 믿음과 창조성을 상실한 성, 신성함이 제거된 성은 역겨움과 추함을 드러낸다. 간혹 최승자의 다른 시에서 사랑이 종기, 문둥병, 매독균등으로 비유되고 있음도 이와 관련된다. 다음의 시 역시 꿈과 현실의 교차 속에서 남성적 폭력에 노출된 여성의 몸을 환상 속에서 그리고 있다.

　　　암매장 소리. 잠 속으로 삽이 파고들었어 창틀이 뼈다귀로 변하고 잠
　　옷이 찢겨져 나가고 내 유방에 원반칼이 제트기처럼 스쳐갔어 검붉은
　　선혈 찢어진 잠옷을 밟고 방을 나왔어 같은 방이었어 ···(중략)··· 벌거벗
　　긴 채 학살당하는 유태 인들처럼 또 어디론가 끌려가는 나 찜통이었나

---

18) 엄경희, 「매저키스트의 치욕과 환상」, 『빙벽의 언어』, 새움, 2002, p.155.

봐 빨래를 삶는 신형 세탁기 속 말야 빠른 속도로 회전하는 나는 오븐
속에서 알고 보니 오븐 속에서 뱅글뱅글 난 뻥튀기. 뻥.

─박서원, 「악몽」 일부, 『난간 위의 고양이』

시 「악몽」에서 주인공은 잔인하게 학살당한 "유태인들"에게 비유되고
있다. "삽"과 "원반칼"에 찢겨 검붉은 선혈을 흘리는 유방은 훼손된 여
성의 기호이며 폭력에 드러난 몸이다.

찜통, 세탁기, 오븐은 여성의 일상적 삶을 둘러싼 기호들이지만 그녀
는 오히려 그러한 기호들 안에 갇혀 열기와 빠른 회전으로 인해 "뱅글
뱅글" 돌려지며 변형, 해체되어 버린다. 낭자한 선혈과 숨가쁜 회전 속
에서 "나"는 꿈과 희망, 자신의 모습들을 상실한 채 도구화된 존재로만
기능한다. 시적 화자는 잠과 일상이라는 경계 사이에서 암매장당하고 압
사당하는 자신을 병리적인 환상 속에서만 보고 있는 것이다. 박서원은
남성들에 의해 훼손되어 온 여성 육체의 역사를 환각적인 분위기를 통
해 증언한다. 이 시가 육체가 당한 치욕을 증언하고 있다는 점은 시 끝
부분에 제시되는 "벌거벗긴 채 학살당하는 유태인들"의 이미지를 통해
다시 확인된다.19)

이러한 여성의 병적 징후는 자아를 상실한 병, 또는 보편적 자아에 대
한 환유적 반응체계라고 할 수 있다. 그러니 동시에 이 징후는 자기 자
신만의 목소리를 가지려는 시도를 내포한다. 이 시도 때문에 병적 징후
를 가진 수많은 여성들은 자신의 경험의 도처에서 만나는 감각들을 징

---

19) 성병을 앓는 몸, 강간당한 몸, 상처난 몸, 찢긴 몸 이것은 그 타락한 시대의 폭력과 상
   황의 아픔을 그대로 환기시키는 몸의 비유이다. 특히 여성 성기에 가해지는 폭력의 양
   태는 여성에게 폭력이 되어온 성의 현실은 물론 생명의 몸을 죽음의 몸으로 바꾼 상황
   의 잔혹성을 실감나게 한다.

후 안으로 끌어들이며 또한 변형된 감각 속에서 자신의 징후를 확고히 한다.[20] 이런 과정에서 생성된 환상들은 오감으로 나뉜 신체의 각 기관들에서 보내는 신호라기보다는 여성이 열린 몸으로 해방시킨 본능적인 감각이라고 할 수 있을 것이다.

> 아버지의 폭탄이 터진 뒤라고 한다
>
> 구워지고 있었다
> 전자레인지에서처럼
> 지방이 튀어오르고
> 불똥이 튀고
> 살갗이 타들어갔다
> 한쪽에선 뼈대에 살갗을 걸레처럼 걸고
> 불 속에 서 있었다
> 토마토처럼 으깨지고도 있었다
> 거대한 돌에 눌려서
> 두부가 되어가는 것도 있었다
> 배가 뺑뺑 터지며
> 구린내를 풍기는 것도 있었다
> 온 마음 들판 전체가
> 먹으러 누가 오는지 알지도 못한 채
> 전신에 눈물을 칠하고
> 튀겨지고 있었다
>
> 어머니가 눈물을 삼키며 식사를 준비하고 계셨다
>
> —김혜순, 「엄마의 식사준비」 전문, 『어느 별의 지옥』

---

20) 김혜순, 『여성이 글을 쓴다는 것은』, 문학동네, 2002, p.130.

김혜순의 시에서 아버지와 어머니는 주체와 대상이자 능동/피동의 관계에 놓여있는 그런 관계이다. "아버지의 폭탄이 터진 뒤"라는 사건 이후 어머니가 요리를 하는 과정은 결코 평화롭거나 화해롭지 않다. 어머니의 몸은 토마토처럼 으깨지거나 "배가 뻥뻥 터지며 구린내를 풍"기거나 "전신에 눈물을 칠한 채" 아버지 앞에 존재하는데, 아버지가 자행하는 갖가지 폭력으로 불에 타는 듯한 분노를 삭이며 식사 준비를 하는 어머니는 인간으로서의 가치와 인격은 거세된 채 사물화된 몸으로만 남아 여성/남성, 피지배자/지배자라는 약육강식의 먹이 역사를 재생산하고 있다. 이것은 아버지의 법에 대한 전복과 해체라는 시인의 시적 화두와도 연결되는 부분이다. 폭력에 의해 부서지거나 도구화된 여성의 몸과 이를 매개로 한 환상은 남성 중심 사회의 강요된 여성성에 의해 다시 억압받기도 하지만, 다음의 시에서는 적나라한 비유와 어법을 통해 몸이 가지는 일반적인 비유나 상징 체계를 뒤집어 놓고 있음이 주목된다.

> 이 가죽 트렁크
> 이렇게 질겨빠진, 이렇게 팅팅 불은, 이렇게 무거운
>
> 시꺼를 열면
> 몸뚱어리 전체가 아가리가 되어 벌어지는
>
> 수취 거부로
> 반송되어져 온
> 토막난 추억이 비닐에 싸인 채 쑤셔박혀 있는, 이렇게
>
> 코를 찌르는, 이렇게 엽기적인
>
> —김언희 「트렁크」 전문, 『트렁크』

　　김언희의 시는 트렁크로 환기되는 시체의 이미지이다. 이 시체는 "수취거부로 반송되어져 온" 것이며 철저하게 사물화된 육신을 노골적으로 묘사하고 있다. 황폐한 시대 아래 물화되어 버린 육신은 인간으로서의 온기나 아우라를 상실한 채 무겁고 뚱뚱하게 가득 채우고 있는 "가죽 트렁크"에 지나지 않는다는 충격적 인식을 보여준다. 김언희의 시에서 트렁크가 표상하는 몸은 상징계에 의해 선택되고 길들여진 '고귀한 몸'이 아니라[21] 그것이 배제되거나 추방해버린 '비천한 몸'(abject body)이다.[22] 김언희 시에 등장하는 엽기적인 이미지(고깃덩이, 트렁크, 분뇨의 회로 등)나 환상적 표현은 욕망의 대상도 없고 일탈도 꿈꾸지 않으면서 일상과 삶의 가치를 철저하게 뒤집어 버린다. 에고(ego)의 성적·심리적 정체성은 물론 사회적인 삶의 가치와 질서를 철저하게 부인하는 시체와 같은 몸은 그 혐오의 감정이 증폭될 뿐 아니라[23] 영혼이 빠져나간 육체성만이 황폐한 이미지를 통해 구현되고 있다.

　　그녀의 시에 등장하는 섹스나 오르가즘 등은 성의 쾌락이 아니라 현실을 "씹어버리고", "뱉어버리는", 하나의 과정이며 행위이다. 잦은 식육 모티프, 근친상간, 성에 대한 철저한 조롱과 환상도 같은 맥락에서 해석될 수 있다. 이러한 시는 광폭한 현대의 병리 현상 속에서 인간과 몸의 가치가 해체되고 그 의미를 잃어간다는 자각과 함께 그 자리에 들어선 무의식과 허구적인 욕망으로 가득한 몸을 고발하고 있다. 이러한

---

21) 이재복, 「천박한 몸의 반란」, 『몸』, 하늘연못, 2002, p.48.
22) 크리스테바는 원초적 어머니는 비천화된 주체에게 하나의 대상이라기보다 매혹과 반발감이 뒤섞인 비천한 대상(abject)으로 나타난다고 설명한다. 비참과 더러움이 불러일으키는 통렬함과 정화 작용은 상징적 질서에 대한 거부와 저항으로서의 의미를 가진다는 것이다. 줄리아 크리스테바, 『공포의 권력』, 서민원역, 동문선, 2001.
23) 이재복, 앞의 글, p.49.

시각은 일상과 세계, 자연과 우주라는 공간으로 확대되면서 불가항력적인 황폐함과 불모성을 드러내는 것으로 확대된다.

4. 자해와 가사(假死)상태의 환상, 부서진 몸

남성의 소유물로 존재하거나 사회의 통념 혹은 거짓 욕망으로 치장된 몸에 대한 인식은 도구화된 기존의 여성 육체를 거부하는 것으로 전개된다. 많은 시에서 저항하는 몸에 대한 상상이 변주되는데 이 부분은 자신의 육체에 대한 이중적 인식이 교차하는 곳이기에 그만큼 혼란을 보이기도 하고 극단적인 양상으로 치닫기까지 한다. 그것은 우선 타자의 시선과 관념에 의해 형성된 지금의 몸을 부인하거나 해체하는 "탈수", "구토", "배설"을 비롯해 육체가 스스로 반란을 일으키는 "부풀어오르는 살"로 드러난다.24) 더 극단적으로는 육체를 자해하거나 해체하는 제의적 죽음을 시도한다. 이 통과의례적 죽음은 남성 중심적 시각의 육체를 거부하는 한편, 그 기반 위에서 구성되어온 여성 육체를 소멸시킬 것을 전략으로 한다. 폭력과 억압이라는 상황에서 허용되지 않는, 그러나 이를 극복할 환상이 필요한 시인은 이들 이미지의 힘을 의식적으로 전유하면서 억압의 상황이나 고통을 역설적으로 극복하고자 하는 것이다.

> 삼십삼 년 동안 두 번째로 나는/나로부터 도망간 결심을 한다.
> 우선 머리통을 떼내어/선반 위에 올려놓는다
> 두 팔과 두 발을 벗어/책상 위에 올려놓고
> 몸통을 떼내 의자에 앉힌다
> 오직 삐걱거리는 무릎만으로 살며시 빠져 나와

---

24) 이은정, 앞의 글, p.61.

필사적으로 달리기 시작한다

—최승자, 「삼십삼년 동안 두 번째로」 일부, 『즐거운 일기』

내가 파괴한 시체의 門을 열고/나는, 고스란히, 나의 피를 주고 싶다
그리하여/어떤 깡패가 발길로 걷어찬
밥상 같은 만물에게/나는, 고요히, 내 피의 문맥을 부여하고 싶은/것
이다

—김승희, 「魔의 말[言]을 찾아서」 일부, 『왼손을 위한 협주곡』

무릎 꿇고 여기 앉아!/싫어요!
무릎 꿇어!

못 꿇어요!/무릎 꿇으라니까!

난 보란 듯이 외과수술용 톱을 가지고 나와/종이인형의 사지를 가위
로 오리듯이
내 무릎을 싹둑싹둑 오려 버린다,/무릎이 없으니, 둥둥, 오오, 나는 불
현듯
날 수가 있다

—김승희, 「모순의 무릎」, 『세상에서 가장 무거운 싸움』

위의 세 편의 시는 자신의 육체를 해체하거나 부수는 자해의 환상을 통해 기존의 질서에 굴복하지 않으려는 의지를 보여준다. "무릎"은 현실로부터 달아나게 하는 다리가 되어 주는 동시에 무릎 꿇음의 굴종적 의미를 가지는 신체적 기호이다. 최승자의 시에서 '나'는 위선적인 '나'로부터 일탈하기 위해 "머리통", "두 팔", "두 발", "몸통"을 모두 분해해 "의자에" 올려놓는다. 그로테스크한 환상이지만 도망가는 데에만 필요한 "무릎만으로" 필사적으로 내닫는 것이다. 육체의 어느 부분도 진정한

내가 아니기에 나는 그 육체들을 철저하게 거부한다.

김승희의 시에서 나는 스스로 "파괴한 시체의 문"을 열고 "피의 문맥을 부여하고 싶다"는 욕구와 함께 무릎을 잃은 대신 자유의 "날개"를 얻는다. 무릎 꿇을 것을 명령하는 세 개의 명령문은 순종을 넘어 굴종을 강요하므로 난 "보란듯이 외과수술용 톱"으로 무릎을 잘라버리는 저항의 몸짓을 보여준다. "가위로 오리듯" "싹둑싹둑" 잘린 훼손된 몸으로의 환상을 통한 저항, 이것은 모두 새로운 존재로 거듭나기 위한 환상 속의 의식 행위이다.

> 가거라, 사랑인지 사람인지
> 사랑한다는 것은 너를 위해 죽는 게 아니다
> 사랑한다는 것은 너를 위해
> 살아,
> 기다리는 것이다.
> 다만 무참히 꺾여지기 위하여.
>
> 그리하여 어느날 사랑이여,
> 내 몸을 분질러다오.
> 내 팔과 다리를 꿰어
>
> 네
> 꽃
> 병
> 에
>
> 꽂
> 아
> 다

오

ㅡ최승자, 「그리하여 어느날 사랑이여」 일부, 『즐거운 일기』

칼날이 허공에서 빛난다
내 모가지를 향해 내려오는
그러나 순간순간 영원히 멈춰있는.

쳐라 쳐라 내 목을 쳐라.
내 모가지가 땅바닥에 덩그렁
떨어지는 소리를, 땅바닥에 떨어진
내 모가지의 귀로 듣고 싶고
그러고서야 땅바닥에 떨어진
나의 눈은 눈감을 것이다.

ㅡ최승자, 「사랑 혹은 살의랄까 자폭」 일부, 『이 시대의 사랑』

타락한 세계, 타인과의 소통이 불가능한 세계 속에서 여성의 사랑은 그 자체로 모순적이다. 존재간의 소통이 무의미해진 상태에서 타자와의 사랑을 시도한다는 것은 이율배반적이다. 그러나 소외감과 결핍이 극에 달할수록 이를 회복하려는 갈망 또한 필연적이다. 최승자의 시에는 일차적으로 "님의 부재"라는 고전적 테마를 시에 도입한다. 이미 많은 평자들이 두 시는 매저키즘과 새디즘이 공존하는 작품으로 해석했는데, 자신을 처벌하고 자신에게 고통을 주도록 설득함과 동시에 고통의 지연을 통해 긴장감을 고조시키는 것은 매저키즘의 가장 기본적인 특성이다.[25] 이 자기 살해의 장면들은 단순한 매저키즘을 넘어 제의적인 차원으로 나아간다.

---

25) 엄경희, 「매저키스트의 환상과 치욕」, 『빙벽의 언어』, 2002, 새움, p.161.

두 편의 시에서 화자는 몸의 "부서짐"이라는 고통의 환상을 적극적으로 수용한다. 즉 님에게 자신의 곁을 떠나라고 종용하는 것이다. 그리고 기다림이라는 고통의 지연을 각오한다.

"가거라"라는 화자의 어조 속에서 다분히 명령적이고 단호한 결의를 발견할 수 있다. 그리고 최승자는 자신의 몸을 '사산의 자궁'으로 생각하는 일종의 가사상태와 유사 죽음에 자기의 몸을 던져넣는다. 자기 자신에 대한 치열하고 고독한 사랑은 "살의"에 버금가는 것이기에 그 사랑이 이루어지지 않을 때 사랑의 방식은 "자폭"이라는 사건으로 드러난다.

남성적 질서의 삶으로부터 일탈을 갈망하고 또 그 일방적 질서에서 해방되기 위해 허구화된 자신의 몸을 환상 속에서 상징적으로 분해하는 것이다.26) 내 팔과 다리를 꺾어 너의 꽃병에 꽂아달라는 극단적이며 파괴적인 발화는 모순된 현실에 맞서는 독특한 방식이며 변화를 위해 타자에 대해 자아가 취하는 치열한 관계 방식을 의미한다. 빛나는 "송곳"과 "칼날"은 목을 치는 예리한 금속성의 사물들이지만, 이렇게 스스로 감행하는 몸의 학대나 분해는 현상 너머 무형의 억압과 실체를 떠올리게도 한다.

> 이를테면 길은
> 스파게티처럼 포크에 감아 먹을 수도 있지.
> (중략)
> 노래가 바다를 마셔버리고 드디어
> 붉은 소스가 칠해진 모래접시만 남듯
> 그렇게 용암처럼 붉은 소스를 끼얹어 꿀꺽 삼키는 거야
>
> —김혜순, 「길을 주제로 한 식사 1」 일부, 『아버지가 세운 허수아비』

---

26) 김열규, 『페미니스트 문학』, 문예출판사, 1988, p.25.

바싹 마른 여자가 살찐 남자를 먹어치운다. 발톱 하나 남기지 않고
깨끗이 먹어치운다. 먹으면 먹을수록 마른 여자는 더욱 마른다. (중략)
다음엔 제 가슴도 잘라먹고 제 몸뚱아리도 잘라 먹는다. 눈동자도 빼먹
고, 제 白骨도 아드득 아드득 깨물어 먹는다.

—김혜순, 「먹이의 역사」 일부, 『아버지가 세운 허수아비』

최승자의 신체 절단을 통한 가학적 환상과 달리 김혜순의 시는 살육
과 식욕의 모티프를 수용한다. 첫 번째 시에서 저녁 무렵 길 위의 자동
차 헤드라이트 불빛은 스파게티 다발로 변한다. 화자는 포크에 감아 길
을 먹어치운다. 김혜순의 시는 여성이 "먹음직한 과일"로 비유되는 상투
화를 전적으로 넘어선다. 여성은 왕성한 식욕으로 오히려 먹는 주체가
된다. 그녀는 구강기의 힘을 회복한다. 구강기야말로 언어와 이성에 의
해 거세되기 이전의 유년, 순수한 몸기억, 몸 반응을 환기시킨다.[27] 두
번째 시는 기존의 먹이사슬 관계가 전도된 양상을 보이는데, 마른 여자
의 식욕은 끝없는 기아처럼 채워지지 않는다. 끝내 여자가 자기 몸을
"아드득 아드득" 먹어치우는 극단적인 자해와 육체의 소멸, 그리고 죽어
가는 모습은 "먹이의 역사" 자체를 해체하면서 새로운 역사를 요구하는
것으로 이어진다. 기존의 질서와 먹이사슬의 담론에 종속되기를 거부하
고 새로운 질서를 세워 그에 편입하려는 의지를 보여주는 이 시들은 여
성의 몸이 남성의 억압에 대한 극도의 부정과 해체라는 한풀이 차원을
넘어 자신의 존재성을 심화·확대한다는 점에서 의의가 있는 것으로 해
석될 수 있을 것이다.

뿐만 아니라 광기에 가까운 이들의 움직임 역시 꿈과 현실, 일탈과 일

---

27) 김용희, 앞의 책, 2006, p.33.

상 사이에서의 어긋남을 드러내는 병든 몸의 하나이다. 여성시에 나타난 광기가 푸코의 지적처럼 꿈과 오류가 만나는 데서 나오는 것임을, 그리고 이들이 광기와 꿈이 연결되고 분리되는 지점을 통과하는 인물[28]임을 위의 작품에서 확인할 수 있다. 비리얼리즘적이고 환상적인 이미지로 가득하지만 이러한 이미지와 어법의 강렬함은 여성에게 가해지는 억압의 깊이를 새삼 깨닫게 해주기도 한다. 카니발적인 환상을 다른 방식으로 수용하는 성미정의 시를 분석해보도록 하자.

> 그이는 미식가 그이를 위해 정성을 다해 요리했지만 까다로운 입맛을 만족시킬 수 없었어 그이에게 인정받고 싶었어 사랑하니까 모든 음식에 내 살을 조금씩 베어넣었어 그이에 대한 사랑으로 가득 찬 살을 말이야 예감은 적중했어 그이는 맛있다고 입맛을 다셨어 내 살에 중독되기 시작한거지 그이를 위해 살을 도려내다 보니 약간의 문제가 생겼어 몸에서 늘 피가 흘렀어 뼈가 드러난 내 팔을 보고 그인 울었어 자기를 위해 요리하느라 앙상해졌다는 거지 그인 뚱뚱해지고 난 뼈만 남은 채 덜그럭거렸어 더 이상 요리를 할 수 없게 되었어 죽을 힘을 다해 겨우 그이에게 말했지 이젠 당신 차례라고

—성미정, 「다소 악마적인」 일부, 『대머리와의 사랑』

이 작품에 나타나는 화자는 남성인 "그이"에게 인정받기 위해 그이의 "까다로운 입맛"을 만족시킬 만한 요리를 개발하고자 한다. 그리고 그이에게 사랑받기 위해 화자가 발견한 요리 비법은 자신의 살을 조금씩 베어넣는 것이다. 허구적인 사건을 축으로 쓰여진 이 시는 여러 가지 정황을 추적하다 보면 하나의 주제에 대한 알레고리임을 알 수 있다. 즉 그

---

28) 미셸 푸코(1961), 『광기의 역사』, 김부용 역, 인간사랑, 1993, p.112 참조.

이와 나로 상정되는 인물들의 관계로부터 현실의 부부 관계, 혹은 연인 관계를 추론해내고 그이에게 주는 음식에 자신의 살을 베어 넣는 행위로부터 "여자의 일방적이며 자학적인 희생에 의해 유지되는 관계"29)를 재구성할 수 있다.

또 작품의 마지막 부분에 이르러 전도되는 상황을 통해 일방적인 희생으로 이루어진 관계는 폭력으로 귀결될 수밖에 없다는 의미를 추론할 수 있다. 따라서 이 텍스트가 그리는 환상적인 풍경은 알레고리의 효과로 환원되며, 자신의 살을 넣어 음식을 만든다는 그로테스크한 사건으로 이어진다.

이렇게 다양한 자해와 가사, 유사 죽음이라는 모티프를 통해 새롭게 거듭나려는 제의적 죽음은 절망적 현실 속에서 환상을 창조하기 위한 것이며 새로운 존재 전환을 이룩하기 위한 시적 실천인 것이다. 그래서 이들의 고통은 새로운 발견과 쾌락으로 나아가는 도정에 놓여있다고 할 수 있다. 몸의 자해와 가사상태를 통한 제의적 죽음, 그리고 일탈된 욕망을 통해 현실을 바라보는 시선은 기존의 여성 육체를 거부하고 전복시킴으로써 새로운 육체로 거듭나려는 환상과 동궤에 놓이게 된다.

5. 분만과 재생의 환상, 자유로운 욕망의 몸

여성시에서 여성들은 자신의 개인적 체험뿐 아니라 세계와 역사에 대한 인식까지 몸을 통한 환상과 변주로 보여준다. 도구화된 몸, 물질화된 몸, 객체로서의 몸으로 자신의 몸을 인식하던 데서 벗어나 기존의 관념

---

29) 윤지영, 앞의 글, p.66.

과 의식에 저항하며 역사의 고통을 자신의 내면으로 체화시키기에 이른
다. 그리고 이같이 "몸의 역사"를 거치는 과정에서 지배받는 몸에서 스
스로 해방되어 새로운 눈을 뜨게 되고 또 자기 육체와의 불화 관계를
벗어나 적극적이고 존재론적인 관계를 모색하기에 이른다. 그것은 외부
에 의해 만들어진 자신의 몸을 죽임으로써 새로운 존재로 태어나는 재
생의 꿈과 연결되어 있다.

> 이제 와서 천사의 흉내를 내겠는가
> 나에게 맞지 않는 기성복들을 진심으로 철폐하고
> 아, 이 육체에 잘못 길들여진 영혼이여
> 이 영혼에 잘못 짝지워진 육체여
> 서로 잘못 만난 영혼과 육체를 방면해주고
> 육체여, 나 너에게 평생의 노비 문서를 내 주겠으니
> 찢거나 불사르거라 너의 마음대로
>
> 지금 나에게 소망이 있다면
> 악마의 젖꼭지를 만나 주린 젖을 흠뻑 먹고 싶구나
> 단군신화에서 쫓겨난 어머니 호랑이
> 이글이글 털투성이 젖가슴에 얼굴을 비비고
> 길들여지지 않은 원시의 황금빛 불길을 먹어
> 그대로 펄펄 넘치는 훨훨 호랑나비의
> 검고 노란 화려한 줄무늬를 살결에 입고 싶어
>
> ─김승희, 「호랑이 젖꼭지」 일부, 『세상에서 가장 무서운 싸움』

「호랑이 젖꼭지」는 천사의 가면과 "기성복"을 벗어던지고 자기 내부
의 원시적 야수성대로 살고 싶은 욕구를 드러낸다. 길들여진 영혼의 노
비와도 같은 육체에게 "노비문서"를 되돌려줌으로써 그를 해방시켜 자

신의 순수한 욕망에 충실하려고 한다. 먼저 "나"는 굶주린 육체를 흠뻑 채울 수 있는 젖을 갈구한다. 물론 그것은 천사가 아닌 "악마의 젖꼭지"와 "어머니 호랑이"에게서이다. 시적 화자는 순종과 인내를 표상하는 곰을 거부하고 굴을 뛰쳐나올 수밖에 없었던 야수의 호랑이를 어머니로 삼고 싶은 열망을 태운다. 이글이글, 원시의 황금빛 불길, 펄펄, 훨훨, 화려한의 수식들은 천사나 웅녀의 것이 아닌 "악마"와 호랑이의 것이며 자신의 진정한 육체를 방면해주는 것들이다. 이것은 욕망에 충실하려는 몸, 스스로 깨어나는 몸에 대한 환상의 표출30)이다.

> 엄마 엄마
> 그대는 성모가 되어 주세요
> 한국 전래 동화 속의 착한 엄마들처럼
> 참, 아니, 사임당 신씨
> 신사임당 엄마처럼 완벽한 여인이 되어
> 나에게 한평생 변함없는 모성의 모유를 주셔야 해요
> 이 험한 세상
> 엄마마저, 엄마마저…… 넌 어떻게……
>
> ―김승희, 「성녀와 마녀 사이」

「성녀와 마녀 사이」는 전통적인 모성성을 기대하는 아이와 남편이 존재하고, 그와는 상반되게 자아 정체성의 해방 속에서 갈등하는 두 개의 자아가 동시에 표현되어 있다. 이를 바탕으로 시인은 분열된 내면을 형상화하고 있다. 시인은 시 속의 "나"가 처한 상황을 보여주기 위해 "엄마"라고 부르는 아이, "여보"라고 부르는 남편, 그리고 "나" 자신 등의

---

30) 이은정, 앞의 책, p.91.

세 명의 화자를 등장시키고 있다. 아이는 착하고 어질고 완벽한 사임당 같은 엄마가 되어주기를 원하고 남편은 집안일을 잘하는 가정부로서, 성적인 만족을 줄 수 있는 매춘부로서 또 아플 때 모든 것을 치유해주고 어루만져줄 수 있는 간호사로서 행동하기를 요구한다.

즉 아이와 남편의 목소리를 통해 나타난 시적 상황은 시 속의 "나"가 강요당하고 있는 실제 상황이며 가부장적 사회가 가지고 있는 현실 그대로를 표현한 것이라 할 수 있다. "난 어떻게……"는 아이와 남편의 목소리이지만 동시에 "나"의 말이기도 하다.

"엄마"와 "당신"으로 불리고 있는 "나"는 험한 세상에서 아이와 남편을 돌보아야 한다는 강박관념에 사로잡혀 있고, 그것에서 탈피해야 한다는 의식은 있으나 쉽게 결단을 내리지 못하고 망설이고 있음을 알 수 있다. 그러나 시인은 "모나리자의 미소"를 통해 그 미소의 진정한 의미를 찾고 싶어한다. "성녀"와 "마녀" 사이에 존재하는 모나리자의 액자화되어 있는 미소는 과연 웃는 것인지, 우는 것인지 의문을 제기하면서 시인은 그림 속 여자의 가슴에서 느끼는 무서운 화산의 힘을 감지함으로써 자아 정체성을 찾으려는 노력과 희망을 보여주고 있다.31)

이 같이 자신의 육체와 욕망의 모습에 이르기 위해 '마녀되기'와 체벌, 처형을 감수하는 의지는 새로운 모색을 거듭하는 시로 전개된다. 자

---

31) 줄리아 크리스테바에 의하면 여성의 정체성을 표상하는 문명적 시간 유형은 주기, 잉태, 그리고 자연의 리듬에 순응하는 '영원한 반복성'과 갈라진 틈이나 탈출구가 없는 상태로 존재하는 '기념비적 시간성'이라는 두 가지 유형이 존재한다고 한다. 그것은 기독교의 모성 숭배라는 종교적 믿음과 밀접한 연관이 있다. 반면 남성의 시간은 직선적 목적론적 시간으로서 출발, 발전, 도달의 시간, 즉 역사의 시간 구조를 지닌다고 대비시키고 있다. 그래서 가부장제 하에서 여성은 다양한 정체성을 지닐 수가 없다. J. Kristeva, 김성곤 역, 『여성의 시간』, 1979, 김용원 외 공역, 『현대문학비평론』, 한신문화사, 1994, pp.663~666.

기 몸을 섬세하고 구체적인 감각과 애정 어린 시선으로 들여다보고 인
정하며, 또 그 욕망을 직시하는 것이다.

백 살까지 아기를 낳으리라

굴뚝새는 굴뚝 속에서
무너진 뚝과 내장이 터진 물고기 살점
독화살이 활개치던 물살을
하나 잊을 리 없다

도토리 같은 여자아기 낳아
다람쥐 노리개 가지고 올 즈음이면
독수리가 채가고
남자아기는 생이 시작되는 순간에
유혹의 불을 켜
다음엔 남녀 구분 없이 생기는 대로 낳았다
내가 잃은 아기인지 빼앗긴 아기인지
매듭 짓기 살그러워 맥놓아버린
혼란의 폭포수들

굴뚝새는 목에 피맺힌 열매가 맺도록
실컷 울고 난 뒤
지나쳐가는 행인들이 다 보도록
굴뚝 끝에 앉는다
쭈글쭈글해진 내 모습을 지켜보리라
주름진 얼굴과 육체로
백살까지 아기를 낳는 산고를 치르리라

사랑 스스로가 제 입을 먹이로 던져

이천 년 왕국의 파수꾼이 되었으니

백 살까지 가랑이를 벌리고 살리라

―박서원, 「산고」 전문, 『이 완벽한 세계』

이곳의 세계를 근원이 상실된 세계로 바라보는 박서원 시인은 여성의 본래적인 신체성에 주목한다. 여성의 몸이 지니고 있는 죽음과 생명의 순환성에 세계의 비밀이 숨겨져 있음을 인식하는 것이다.

"백살까지 아기를 낳으리라"는 단호한 결의는 사실 현실적으로 불가능한 환상속의 사건이다. 일상적 삶의 질서나 시간을 벗어나 삶과 죽음의 경계에 머물면서 화자는 분만의 환상에 빠진다. 이때 분만은 단순히 한 아이를 낳는 것이 아니라 하늘과 땅이 맞닿는 근원적인 탄생의 경험이며 황폐하고 비극적인 세계에서 생산의 가능성을 모색하는 일이라 할 수 있다. 생산의 믿음과 환상을 통해 여성은 타자를 진정한 자아로 수용할 수 있는 것이다. 산고를 겪으면서 여성은 삶과 죽음을 통합하는 능력을 부여받는 셈이다.

"백 살까지 가랑이를 벌리고 살리라", "백살까지 아기를 낳으리라"는 다짐은 단순한 과장으로 보이지만은 않는다. "―이라"로 끝나는 강세형 어미는 분만에 대한 화자의 결연한 의지를 보여준다. 극도의 공포와 불안 속에서 여성적 생산성은 억압적 현실을 이겨내고 나아가 죽음에 대한 두려움을 이겨내는 힘이 된다. 그 생산성은 역설적으로 혼돈의 현실에서 나오는 것이다. 출산의 경험이 여성에게 큰 위안과 창조성을 줄 수 있다는 원형적인 자각에서 쓰여진 박서원의 시는 창조적 페미니즘의 가치를 구현한다.

　　그렇다면 억압적 세계로부터 벗어날 수 있는, 혹은 대타적 의미로서의 구원의 의미를 지니는 여성성의 탐구는 또 어떤 식으로 진행되고 있는 것일까? 앞에서 분석한 시들이 부성의 폭력성이 주체의 위기로 전이되는 지점을 의미화하는 동시에 이를 넘어서려는 여성적 자아의 욕망과 환상을 말하고 있다면, 그 욕망과 주체에게 가해지는 억압의 상황은 현실과 어긋나는 몸의 균열을 통해서 표현되고 있다고 말할 수 있겠다. 그러나 다음의 시에 나타난 억압의 상황은 주체/객체 같은 단순한 대립구도나 이를 무화시키려는 가벼운 화해 의지로 나아가지는 않는다. 다음의 시에서 시인은 원형적인 공간과 사물을 환기하면서 여성의 몸의 체험이 신비스럽게 사물과 합일되는 지점을 포착한다.

　　　내 지극히 흠모하는 빛의 진액만으로 빚은 듯한 항아리를
　　　팔에 두를 때까지, 내 오른손은 환한 계곡에서 물을 뜨고
　　　있었다. 내 지극히 흠모하는 曲線의 세계 안에서, 뒤집어진 바다
　　　와 하늘 사이에서, 움직이지 않는 線 하나를 발견할 때까지, 환한
　　　계곡에서 환한 바가지로 물을 뜨고 있었다.
　　　　　　　　　…(중략)…
　　　내 육체의 한 끝을 바닥 없는 항아리 속으로 이끌고 갔던
　　　빛은 무얼까? 내 꿈의 전신이 뛰어들 사이도 없이 사라져버린
　　　계곡은 왜 내게로 왔던 것일까? 어느 새벽이 에너지가 다하도록 보여준
　　　빛과 공기의 장난들. 잠깐의 눈부심, 잠깐의 황홀. 내 어깨에 매달려
　　　있었으나 내 팔이 아니었던 新生의 모습. 내 아픔이 사라지자 그 항아리
　　　도 사라졌다.
　　　나는 폐경기를 넘어섰다.

　　　　　　　　　—이향지, 「잠깐 본 항아리」 일부, 『내 눈 앞의 전선』

　　여성에게 나이는 생에 관한 시간의 결절점이다. 나이가 인생의 시간

에 관한 성찰이 전제된 단위들이라고 본다면 폐경기는 여성에게 새로운 자의식과 각성을 동반하는 시기이다. 이 시에 나타난 시간 의식은 현재와 과거·미래가 하나로 통합되고 무화되는 무시간성에 바탕을 두되, 육체와 영혼, 과거와 현재, 어둠과 빛 등의 경계를 지워버림으로써 척박한 현실에서 자아를 영위해 나가는 새로운 가치와 전망을 보여주고 있음이 주목된다.

항아리는 빛과 물, 곡선과 직선, 감김과 풂, 그 변형들을 통해 자아의 의식을 성취하는 매개물로 등장한다. 시적 자아는 그러한 대립의 역학을 통해 빛과 공기, 물과 영혼이 합일되는 근원적 자기 동일성을 회복하게 된다. 항아리는 삶의 즐거운 하모니, 영원한 생에 대한 직관을 표현하는 중요한 시적 기호가 되는 것이다.

"잠깐의 눈부심, 잠깐의 황홀"이라는 찰나의 순간이기는 하지만 시인은 그 순간의 의미와 신생의 모습을 통해 "내 아픔이 사라지"고 "항아리도 사라"지며 "폐경기를 넘어서"는 몰아(沒我)를 경험하고, 무아(無我)를 성취한다. 분열과 갈등을 극복하기 위해 시인은 신화적이고 신비스러운 소멸의 방식, 텅 빈 무위(無爲)의 방식을 택한다. 이러한 의미에서 항아리는 여성의 비빌스러운 공간이자 제의적 사물이며 현실을 초월케 하는 환상석 이미지라고 할 수 있다. "항아리"는 무의식의 근원에 죽음을 감싸는 우주적 숨결이 놓여 있음을 깨닫게 한다. 그러한 무의식은 "나"만의 것도 타사반의 것도 아니다. 이때 따뜻한 우주의 품은 고유의 항아리가 지닌 곡선의 부드러움과 "빛의 진액으로 빚은" 항아리의 맑은 빛깔에서 연상되는 것이며 항아리의 그러한 자태는 여성의 육체와 겹쳐지는 것이기도 하다. 결국 항아리와 여성과 우주는 일체가 되어 한 몸으로 다시 태어난다. 그들은 우주를 순환하면서 끊임없이 재생할 것이라는 점에서 형태, 질료, 존재 방식에서도 동일함을 드러낼 것이다.

이러한 순환적 세계관 속에서 우주적이고 여성적인 "항아리"의 이미지는 죽음을 삶과 결합시켜 죽음의 비관적 의미를 극복하게 해준다. 물과 빛, 신생의 시간과 여성 인체의 리듬의 조화는 그 자체가 하나의 우주적 파문(波紋)임을 인지시켜 준다. 그 우주적 리듬과 여성적 정체성 탐구의 이면에는 고통의 관문을 지난 자가 비로소 도달할 수 있는 생에 대한 직관과 성찰이 숨어 있다. 이 시는 여성성이라는 이름조차 초월한 존재론적인 생명적 가치의 세계를 강조하고 있다.

6. 환상의 구현과 존재의 재탄생

많은 여성 시인들의 시에서 몸을 매개로 한 환상성의 구현이 다양하게 이루어지고 있음을 살펴보았다. 여성들은 어머니와 아내, 그리고 여자라는 이름으로 구성된 여성의 몸을 거부한다. 그것은 자신의 진정한 몸이 아니며 제도에 길들여진 허구적 몸이기 때문이다. 제도와 규율, 가부장적 질서에 대항하기 위해 여성들은 몸에 대한 각종 자해와 가사, 소멸, 통과제의적 죽음의 이미지를 적극적으로 수용한다. 이렇게 신체의 절단과 분해, 소멸을 그로테스크한 환상과 이미지를 통해 드러낸 일련의 여성시들은 여성에게 가해진 무형의 억압과 폭력의 역사를 간접적으로 드러낸다. 동시에 기존의 성/속, 규범/본능 등 지배적 담론과 남성 중심적 시각의 육체를 뒤엎는 카니발리즘적 담화의 세계를 통해 중심 가치를 전복시키고 다른 가치 체계를 세울 것을 꿈꾼다.

여성시에 존재하는 자아는 억압당하는 자아를 전복하는 자아이며 현실을 일탈하여 꿈꾸고 유희하는 자유로운 자아라고 할 수 있다. 이들이 글쓰는 방식은 자서전적 텍스트의 형식을 취한 치유의 글쓰기로서 기존의 남성 문화 및 언어에 대한 거부의 몸짓이다. 따라서 여성시에는 무의식 속에 남아있는 억압된 욕망과 그 기대치에 대한 소망을 환상적인 표현으로 하는 데서부터 시작한다. 본래부터 지니고 있던 무의식 세계 속에서 형성된, 예술 생산의 근원으로서의 여성적 힘을 발산하는 원동력의 규명이 여성시에서 찾아야 할 문학적 세계의 양상이다.

지금까지 분석했듯이 여성시에서는 문명이나 이성적 질서가 요구하는 합리적 사유에 대항하여 이미지의 환상적 사유를 펼친다. 이미지의 사유는 이성이 억압하는 충동과 본능과 무의식을 내면 깊이에서 끌어올려 억압된 자아에 생명력을 부여한다. 이러한 사유가 가능했기에 제도와 이성의 한가운데서 몸의 극단적인 분해와 해체, 죽음을 넘어서는 생생한 이미지를 발견한 것인지도 모른다.

한국 여성시는 이제 새로운 지평에 놓여 있는 것으로 보인다. 근대 삶의 가장 실험적이면서도 근원적인 서정을 동시에 갖고 있을 뿐만 아니라 여성 자신의 세계를 구축해나가는 역동성을 보여주고 있기 때문이다.

순응과 일탈, 침묵과 요설, 안정과 혼란 속에서 끝없이 갈등하며 여성은 생물학적 이데올로기에서 벗어나 여성적 생산성을 찾아가고 창조적 모성성을 체득해나간다. 절망과 죽음을 딛고 일어서는 이런 노력들은 모두 여성의 신체성과 연관된 다양한 환상의 구현을 통해 이루어진다고 할 수 있겠다. 공포, 불인, 고통 속에서 봄을 매개로 한 환상은 억압적 현실을 이기고 여성 존재의 재탄생을 가능케 하는 원동력이 되는 것이다.

2부

소통과 진실의 힘

디아스포라의 우수(憂愁)와 성찰의 힘

마종기 시집 『하늘의 맨살』(문학과 지성사, 2010)

　　마종기 시인의 시적 여정은 '유랑의 정서'를 바탕으로 고국에 대한 그리움과 삶에 대한 순정한 시선을 추구한 것으로 요약할 수 있다. 시인은 끊임없이 향수와 유랑의 정서를 통해 타자와의 소통과 삶의 깊이에 대해 이야기하고자 했다. 그 에너지는 관조적인 자세나 정태적 시선에서 나오는 것이 아니라 부단히 움직이고 흐르며, 타인에게 침투하고자 하는 여로(旅路)의 상상력에서 비롯된다. 이런 미학적 특성은 마종기 시인의 시적 지향과도 맞물려 있는 부분이다. 생의 깊이와 유려함이 느껴지는 시인의 언어는 어느 한 곳에 고착되지 않고 물처럼 흘러들어 세상으로 스며들고, 다양한 사물과 사람들을 만나는 모습을 보인다. 이런 특성은 숨가쁘게 질주하는 현대인의 각박한 삶을 성찰하고 극복하게 하는, 인간 본연의 원천적 힘을 찾아가는 시쓰기로 이어진다.

　　짧지 않은 시력(詩歷)의 시인이지만 그의 시세계는 거의 일관된 어조의 일인칭 화자에 의해 전개된다. 그의 화자는 외롭고 내성적이며 쓸쓸한 자아이다. 시인은 과장된 어조로 삶의 고통을 노래하거나 세상의 부조리나 불의에 대해 냉소적인 야유를 보내는 법도 없다. 그는 언제나 조용하고 고독한 시선으로 세상과 자기 자신의 삶을 들여다본다. 잔잔하고 한결같은 어법으로 그가 지향하는 것은 삶과 인간에 대한 '온유(溫柔)함'이라고 할 수 있을 것이다.

4년 만에 출간한 『하늘의 맨살』(문학과 지성사, 2010)도 이전 시집들과의 연장선상에 놓여 있지만 노년에 접어든 시인은 시간과 죽음, 그리고 자기 정체성에 대한 진지한 성찰을 보여준다는 점에서 더 원숙한 시의 깊이를 느끼게 해준다.

시인에게 삶은 늘 어렵고 극복해야 할 실체로 자리 잡는다. 오랜 시간 타향에 살고 있었던 시인에게 세상은 낯설고 두려운 것이지만("나는 아직 세상을 어떻게 살아야 하는지/익숙지 않다."-「익숙지 않다」에서) 그는 삶을 지배하는 시간을 성찰하고 극복함으로써 새로운 시간 의식과 시의 입지점을 보여주고 있다. 먼저 시인은 자신이 겪은 기억의 화첩을 펼쳐보임으로써 시인 스스로 겪었을 삶의 구체적인 사건들에 대해 간접적으로 고백하고 있다.

> 한 세월 멀리 걷돌다 돌아와 보니
> 너는 떠날 때 손 흔들던 그 바람이었구나
> ⋯(중략)⋯
> 바람은 흐느끼는 부활인가, 추억인가,
> 떠돌며 힘들게 살아온 탓인지
> 아침이 되어서야 이슬에 젖는 바람의 잎.
> 무모한 생애의 고장난 신호등이

나이도 잊은 채 목 쉰 노래를 부른다.
두고 온 목소리가 나를 부른다.
바람이 늘 흐느낀다는 마을,
이 길목에 와서야 겨우 알겠다.

―「길목에 서 있는 바람」에서

「길목에 서 있는 바람」에서는 마종기 시인 특유의 낭만적 유랑과 회한의 정조가 어우러져 있다. 일반적으로 바람이 정처없음과 막연한 몽상으로 비유되듯이 시에 나타난 "바람"은 시인에게 인생 그 자체를 의미하는 이미지이다. 작품 속의 화자는 평생을 겉돌고 유랑하다 자신에게 손을 흔들던 "바람"과 마주치고 있다. 바람은 시인이 한평생 간직하고 있는 기억과 진실의 창고이며 영원한 사랑에 대한 신화적 세계의 주술이기도 하다. 우리가 가야할 인생은 끊임없이 바람의 흐름을 느끼며 그 흐름에 견인되고 요동칠 수밖에 없다. 바람은 본질적으로 늘 유동적이며 힘을 가진 것이기 때문이다. 그것은 고요해 보이지만 시인 자신을 움직이고 성찰하게 하는 중요한 생의 비밀과 에너지를 간직하고 있다. "무모한 생애의 고장난 신호등"이 "노래"를 부른다는 것은 시인 자신이 겪었을 불협화음과 지난한 삶의 난면을 암시해주는 것으로 이해할 수 있다.

시인에게는 "부활"노 "주억"도 될 수 있는 바람은 끊임없이 시인을 유랑하게 했고 봉상하게 했으며, 시를 쓰게 했던 원동력이다. 한때 시인은 "분별없이 니무 빠르"고 "너 이상은 뒤돌아보며 살지 않겠다고" 혈기어린 40대를 보내기도 하고(「40대」) "그지없이 하찮은 일상을/나는 바쁘다며 앞만 보고 달리"기도 했지만(「동면」), 지친 육신을 이끌고 복잡한 세상을 헤쳐나온 시인은 이제 고요한 평정(平靜)과 온유함의 경지를 추구한다.

시집 전편에 채색되어 있는 외로움의 정서는 오랜 타향살이와 사람에 대한 그리움에서 촉발된 것으로 보인다. 그러나 마종기 시인에게 외로움의 정서는 단순한 감정의 문제가 아니다. 그것은 시쓰기의 근원이자 고국에 대한 그리움을 키워나가는 동인(動因)이며 동시에 자신의 존재 이유를 부각시키는 가장 중요한 동인(動因)이기도 하다. 이를테면 "내 나라! 하고 크게 부르면/내 아들아! 하고 대답하는,/정겨운 목소리가 메아리 되는/그런 나라에서 살고 싶어라"(「내 나라」) 같은 진술은 그가 고국을 얼마나 그리워하고 있으며, 고국에 대한 사랑이 얼마나 간절한지를 발견할 수 있는 부분이다. 그렇기 때문에 그의 시에 등장하는 외로움은 생의 통찰을 가능케 하는 힘이며 생에 대한 반성적 인식과 마주치게 한다. 그리고 생에 대한 반성적 인식은 자기 정체성 확인의 문제로 이어진다는 점에서 주목을 요한다.

한평생이라는 것이
길고 지루하기만 한 것인지,
덧없이 짧기만 한 것인지
가늠할 수 없는 고개까지 왔습니다.
그대를 지켜만 보며, 기다리며
나는 어느 변방에서 산 것입니까.

순박하고 트인 삶만이 시인의 길이고
마지막 유산일 것이라고 굳게 믿었던
경건하고 싱싱한 날들은 멀리 가고
저녁이 색을 바꾸며 졸고 있습니다.

당신의 마지막 포옹만 믿겠습니다.
내 노래는 그대를 만나서야, 드디어
벗은 몸의 황홀한 화음을 탔습니다.
주위의 감정이 눈치 보며 소리 죽이고
숨결의 부드러움만 내게 남는 것이
이 나이 되어서야 새삼 눈물겹네요.

—「디아스포라의 황혼」에서

다도해의 담장 쪽으로
남도의 양지 쪽이나 섬마을 뒤쪽으로
봄날의 분홍 햇살이 된 복사꽃을 보면
그 복사꽃 무진으로 날리는 것 보면
내가 이 나이에 열심히 준비해야 할 것은
미련하게 정든 세상의 한 부분이 되는 것,
물을 만나면 물로 녹아버리고
흙을 만나면 손잡고 함께 흙이 되고
처녀를 만나면 만개의 얼굴로 웃는 것.
　　　　…(중략)…
고수의 추임새 속으로 진한 몸을 던져
외로워도 모습 지키는 고운 낙화가 되리.

—「복사꽃 낙화」에서

　인간은 자연의 섭리인 시간을 무력으로 지배할 수 없으며 이를 되돌리거나 정지시킬 수도 없다. 그러나 시인은 끝없이 시간을 응시하고 추적하며, 사물과 인간과의 만남을 통해 이동하는 시간의 흐름을 포착한다. 시인은 덧없이 흘러가는 세월의 파편이나 정지된 한 순간의 극점을 통해 세계의 풍경과 삶의 속살을 들여다보기도 한다. 이를 통해 시인은 지나간 시간의 부질없음과 욕망으로 가득했던 젊은 시절의 모습을 반추하며, 자신의 생이 나아갈 길을 묻기도 한다. 일반적으로 인간이 시간을 느낄 수 있는 것은 생로병사의 과정을 통해서이다. 육신이 병들고 늙어가는 지점에서 우리는 시간의 단절과 속절없음을 깨닫고 과거의 시간들을 반추하거나 그리움에 젖는다.

「디아스포라의 황혼」에서 시인은 시간이 만들어 놓은 다양한 이미지들을 응시한다. 이 시는 허무와 고독감이 배면에 깔려 있는데, 시적 화자는 "나는 이제 떠날" 것이며 한평생 "변방"을 겉돈 나그네라는 상실감에서 출발하고 있다. 삶을 응시하는 유한한 시간 의식과 함께 시간을 소진해버린 존재의 허무한 모습을 발견할 수 있다. 순박한 마음으로 "시인의 길"을 걷던 "경건하고 싱싱한 날"들은 이미 먼 과거가 되어 버렸고, 삶을 가늠할 수 없는 심란한 상태에 이르게 된 것이다.

"강물도 하루 종일 떠나기만" 하고 "색을 바꾸며 졸고 있"는 "저녁"의 시간, "디아스포라"로 표상되는 이산(離散)의 상황이 이 시의 배경을 이룬다. 자연과의 조응과 복잡한 일상의 굴레 속에서 시인은 소멸해가는 시간과의 만남을 계속한다. 저물어가는 황혼의 시간, 반성과 성찰의 시간인 황혼은 새로 복원되거나 눈부신 자연으로서가 아닌, 훼손되기 이전의 자연과 그 회귀의 시간을 갈망하는 시인의 시선으로 묘사되고 있다. 그래서 황혼의 시간은 회상의 시간이며 자기 자신의 존재성을 깨닫는 시간이기도 하다.

「복사꽃 낙화」에서는 자신을 비우는 삶의 방식으로 평화로운 공존의 윤리를 말하고자 한다. 노년에 접어든 시적 화자가 해야 할 일은 욕망을 채워나가는 것이 아니라 버리고 비움으로써 삶의 가치를 찾고 "미련하게 정든 세상의 한 부분이 되는 것"이다. 이것은 자신의 욕망을 비움으로써 사물과 자연의 본질을 발견하려는 것이며 나아가 자신을 비움으로써 타자와 하나가 되고자 하는 욕망을 표출하는 것이기도 하다. 이런 인식은 시간을 역행하거나 성급하게 앞서나가는 것이 미덕이 아니라 자신을 비우는 행위가 더 큰 가치이자 미덕임을 역설하는 존재론적 인식에 기반을 두고 있는 것으로 볼 수 있다. "물을 만나면 물로 녹아버리고/흙을 만나면 손잡고 함께 흙이 되고/처녀를 만나면 만개의 얼굴로 웃는 것"이라는 진술에서 물과 흙과 사람과의 아름다운 합일을 엿볼 수 있다. 이를 통해 사물과 시인 내면과의 깊은 교감에 이르고자 하는 것이다. "외로워도 모습 지키는 고운 낙화의 형상"은 시간의 풍파를 견디고 삶의 굴곡을 지켜온 시인 자신의 은유적 상관물이라 할 것이다. 이렇게 시인은 사물과 자연과의 조화로운 공존을 강조함으로써 고통과 시련을 적대적인 것으로 여기기보다는 그것과의 아름다운 상생을 더 강조하고 있다.

또 시인은 과거의 시간을 추억함으로써 현실의 갈등과 아픔을 봉합하고자 하는 의지를 보이기도 한다. 기억을 통해 현재와 과거는 한 몸이 되며, 과거와 현재의 아픔과 그리움은 하나로 합치되기도 한다. "고국에서 본 마지막 눈"(「수원에 내리는 눈」)과 "시야가 노랗던 초등학교 6학년"에 씹어먹던 "아카시아 꽃"(「아카시아꽃」), 죽은 부인의 "인기척"과 향기(「수련」)처럼 시인의 몸과 마음에 새겨진 다채로운 기억의 흔적들은 고단한 현실의 시간을 극복하게 하고 끊임없이 시를 찾아나서게 하는 힘으로 자리 잡고 있다. 그런 점에서 그의 기억과 외로움은 존재론적 원동력이지 시쓰기의 보고(寶庫)라 할 수 있을 것이다.

우리가 살아온 길과 물을 모두 모으면
사무치게 오래된 흐린 항구가 되느니
가난한 마을 작은 집의 나이 든 아내를 보면

그 긴 여행을 어찌 젖은 과거라고만 부르리.

나도 한때는 정상만 주시하며 뛰었다.
병풍같이 깎아지른 절벽의 바위산들
흔들며, 고개 저으며 흔한 눈물도 흘렸지만
그 슬픔 다 씻어내고 폭포를 덮어가는 무지개,

그 무지개 몇 개 주머니 속에 간직하는 동안
폭포는 두 손 흔들며 나를 부르고 있네.
영성의 시원한 물로 세례를 받는 이 아침,
어디서 본 듯한 소리 내 혼을 넓게 열어주네.

—「노르웨이 폭포」에서

고독과 유랑의 길을 견디며 시인은 자신의 혼을 열어주는 폭포를 발견한다. 여행길에 만난 폭포를 소재로 한 이 시는 기나긴 자신의 여정을 모티프로 하되, 그것을 치유하고자 하는 의지를 보여준다는 점에서 주목을 끈다. 물의 일반적인 속성이 흐름과 유동성에 있다고 본다면, 물의 부드러움과 운동성은 사물의 표면을 통과하여 그 중핵(中核)에 닿으려는 힘을 가지고 있다. 이 시는 폭포라는 사물과 시인 자신과의 만남, 그리고 자기 정화의 과정 속에서 얻어지는 깨달음이 곧 시쓰기의 과정임을 간접적으로 말해주고 있다. "한때 정상만 주시하며 뛰"었던 시인의 눈앞에 펼쳐진 "병풍같이 깎아지른 절벽의 바위산들"은 고통의 근원이 될 수도 있지만, 그런 자연물의 의미가 무엇이며 시인의 내면에 일으키는 반향(反響)이 무엇인지를 생각하게 한다.

폭포 위로 솟아오른 아름다운 "무지개"를 바라보며 시인은 물과 자신의 합일을 체험한다. 지친 육신과 마음을 녹이고 세례수와도 같은 폭포와의 행복한 조우를 만끽하고 있는 것이다. 물과 주체와의 동일화의 욕망은 새롭고 신성한 존재로 거듭나려는 시인 자신의 욕망이기도 하다. 신성한 세례의식을 통해 "나"는 새로운 존재로 다시 태어난다. 이것은 "나"라는 존재가 폭포라는 자연물과의 합일을 통해 흐르는 존재로 전환됨을 의미한다. 시인은 이런 존재로의 전환을 위해 자신의 부질없는 욕망을 버리고 삶의 본질과 마주치고자 한다. 그것은 각박한 세상을 둥글고 부드럽게 치유하고자 하는 언어의 힘과 세상을 향한 시인의 사랑이 그만큼 강렬하기에 가능한 일일 것이다. "영성의 시원한 물"은 시인 자신의 내면을 더 확장하고 세상을 향한 사랑을 강화시키는 역할을 하고 있다. 물은 척박한 세상을 맑게 씻어내는 언어의 힘이며, 존재의 깨달음을 이끄는 신화적 재생의 물질이기 때문이다. 폭포에서 물이 흐르듯 시인의 시상(詩想)도 끊임없이 흐르고 시의 집을 만들어 나간다. 이것은 시인의 운명이고 천형이며, 존재 이유이기 때문이다.

이제부터 나는
짧게 살겠다.
밤사이 거센 비바람 속에
휘어지고 눕혀진 굴종.
난소과 꽃가지나 풀꽃 쑥부쟁이.
누가 말헤준 깃일까
한낮이 되기도 전에
꼿꼿이 다시 일어서는 힘.
길도 잘 모르는 힘의 밑둥이
모든 것 안고 또 감싸 안고
뜰을 뒤지며 따뜻해지네.

—「꽃밭에서」에서

　세상을 향한 시인의 사랑이 얼마나 지극하며 아름다운 것인지는 위의 시를 통해 확인할 수 있다. 작고 여린 것, 사소한 것들의 가치를 확인하고 생명의 진실한 가치를 믿는다는 점에서 그의 시적 지향은 식물적 상상력에 맞닿아 있는 것으로 볼 수 있다. 지상적 존재인 시인이 세속적 가치와 욕망을 성찰하는 것은 살아있는 생명에 대한 사랑에서 싹튼 것인지도 모른다. "풀꽃 쑥부쟁이" 같은 작고 연약한 식물의 "밑둥"이 세상의 "모든 것 감싸안"으며 우리의 영혼을 일깨우고 따뜻함을 전달해준다. 그리고 시인은 자신의 욕망을 과감히 덜어내고 "짧게 살겠다"고 다짐한다.

　마종기 시인이 보여준 온유함과 사랑의 가치, 그리고 정체성에 관한 진지한 물음은 타성과 욕망에 길들여진 우리의 일상을 되돌아보게 하고, 각자 추구해야 할 삶의 진실을 다시 한 번 일깨운다는 점에서 소중한 의미가 있다고 생각한다. 이번 시집에서 보여준 아름답고 순정한 시적 행로가 계속 이어지기를 기대한다.

문명의 폭력성과 죽음 의식의 내면화

김기택 시집 『껌』(창작과 비평사, 2009)

김기택의 새 시집 『껌』(창작과 비평사, 2009)은 폭력에 관한 사유와 성찰로 가득 차 있다. 그의 시는 인간을 지배하고 통제하는 문명의 폭력성에 대한 비판적 성찰을 통해 인간의 삶을 규정하는 틀로서의 문명을 극복하고, 삶과 죽음이라는 모순된 양태가 인간에게는 한 몸이며 동일한 욕망임을 환기시키고 있다. 이전의 시집에서도 그랬듯이 시인은 일상의 도처에 각양각색으로 존재하는 수많은 몸을 소재로 하고 있다. 그의 시에 나타나는 몸은 정신이나 영혼이 배제된 상태에서 일종의 '물질'로서만 드러나는 몸이며, 눈에 보이는 육체적인 현실을 문제 삼는다는 점에서 탈관념적인 성향을 띤다. 나아가 주체를 대상화하고 인간의 몸이나 사물이 시적 주체가 되는 것이 김기택 시의 대표적인 특징이다. 그는 욕망에 짓눌려 상처받고 훼손된 인간의 몸을 여전히 시적 대상으로 삼고 있다. 그에게 몸의 충동이나 반응은 기계적이고 자동화된 현실의 질서에 대한 간접적인 부정의 정신을 담고 있다는 점에서 여전히 유효한 시적 모티프이다.

김기택이 새로운 화두로 제시하는 것은 인간과 문명의 폭력성인데, 그가 말하는 폭력의 문제는 단순히 인간/자연, 능동/피동, 주체/객체 같은 이항대립적인 것으로 구획지어지지 않는다. 김기택 시에서 강하고 힘센 것들의 폭력성과 허위성은 표면적으로 드러나지 않기 때문이다. 그것은 폭력의 지배에 의해 이루어지는 주체의 죽음으로서, 사물화 현상을 통해 간접적으로 형상화된다. 그 죽음의 대상자는 주로 도살된 동물들인 경우가 많은데, 이들의 죽음은 해부학적 시선에 바탕을 두는 정밀한 묘사를 바탕으로 그려지고 있다.

배고플 때 허겁지겁 먹었던
고소한 향은 사라지고
도살 직전의 독한 노린내만 남아
배부른 내 콧구멍을 솜뭉치처럼 틀어막고 있다.
고기냄새를 성인(聖人)의 후광처럼 쓰고
나는 지하철에서 내린다.
지하철 안, 내가 서 있던 자리에는
내 모습의 허공을 덮고 있는 고기냄새의 거푸집이
아직도 손잡이를 잡은 채
계단으로 빠져나가는 나를 차창으로 내다보고 있다.
지상으로 올라오자
상쾌한 바람이 한꺼번에 고기냄새를 날려보낸다.
시원한 공기를 크게 들이쉬는 사이
고기냄새는 잠깐 파리떼처럼 날아올랐다가
바로 끈적끈적한 발을 내 몸에 찰싹 붙인다.
제 몸을 지글지글 지진 손을

제 몸을 짓이긴 이빨을 붙들고 놓지 않는다.
아직도 비명과 발악이 남아있는 비린내가
제 시신이 묻혀 있는 내 몸속으로
끈질기게 스며들고 있다.

─「삼겹살」에서

시인은 식욕의 탐욕스러움과 그에 수반되는 폭력의 문제를 주시한다. 회식 자리에 지글지글 지진 삼겹살은 "배고플 때 허겁지겁 먹는" 순간에는 인식을 못하다가 옷에 밴 냄새를 인식할 즈음, 시인에게 죽음과 폭력의 실체로 다가온다. "도살 직전의 독한 노린내만 남아/배부른 내 콧구멍을 솜뭉치처럼 틀어막고 있는" 냄새의 실체는 낯설고 불쾌한 것으로 느껴진다. 이전의 시집에서도 그는 식욕이 "황홀하고 불안한"(「쥐」)것이며 달디 단 "환각의 맛과 냄새"(「먹자골목을 지나며」)를 찾아가는 집요한 욕망임을 지적한 바 있다. "고기냄새를 성인(聖人)의 후광처럼 쓰고" 있는 몸은 불쾌감과 연민을 동시에 자아낸다. 도살되어 식탁에 오른 돼지의 몸은 그 자체로 인간의 식욕을 충족시키기 위해 희생된 제물에 불과하다. 잔인하게 도살된 동물의 몸을 탐식하는 인간의 욕망이 사실은 동물에 대한 무차별적인 살상(殺傷)에서 비롯되는 것임을, 시인은 삼겹살의 냄새와 그 냄새의 진원지를 찾아가는 과정의 묘사를 통해 그려내고 있다. 자신의 몸에 "비명과 발악이 남아있는 비린내"가 끈질기게 스며드는 순간의 묘사는 죽음을 피하려 몸부림치는 생명체의 집요한 본성을 떠올리기에 충분하다.

시인은 여기서 그치지 않고 식탁 위에 올라온 생선의 눈을 바라보면서 인간과 사물 사이에 팽팽한 긴장의 순간을 만들어낸다. 불에 구워지면서도 "눈을 동그랗게 뜨고" "생선 굽는 나를 지글지글 구워지는 눈"
(「생선구이」)으로 바라보는 생선의 몸은 그 자체로 어떤 위기의식과 불길
함을 전달하기에 충분하다. "이글이글 익는 눈으로/눈을 태우는 불"을
바라보는 죽은 생선의 눈은 이미 보는 기능을 상실한 눈이지만, 시인은
인간의 폭력과 욕망의 배경으로서 생명을 괄호에 놓은 채 이를 탈신비
화하는 전략을 구사하고 있다. 이를 통해 화려한 문명과 자본주의의 물
결에도 아무렇지 않게 보이던 인간의 권위와 숨겨진 실체가 드러나고,
그 자신 또한 그런 문명의 피해자가 된다. 프라이팬에 구워지면서도 눈
을 뜨고 굽는 주체를 바라보는 생선은 인간에 의한 도살과 박탈의 표상
(表象), 다시 말해 힘없고 연약한 것들의 사물화와 죽음을 대표하는 표상
(表象)일 것이다.

> 아무리 짓이기고 짓이겨도
> 다 짓이겨지지 않고
> 조금도 찢어지거나 부서지지도 않은 껌.
> 살처럼 부드러운 촉감으로
> 고기처럼 쫄깃한 질감으로
> 이빨 밑에서 발버둥치는 팔다리 같은 물렁물렁한 탄력으로
> 이빨들이 잊고 있던 먼 살육의 기억을 깨워
> 그 피와 살과 비린내와 함께 놀던 껌.
> 지구의 일생 동안 이빨에 각인된 살의와 적의를
> 제 한몸에 고스란히 받고 있던 껌.
> 마음껏 뭉개고 갈고 짓누르다
> 이빨이 먼저 지쳐
> 마지못해 놓아준 껌.

—「껌」에서

시인의 시선은 작고 연약하지만 폭력의 굴레에서 벗어나지 못했던 일상의 사물로 이동한다. 몸의 물질성을 해부학적 시선으로 포착하는 김기택 시인의 시쓰기는 감각 기관을 통한 인식과 접촉의 세계를 적나라하게 재구성하는 데서 출발한다. 그리고 자신의 감각 기관을 통해 받아들이는 것과 몸을 통해 받아들인 인식들은 자본주의 사회의 기호와 이데올로기가 갖는 환상 이면의 감추어진 진실을 들추어내는데 적극적으로 기여한다.

인간의 이빨이 자행한 살육(殺戮)의 기억은 유구한 역사를 지닌 것이며, 그 기억 속에 묻혀 있던 껌은 인간 폭력의 희생물로서의 알레고리이다. 이빨에 각인된 살의와 적의를 고스란히 간직하고 있는 껌의 실체는 무의식적으로 자행된 폭력과 살의의 풍경을 떠올리게 한다. "마음껏 뭉개고 갈고 짓누르"는 껌에 대한 폭력은 인류 역사가 맹목적인 지배 욕구와 권력 의지를 수반한 폭력의 연대기라는 것을 우회적으로 암시하는 부분이기도 하다. 나아가 시인은 폭력을 수반한 속도의 문제를 시적 화두로 끌어오면서 폭력과 일상의 함수 관계를 아이러닉한 기법으로 진술하기도 한다.

버스 운전사가 하품을 한다.
눈 감고도 잘 보이던 길이 깜짝 놀라
횡단보도 앞에서 급히 붉은 신호등을 켠다.
비명소리가 급히 브레이크를 밟는다.
뒤차 운전사가 다가와 뭐라고 소리지른다.
버스 운전사는 큰 하품으로 대꾸한다.
뒤차 운전사는 하품보다 더 크게 입을 벌리며
유리창을 두드리고 삿대질을 해대지만
무슨 소리인지는 들리지 않고

하품 속에서 뽕짝가락만 늘어지게 나온다.
버스 운전사가 하품을 한다
하품 속으로 긴 터널이 또 들어왔다 나간다.
버스가 지나갈 때까지
아슬아슬하게 붉은 신호를 참고 있다가
지나자마자 얼른 푸른 신호로 바꾸는 신호등.
저절로 피해가는 앞차와 옆차와 뒤차들.
가끔 잠을 깨워주는 경적들.
지그재그 달리는 버스에 맞추어
구불거리는 차선들 비틀거리는 가로수들.
눈 가려도 정확히 과녁에 꽂히는 주몽의 화살처럼
거침없이 달리는 우리의 즐거운 버스.

─「즐거운 버스」에서

"즐거운 버스"라는 이중적인 제목을 달고 있는 이 시는 부주의하고 방만한 버스 기사의 운전 행태를 통해 우리가 살고 있는 일상이 얼마나 아슬아슬하며 매순간 위험에 노출되어 있는지를 묘파하고 있다. 과속(過速)과 과적(過積)이라는 지표는 "살처럼 부드러운 촉감"(「껌」)과 "쫄깃쫄깃한 탄력"(「산낙지」)을 수반하며 치명적인 사고를 일으킬 기회를 호시탐탐 노린다. 그러한 살의와 욕망이 집체주의적인 옷을 입고 나타난 것이 전쟁이라면, 일상에 충격을 가하는 사건 중의 하나는 과속으로 인한 교통사고일 것이다. "운전경력 이십년에 길을 다 외워버린 핸들과/핸들과 붙어 둥그레져버린 팔"의 소유자인 운전사에게 이미 안전 운전이란 이름은 불필요하고 낯선 수식어가 되어 버린 지 오래다. 졸다 깨다를 반복하며 대책없는 "지그재그"로 운전을 감행하는 운전사의 태도는 고발할 수도, 같이 즐길 수도 없는 모순적인 양태로 존재한다. 위험 수위에 도달한 일상의 사건과 사고들을 비판하지도 즐기지도 못하면서 가파르게 질주하는 것이 바로 우리의 일상이자 욕망의 존재방식인 것이다. 시인의 눈에는 일상의 논리에서는 당연한 그 움직임이 일상의 인과 논리에 모순되는 것으로 보인다.

그래서 운전사는 "이 불편한 속도를 포기할 수 없을 것 같"은 심정으로 "속도에다 온몸의 복수심을 다 집중시켜 정신없이 채찍질하다가/죽거나 죽이거나/움직이지 못하는 엉덩이에 둥근 뿔이 달리기 전까지"(「죽거나 죽이거나 엉덩이에 뿔나거나」) "속도의 단맛"에 몰두한다. 두렵고 위험한 풍경이지만 시인은 상대주의적 관점에서 폭력의 문제를 진단하고 있는 듯하다. '나의 유희가 너의 불안이 되고, 나의 즐거움은 너의 불행이며, 나의 일상은 너의 치명적 사고가 될 수 있다. 나와 너의 이질적인 말과 행동으로 붐비는 일상이 모순으로 가득한 우리의 삶일 수밖에 없다.'라고. 이렇게 삶과 죽음, 평화와 폭력, 속도와 느림같은 이항대립적 문제들은 우리의 삶을 촘촘이 엮어나가는 모순적인 양태들이다. 여기서 시인은 강압적인 방법으로 타자를 지배하는 폭력의 문제를 다시 지적하고 있다.

> 건강은
> 너무 건강한 건강은
> 건강이 너무 많이 어디다 써야 할지 모르는 건강은
> 겨울에도 반팔 입고 조깅하고 찬물로 샤워하는 건강은
> 몸에 좋다는 것 찾아 먹느라 시간 가는 줄 모르는 건강은
> 음모처럼 막무가내로 돋아나 아무 때나 아무데서나 뜨
> 거워지는 건강은
>
> 범행을 완강히 부인해왔다. 그러나 경찰이 렌터카에 묻어 있는 두 어

린이의 혈흔을 확인하고 범행동기를 추궁하자 "술을 너무 많이 마시고
운전해 기억이 나지 않는다, 집에서 혼자 두 병 넘게 먹은 것 같다"고
진술을 번복했다가 다음날 다시 말을 바꾸어 술에 취해 차를 몰고 가다
가 아이들이 귀여워서 머리를 쓰다듬어주는데 반항해서 죽였다"고 범행
을 일부 시인했다.

···(중략)···

애들아, 학원 갔다 이제 오는구나. 이 귀여운 얼굴로
몇 시간 동안 칠판만 쳐다봤니? 건강도 생각해야지. 이 아
저씨는 너무 건강해서 미치겠구나. 텔레비전에서 광고하
는 핫크리스피 건강 알지? 한 마리 사줄게 따라올래?

—「건강이 최고야」에서

　　김기택의 아이러닉한 세계에서는 너무도 당연한 '내 것'이 '남의 것'
만큼이나 부자연스럽고 낯선 이면을 가지고 있음을 환기한다. 폭력은 타
자에게 부조리한 방법으로 동일화를 강행하는 것이기 때문에 자기 소외
와 공포감을 경험하게 한다. "건강이 최고"라는 아이러닉한 제목으로 정
서적 충격과 미적 효과를 극대화하는 위의 시는 어린이를 대상으로 한
성범죄를 일차적인 소재로 하고 있다. 최근 우리 사회를 들끓게 했던 성
범죄 사건을 굳이 떠올려보지 않더라도 어린 여성을 대상으로 한 성범
죄는 그 자체로 잔혹하고 파멸적인 행보를 노정할 수밖에 없다. 자신의
욕망과 입장에 맞추어 현실 세계를 자유롭게 이동하는 범죄자는 언젠가
는 무너질 수밖에 없지만, 어린 여성에게는 운명을 파탄나게 하는 치명
적인 인간으로 군림한다.
　　2연에서는 마치 신문기사의 한 토막을 그대로 제시한 것처럼 사건의

서사적 추이(推移)를 진술하면서 공격적이고 자기 주도적인 한 인간의 본능을 노출하는 방식을 취하고 있다. 경찰서에서 범행 동기를 추궁하는 경찰과 "술에 취해 차를 몰고 가다가 아이들이 귀여워서 머리를 쓰다듬어 주는데 반항해서 죽였다"는 범인의 진술이 가감없이 그대로 제시된다. 남성 우월주의적인 일상 세계에서 여성은 늘 희생당하고 봉사하며, 소극적인 존재로 이해된다. 시인은 "몸에 좋다는 것 찾아 먹느라 시간 가는 줄 모르는 건강"이 얼마나 독단적인 맹목성과 이기주의에 함몰된 태도인지를 풍자하고 있다. "건강이 최고"라는 정언명제조차 여성에게는 삶을 훼손하는 폭력으로 존재하는 것임을, 시인은 냉정한 관찰자의 시선과 미적 거리를 유지하며 보여준다. 그 아이러니를 통해 시인은 현실에서 기득권을 가지고 살고 있는 소시민의 이기주의와 그 삶의 이율배반성을 그리고 있는 것이다.

이렇게 아이러니를 수반한 폭력의 문제와 함께 시인은 죽음에 대한 성찰을 시집 도처에서 보여주고 있다. 이번 시집에 나타나는 죽음에 대한 성찰은 연약한 동물과 소외된 인간 군상을 대상으로 한 것도 있지만, 시인 자신의 죽음의 문제로 시선이 이동하고 있다는 점에서 죽음 의식이 내면화된 것으로 보인다. 시인은 중국에서 불어닥치는 황사도 "죽음들의 냄새"이며 "모든 분비물"이 정화된 후에 "고요하고 거대한 흙의 질서속으로 들어간/살과 피와 뼈들의 냄새"(「황사」)라고 인식한다.

　　한껏 벌어져 다시는 다물지 못하는 입처럼
　　옷장문이 활짝 열려 있다
　　씹고 있는 음식물을 느닷없이 밀고 나온 토사물처럼
　　입에서 아직도 흘러나오고 있는 토사물처럼
　　옷들이 주르르 옷장 밖으로 엎질러져 있다

한 덩어리의 옷더미 속에 팔이 솟아나와 있다
다리가 여러 개 빠져나와 있다
누군가가 입고 있다는 듯 단추를 꼭꼭 채우고 있다
황급히 몸이 빠져나간 자리에 목이 솟아났던 구멍이
있다

···(중략)···

몸 없는 채로 몸의 기억을 끈질기게 붙들고 있는 것들
이 굳는다
병원에 간 주인을 기다리는 늙은 개의 눈처럼
다시는 돌아오지 않을 주인을 콩콩거리며 찾는 코처럼
옷에는 하나같이 구멍이 뚫려 있다
제 안의 구겨진 어둠으로
구멍들이 황급히 빠져나간 목과 팔덜미를 보고 있다

—「죽은 사람」에서

시인이 죽음을 통해 인식하는 것은 일차적으로 인간의 허무와 고독이
지만, 자본주의적 일상과 욕망의 권태로움에 대한 미적 저항일 수도 있
다. 그러나 그 저항은 사회적 혹은 실존적 문제와의 싸움이 아니라 죽음
마저 사물화된 현상을 통해 죽음의 근원에 대해 말하려는 것이다. 시인
은 죽음의 이면에 놓인 생명성마저 의식하지 않으려는 태도를 보여준다.
"몸없는 채로 몸의 기억을 붙들고 있는 것들이 굳는다"는 표현은 인간
의 삶이 육체의 물리적·화학적 변화일 뿐이며 이미 죽은 몸에서는 어
떤 형이상학적인 가치도 발견할 수 없음을 말하는 것이다.

인간의 삶을 육체의 물리적·화학적 변화로 설명하는 김기택은 사물
에 대한 몰가치적인 성향과 탈낭만주의적인 시각을 드러낸다. 시인이 바
라보는 죽음은 철저하게 사물화된 죽음일 뿐이다. "제 안의 구겨진 어둠
으로" "황급히 빠져나간 목과 팔덜미를 보"는 시선은 어떤 감정의 개입

도 없이 냉담한 미적 거리를 유지하고 있다.

시인은 죽음의 징후를 보여주는 현실 안에서 생명이나 희망의 기운을 읽어내려는 시도가 이미 허위의식으로 도배된 것이라 생각하고 있는 듯하다. 그래서 삶이란 죽음을 향해 나아가는 과정이며, 어느 누구도 그 과정을 회피할 수 없다는 것을 찬찬히 말해주고 있다.

자아와 세계의 행복한 동일화가 이미 깨져버린 오늘날 삶에서 폭력과 죽음의 문제는 사실 새로운 문제가 아닐 것이다. 그러나 김기택의 정밀한 시선은 세상에 존재하는 모든 생명이 자기만의 죽음으로 가득 차 있음을 지적한다. 시적 대상에 대한 집중과 의미의 압축을 지향하는 김기택의 시는 여전히 거부할 수 없는 삶의 진실을 새로 바라보게 하며, 읽는 이를 압도하는 힘을 갖추고 있다. 김기택 시인이 죽음과 폭력으로부터 상대주의적 시선을 읽어내려는 태도는 자신의 삶에 대한 치열한 갈등과 반성이 없다면 도식적인 메시지만 전달하는 데 그치고 말았을 것이다. 그의 시에 등장하는 폭력과 죽음의 문제는 현실과의 끝없는 긴장과 부딪침 속에서 획득된, 시인만의 고유한 자산이라고 할 것이다.

특히 폭력의 문제를 진단하는 것은 우리 시대의 삶의 존재 방식과 문명의 세계를 이해하는 일과 연결된다. 김기택은 폭력의 양상과 존재 방식을 세밀하게 기술하면서 인간과 생명을 둘러싼 여러 가지 억압 구조를 해체하고자 한다. 이것은 생명이 가지고 있는 생명력을 섣불리 노출하기보다는 몸이 처한 현실을 정밀하게 탐사하는 데서 출발한다. 그래서 시인은 각각의 몸들이 처해있는 개별적인 상황에 관심을 기울인다.

몸을 매개로 인간의 폭력과 죽음에 대한 심도있는 성찰을 보여주는 이번 시집은 대상에 대한 인식의 폭이 더 넓어지고 부분적인 변화의 조짐을 보이고 있다는 점에서 의의가 있을 것이라고 생각한다. 나아가 김기택의 시는 파행적인 현대 문명 속에서 거부감 없이 안주하는 많은 이들에게 현실적 긴장감을 줄 수 있으리라고 본다. 당위적이고 윤리적인 측면에서가 아니라 존재론적인 차원에서 인간과 생명을 적극적으로 이해하기 위한 성찰과 묘사의 예리한 힘을 보여주고 있기 때문이다. 그 성찰과 묘사의 힘은 어느 누구도 쉽게 따라올 수 없는 진정성을 갖추고 있다. 새로운 길 위에서 자신만의 고뇌와 직관의 순간들을 놓치지 말고, 계속해서 삶의 진실을 헤쳐나가길 당부하고 싶다.

시뮬라크르의 확장과 초(超)감각의 세계

권혁웅 시집 『소문들』(문학과 지성사, 2010), 김행숙 시집 『타인의 의미』(민음사, 2010)

  여기 두 권의 시집이 있다. 권혁웅 『소문들』(문학과 지성사, 2010), 김행숙 『타인의 의미』(민음사, 2010). 언어적 운용과 시적 개성의 측면에서는 서로 편차가 있지만 두 권의 시집은 정해진 의미나 신념을 조롱하며 독특한 시뮬라크르의 세계를 지향한다는 점에서 공통점이 있는 것으로 보인다. 이들에게 시쓰기는 있었던 경험을 그대로 재현하는 것이 아니라 새로운 경험을 창조하거나 재구상하는 분학적 발명이다. 이들은 시와 세계가 정해진 것이라는 믿음, 세상은 변했어도 삶은 이어진다는 신념을 교란하고 조롱하는 아나키스트들이다. 시와 세계에 대해 존재하던 기존의 인식을 근원에서부터 해체시키는 것이야말로 이들의 공통된 시적 방법론이라 할 수 있을 것이다. 까다로운 이들의 언어를 이해하기 위해 시집 속에 구현된 그들만의 세계를 탐사해보도록 하자.

1. 무성한 소문들의 무협지적인 은유

권혁웅의 시집 『소문들』(문학과 지성사, 2010)은 장광설에 가까울 정도의 긴 호흡과 구문으로 이루어져 있다. 무엇보다 이번 시집에서 시인이 주요 방법론으로 차용한 것은 풍자와 알레고리의 전략이 아닐까 싶다. 시의 오브제를 엉뚱한 한자어로 바꿔놓아 웃음을 자아내는 구절들과 편 (pun) 기법으로 이루어진 일련의 시행들은 현실 세계의 비유이자 시장 자본주의 체제에 대한 비판적 알레고리로 읽혀진다. 무엇보다 무협지의 언어를 끌어와 일상 세계를 새롭고 유희적인 공간으로 환치시키는 시인의 재기발랄한 상상력이 가히 압권이라 할 만하다. 이를테면 "아중마 雅狆魔"에서 '아줌마'를 유추하고, "미세수 美世嫂"에서 'Mrs'를 떠올리는 과정(「소문들-유파」)은 현실적인 공간을 무협지의 세계로 풀어냄으로써 현실의 부박(浮薄)함을 새로운 감각으로 전면화시킨다고 할 수 있을 것이다.

빅뱅 이후 무서운 속도로 이동하고 있다는 거 아시죠? 그래서 별자리들도 바뀌죠 새로 자리 잡은 황도십이궁을 소개해드립니다 지금 하늘에서 으뜸가는 별자리는 예전에 오리온자리였던 삼성입니다 혹자는 이를 삼대로 잘못 읽기도 하는데, 나란히 빛나는 새 별을 일가족이라 여기기 때문입니다 먼 바다에 나간 장사치들이 이 별들을 보고 갈 곳을 정한답니다 대여섯 개씩 무더기로 모인 별들이 있으니 동쪽의 자리를 워커힐, 서쪽의 자리를 하얏트라 부릅니다 …(중략)… 그들은 북두의 정기를 이어받아 제 몸에 별을 새기곤 하죠 남쪽의 칠성은 따로이 롯데라고 합니다 맹물에 트림하는 약을 넣어 팔아서 떼돈을 벌었다는 전설적인 장사꾼 이름에서 유래했답니다

―「소문들―성좌(星座)」에서

　　시인의 눈에 자본과 무한 경쟁으로 얼룩진 현대 사회는 욕망의 기호들만 흘러넘친다. 스스로를 비추어줄 과거의 부재와 팔려야 할 상품으로만 전락한 미래 사이에 놓인 현재는 갱신과 변화가 존재하지 않는 공허한 지속으로만 인식될 뿐이다. 이러한 현재의 공허함을 해소하기 위해 시인은 시간의 흐름을 되구부려 과거와 현재를 하나로 이어놓기도 하고, 알레고리의 기법으로 현실의 파행적인 면모를 풍자하기도 한다.

　　알레고리는 인간의 사유 속에 존재하는 추상적 관념을 구체화하는 방법 중 하나이다. 현실과 밀접한 우화나 비유담을 통해 당대의 에피파니를 구현하며 인간의 존재 양상을 탐구하는 데 유효한 전략이 바로 알레고리이다. 「소문들」 연작은 자본주의와 무협지적인 현실에 대한 시인의 자의식이 착종된 새로운 버전으로 읽힌다. 별자리를 지탱해온 자본이라는 이념은 하나의 픽션이자 허구의 알레고리로 파악할 수 있기 때문이다.

　　오늘날 우리의 자본주의 현실을 지배하고 있는 도구적 이성은 거대기업의 기호이다. 위의 시에서 "삼성", "롯데", "하얏트" 등 대기업의 이름으로 별자리를 대치하는 것은 자본의 우월성으로 환유되는 무의식적인 심리적 기제라 할 수 있다. "삼성", "롯데", "하얏트" 등의 언표들은 실재는 오간데 없고 오로지 기호뿐인 현대 사회구조의 일면을 대변한다. 대기업이라는 아이콘은 교환가치 속에 고착된 자본주의의 소비·유통구조와 물적 토대를 그대로 드러내려는 전략으로 읽히기 때문이다. 시인은 대기업의 아이콘과 별자리의 이름이 등가로 놓이는 현실을 통해 초거대기업과 자본의 논리가 팽만(膨滿)한 현실을 희화화하고 있다. 그동안의 권혁웅의 시가 세계와 자신에 대한 성찰 속에서 자기 정체성을 구축하려는 강렬한 의지를 드러내는 것과 달리, 이 시는 대기업의 횡포 속에 지배되는 우리들 삶에 대한 냉소가 담겨있다는 점에서 흥미롭게 읽혀진다.

한편 시인은 우리가 살고 있는 사회가 거대한 시뮬라크르로 뒤덮여있다고 진단한다. 폭주하는 기호와 소비의 행렬로 모든 것이 재단되는 도시에서 생은 점점 남루해지고 마모될 것이라고 생각하는 듯하다.

> 당신의 혀끝에는 누설이라는 짐승이 산다 이 짐승의 다른 이름은 시모토아 엑시구아(Cymothoa exigua)다 물고기의 입안에 들어가 혀를 먹어치운 뒤에 제 스스로 혀 노릇을 하는 갑각류의 일종이다 속에서 꿈틀대거나 찜부럭을 부리는 게 있다면 이 짐승을 의심해보아야 한다 ···(중략)···
>
> 짐승은 당신에게서 나와서
> 그이에게로 갈 것이다

—「고백—야생동물 보호구역8」에서

인용시는 "누설", "시모토아 엑시구아(Cymothoa exigua)"라는 단어를 통해 인간들이 가진 속악한 면모를 비판하고 있다. 인간의 혀는 교활하고 이기적이어서 폭력과 죽음에까지 이르게 하는 병이 되고 있음을 유의해야 한다. 사회 속에서 영위되는 삶은 끊임없이 '말'을 매개로 이어진다. 이기적 욕망과 거짓말, 폭력이 난무하는 현대의 삶은 말로 시작하고 말을 통해 이어지며 위태로운 말과 더불어 소멸한다는 메시지를 담고 있다. 우리들 내면에 도사리고 있는 "누설"에 대한 욕망은 인간의 이중적 욕망을 환기시킨다. 살아가기 위한 원초적 욕구와 또 그 욕구를 전이시킬 수밖에 없는 모순된 욕망은 바로 폭력성의 다른 이름일 것이다. 시인이 주도면밀하게 추구하고 있는 또 다른 이름은 바로 "짐승"으로 언표되는 폭력의 문제가 아닐까 한다. 창피(猖披), 낭패(狼狽), 질투(嫉妬), 시기(猜忌), 외설(猥褻) 등의 의미를 해부하는 「소문들—짐승」에서도 시인은 한자어의 유래를 동물과 연관지어 해석하고 있음을 흥미롭게 발견할 수 있다. 여기에는 사람을 해치는 기묘하고 사나운 짐승과 불길하고 어두운 상황의 이미지가 같이 착종되어 있다.

어떤 의미에서 권혁웅의 『소문들』은 현실 세계의 재현이라기보다는 독특한 허구의 상황을 재치있게 그려낸 우화담에 가깝다고 할 수 있을 것이다. 불연속적이면서도 재기발랄한 진술을 통해 시의 의미적 연관들을 새롭게 재구(再構)하고 실재와 비실재를 넘나드는 언어적 유희를 낳고 있으니 말이다. 알레고리의 우화적 수법을 통해 사실과의 거리두기를 하고 있는 점은 바로 현실에 대한 직접적 개입보다는 허구적 거리를 두고 투시하는 시인만의 독자적인 방법이라고 할 수 있을 것이다. 시인은 구속된 세계를 거부하고 열린 공간을 향해 이동함으로써, 새로운 시간의 궤적 위에 자신의 삶을 열어놓는 유목민의 태도를 보여주기도 한다. 욕망의 세상으로부터 시작된 시쓰기는 세계의 허위성에 대한 통렬한 자각을 통해 닫힌 공간의 횡포에서 일탈하려는 의지의 소산이라고 할 수 있을 것이다.

이 시집의 또 다른 특성은 작품 사이 사이에 개인적 삶에 바탕을 둔 애환과 상실감의 정서로 독자를 안내하고 있다는 점이다. 시인은 어머니와의 관계 속에서 세월의 덧없음과(「노모 1, 2」) 마모된 육신의 안쓰러움(「마다가스카르가 떠다닌다」)을 들여다보고, 시인이 봉착한 위기의식과 실존적 서정성을 탁월하게 그려낸다. 우리를 둘러싼 세상이 거칠고 무너지기 쉬운 것이지만, 가장 소중하고 근원적인 것을 응시하는 데서 본질적 가치를 찾아내기도 한다. 권혁웅의 시가 빛나는 부분은 바로 이 지점에 있다.

오리무중의 현실 속에서 시인이 포착한 존재론적 고뇌와 사회적 상처는 모두 시인과 우리 자신의 화두이자 아픔으로 남게 될 것이다. 그의 말대로 "누구도 피하지 못하는 수수께끼"는 바로 우리들 자신의 초라한

모습일지도 모른다. 인간 존재의 이중적 모순을 떠올리는 다음의 시에서
는 "나무/인간"이라는 이중적 이미지의 착종으로 불가해한 삶의 진실과
아픔을 묘사하기도 한다. 그의 시가 창조해낸 깊이와 인간적 호흡이 어
디를 향할지, 계속해서 그 행보를 주목하고 싶다.

> 그는 목석과 같다고 할 때의 그 나무인간, 말초(末梢)에 생선이 달리
> 기 전까지는 누구도 그에게 연고권을 주장할 수 없지 잘 때에도 제 몸
> 을 긴 목곽에 넣어두니 어떻게 비린내를 밀봉할 수 있겠니 기어이 합장
> 을 꿈꾼다면 그는 잔뿌리를 끊으며 돌아누울지도 모른다 그래도 목생화
> (木生火), 수생목(水生木)이니 고래고래 말초신경을 내거나 물관을 빨대
> 처럼 아래쪽에 박아둘 때, 저 반인반수는 신의 영역에 근접했던 거다
> 가위를 삼킨 성자들이 서 있는 거리가 있고 인면을 하고 수심에 찬 이
> 들이 배회하는 골목이 있다 자, 어느 쪽으로 갈 것이냐 누구도 피하지
> 못하는 수수께끼다

—「나무인간 1」 전문

2. 비인칭적 타인의 고백

김행숙의 시에 대한 여러 평자들의 공통된 지적은 기존의 서정 시학
의 범주를 면밀하게 탐사하고 창조적으로 이탈한 결과로서 나온 언어라
는 점, 자기 동일성을 이탈한 화자의 고안을 통해 새로운 시쓰기의 한
전범을 보여주고 있다는 점일 것이다. 그녀에게 시는 스스로의 감각을
실현하면서 동시에 존재하는 것이기도 하다. 그녀의 시는 일상과 초월,
환상과 실재, 긍정과 부정의 기준도 경계도 없으며 시인은 그 사이를 자
유롭게 유영하여 나와 세계의 존재 방식을 독특한 언어로 그려낸다. 그
녀의 시는 그렇게 새로운 감각과 어법으로 독자에게 "타인의 의미"와

"찢어지는 마음"에 대해 쿨하게 전해준다. 의미 지향적인 시들과 거리를 두고 있는 그녀의 시는 단일한 해석의 틀을 거부한다는 점에서 사뭇 오만하게 느껴지기까지 한다. 그녀의 시에 세계는 존재하기보다는 해체된다는 말이 더 정확할 것이다.

『타인의 의미』(민음사, 2010)는 기존의 김행숙 시의 문법을 고수하고 있다는 점에서 흥미로운 시집이다. 인칭을 자유자재로 구사하며 미정형의 공간 이동이나 환상적 이미지가 유난히 많다는 점도 여전한 특징이다. 또 주체와 대상 사이의 화해로운 융합이나 일치보다는 그 사이에 존재하는 균열과 불협화음의 징후들이 많이 보이는데, 이것은 그녀의 시가 나와 타자 사이의 존재 방식을 끊임없이 되묻고 공간을 자유롭게 활주하면서 나와 타자의 불균질의 감각을 동시에 살려낸다는 점과 관계있을 것이다.

볼 수 없는 것이 될 때까지 가까이. 나는 검정입니까?
너는 검정에 매우 가깝습니다.

너를 볼 수 없을 때까지 가까이. 파도를 덮는 파도처럼 부서지는 곳에서.
가까운 곳에서 우리는 무슨 사이입니까?

영영 볼 수 없는 연인이 될 때까지

교차하였습니다. 그곳에서 침묵을 이루는 두 개의 입술처럼.
곧 벌어질 시간의 아가리처럼.

—「포옹」 선분

　"포옹"은 나와 타자의 경계를 허물고 하나로 합치되는 극적인 순간의 움직임이다. 그러나 독자는 이 시에서 포옹이 전달해주는 온기나 감정의 일체화는 거의 느낄 수 없다. 김행숙의 시가 신파적인 사랑의 담론이나 타자의 존재성을 노래하는 전통 서정시와는 거리가 있음을 입증하는 부분이다. 시인은 포옹의 순간에 대해 노래하고 있지만 기존의 의미소만으로 그녀의 시는 재단하거나 해석될 수 없다. 우리는 포옹의 상황과 입술의 마주침을 연쇄적으로 상상할 수는 있지만 "영영 볼 수 없는 연인"이라는 진술에서 이별의 의미까지도 유추해낼 수 있다. 포옹의 장면을 불연속적으로 환기하는 연과 행들은 의미론적 유사성을 원리로 하는 은유의 시학이라기보다는 감정의 직접성을 병치하는 환유적 세계관에 기인하는 것이라고 할 수 있을 것이다.

　시인이 말하는 "검정"과 "파도" "입술"은 포옹의 상황을 물질적으로 환기한다. "너를 볼 수 없을 때까지 가까이. 파도를 덮는 파도처럼/부서지는 곳에서. 가까운 곳에서 우리는 무슨 사이입니까?"라는 급박한 질문과 연쇄적 꼬리를 무는 듯한 시어들의 교차적 나열은 이별과 만남이 우리네 삶에 언제든지 닥칠 수 있는 편재적(遍在的)인 것임을 암시한다. "벌어질 시간의 아가리"는 지루하고 무미건조한 생을 삼켜버릴 듯한 증언으로, "포옹"의 다른 이름은 이별일 수도 사랑의 지속일 수도 있다는 것을 보여주는 방식으로 그녀의 시는 존재한다. 이렇게 그녀의 시는 이별과 만남, 죽음과 삶의 경계를 오가는 환상적인 공간에서 펼쳐지고 있다.

　　호흡은, 호흡기관을 폭파할 듯, 호흡기관 이후에 나의 호흡은, 저것
　은, 마치 오로라의 날개와 같이.

　　아, 나는 쓰러지길 원해. 어느 날에는 바위섬에 다가가는 파워풀한 파도로서 나는 비인간적으로 파랗지. 항상, 항상 *끄떡없는 바위섬*이로군. 맨 앞에서 희게, 희게 부서지는 파도여, 나의 발작이 시작됐다. 남은 의식은 누군가 숨겨 놓은 비디오카메라의 것. 당신의 눈동자가 환해질 때 그곳에 남아 있는 것. 그러나 저것은 무엇인가,

　　무엇인가를 나는 포기하지 않았다. 그러니까 나는 다 보여지지 않는다.

―「호흡 2」 전문

하나로 규정지을 수 없는 환상의 공간에서 벌어진 "시간의 아가리"는 위태롭고 고통스럽게 흘러간다. 이 시의 공간에는 숨가쁜 호흡과 발작으로 팽팽하게 날선 시간의 변화와 심리적 추이가 섬세하게 물결지고 있다. "나의 발작"을 시작으로 하여 정지와 움직임, 소멸과 생성의 시간이 마치 "오로라의 날개" 같이 서로 침투하고 융합한다. 그 시간 속에서 벌어지는 구체적인 사건의 전모는 불투명하다. 자아는 허물어져 가고 당신의 눈동자는 환해지는 일종의 '초감각'의 상태이다. 대상에 대한 인식적 거리가 해체된 이 상태 속에서 의식과 무의식의 거리도 붕괴되고 사물의 평면적 배치도 붕괴된다. 남은 의식마저 "비디오 카메라"의 눈에 포획되는 양상을 보인다.

이렇게 유동적이고 생성 중인 자아가 취하는 다양한 포즈를 통해 시인은 천연덕스럽게도 어느 한 곳에 정착하기를 거부하고 끊임없이 어딘가로 이동 중이다. 그녀의 시가 보여주는 개성은 '초감각'의 지평을 열어 놓아 고정된 것들의 영토를 이탈하는 의식의 강렬함에서 비롯된다고 할 수 있을 것이다.

고여있는 권력과 일탈의 자의식

김상미의 신작시

탈이념과 새로운 문화적 변혁이 자리 잡은 공간에 서서히 다가오는 것은 환희와 기대감보다 공허와 권태, 그리고 미래의 시간에 대한 알 수 없는 두려움이다. 시인들은 황막한 세계에 냉소적인 시선을 던지면서 갇혀있는 현실에 수동적으로 안주해있는 자아의 분열된 정서를 끊임없이 재생산하기도 한다. 모호한 정서로 가득한 세계는 답답하고 불기헤하며 무력하기만 하다. 인간의 욕망을 충족시키기 위헤 개발된 문명은 무제한적인 기술이 욕망에 인간을 중속시키고 있을 뿐 아니라 인간의 성제성마저 혼란스럽게 만들고 있다. 이미 발간된 세 권의 시집 『모자는 인간을 만든다』(1993), 『검은, 소나기떼』(1997), 『잡히지 않는 나비』(2003)에서 인간 욕망의 물질적 토대와 그 배경에 예리한 문제 의식을 던진 김상미 시인의 작업은 시의 본질적 가치와 존재 의미를 되묻는 성찰적 행위로 이해할 수 있었다. 김상미 시인의 신작시들은 우리의 현실을 둘러싼 폭력과 고통, 권태에 대한 질문을 던지면서 세계에 대한 묵시록적 전망을 제시한다. 생명과 영성(靈性), 모성이 고갈된 시대에 현대인의 삶은 어디를 지향하고 있으며 기호화된 주체로 살아가는 인간의 모습이 얼마나 비극적인지를 지적한다. 먼저 그녀가 이번 신작시의 화두로 삼고 있는 주제는 자본주의 사회의 권력의 문제이다.

> 권력은 힘이 세다 유유히 흐르는 힘찬 강물의 숨통을 고통의 스틱스강으로 만들만큼 힘이 세다 산소로 가득 찬 휴머니즘을 일산화탄소로 가득 채워 펑! 터뜨려버릴 만큼 힘이 세다 너와 나를, 코끼리와 재규어를, 농부와 어부를, 청개구리, 송어, 연어, 찌르레기 들을 삽시간에 먹이사슬 끊긴 천치로 병신으로 만들만큼 힘이 세다 어찌나 힘이 센지 제자신도 어디를 누구를 얼마만큼 짓밟고 다녔는지 다니고 있는지 모를 만큼 힘이 세다 왜 자신이 지나가는 곳은 금방 캄캄해지고 모두가 눈을 감고 입을 다물고 피 맺힌 울부짖음으로 통곡하는지 귀 기울인 적도 뒤돌아본 적도 없을 만큼 힘이 세다 어찌나 힘이 센지 그 힘에서 뿜어져 나오는 악성 바이러스로 인간들이, 산과 바다가, 푸르른 지구가 새카맣게 변해가는 것을 느끼지도 깨닫지도 못할 만큼 힘이 세다 한 번도 스스로의 힘으로 신선한 피 만들어 본 적 없고 신선한 피 나누어 본 적 없는 오로지 부와 검열과 숙청과 배신의 거대한 기름떼 아래 고여 있는 영원히 흐르지 않는 죽은 강물처럼 힘이 세다 그 끔찍한 맹목의 힘! 그 절망지수만큼 힘이 세다

―「권력의 스냅 숏」

집중된 이미지의 구조와 알레고리를 바탕으로 일상의 한 복판에서 쓰여지는 그녀의 언어는 산문적이지만 비판적 성찰의 힘을 가지고 있다. 알레고리는 세계에 대한 절대적이고 보편적인 관념을 전제로 하면서 그것을 은유적으로 치환시켜 현실을 재구성하는 전략을 취한다. 뛰어난 알

레고리스트인 시인은 이 '절대적이고 보편적인 관념'을 다시 구성하여 자신만의 독특한 주관적 상상력으로 작품을 채색한다. 그녀는 현대문명의 토대인 자본주의 사회의 일상과 메커니즘, 균열된 정체성의 문제를 파고들면서 이를 지적인 언어를 통해 형상화한다. 시인은 권력이 "산소로 가득 찬 휴머니즘을 일산화탄소로 가득 채워 펑! 터뜨려버릴"만큼 폭발적인 위력을 가진 것으로 묘사하고 있다. 권력이 장악하는 현실 세계를 파편화하고 그 조각난 삶을 다시 맞추는 일그러진 풍경은 모두가 "피 맺힌 울부짖음으로 통곡하는", "부와 검열과 숙청과 배신", "끔찍한 맹목의 힘", "악성 바이러스" 등과 같은 사악한 세계로부터 벗어나려는 전략으로 볼 수도 있다. 현실의 파편들은 서로 부딪치면서 인간을 억압·통제하고 "악성 바이러스"는 불길하게 퍼져나가 살아있는 생명을 위협하고 죽음에까지 이르게 한다. 그래서 권력은 "너와 나를, 코끼리와 재규어를, 농부와 어부를, 청개구리, 송어, 연어, 찌르레기 들을 삽시간에 먹이사슬 끊긴 천치로 병신으로" 만들어버린다. 기호화된 존재, 파편화된 삶이 정보 기술 시대의 본질적인 모습일지도 모른다.

"죽은 강물"처럼 고여있는 권력의 힘은 억압적 지배 질서에 대한 시인의 상박적 정서 사이에서 불안하게 떠돌고 있는 것처럼 보인다. 전세계 어느 곳도 권력의 힘으로부터 자유로운 곳은 없을 것이다. 무형의 권력이야말로 전 지구를 하나로 결속시키는 상징의 힘이자, 상징의 언어로 전이되고 있기 때문이다.

권력의 도도한 흐름 아래 생성된 이질적인 기호와 이미지들의 과잉 범람이 결국 세계의 질서를 교란시키는 혁명의 칼이 되고 있음을 시인은 간파하고 있나. 이렇게 김상미 시인은 자아를 둘러싼 억압적 세계의 폭력성과 이에 대한 강한 저항 의식을 표면화시킨다. 해체된 세계의 기호들이 발산하는 불안한 에너지는 인간 정신의 자유로움과 인본주의적인 가치를 철저하게 교란하고 비웃는다. 이 공포의 세계가 주는 그로테스크함은 욕망의 무의식을 풍경화하여 억압적인 타자에 대한 일탈과 반역의 자의식을 강렬하게 드러낸 것이라고 볼 수 있을 것이다.

> 나는 27층에서 일해/엘리베이터를 타고 27층에 내리면
> 긴 복도 중간쯤 내가 일하는 곳이 있어
> 그곳에서 나는 잡지나 책에 실릴 글들을 다림질해 주거나
> 잘못 쓴 글들을 수선해줘/때로는 통째로 다시 써야할 때도 있어
> 그럴 땐 정말 죽고 싶어져/뻔뻔하게 닳고 닳은 교활한 문장에
> 반듯한 새 옷을 입혀주는 일/정말 사람으로서 못할 짓일 때가 더 많아
> 돈 몇 푼에 양심을 팔아넘겨/햇빛이 아주 많이 필요한 사람처럼
> 뼛속까지 파리하게 창백해질 때가 많아
>
> 하루는 내 옆에서 일하던 한 여자애가/나보다 더 지독하고 뻔뻔한 글들을 수선하다
> 27층에서 뛰어내려 하늘나라로 올라가 버렸어
> 아직도 희미하게 핏자국이 남아 있는 그 자리를 지날 때마다
> 언제까지 나도 이 짓을 해야 하나/돈만 있으면 누구라도 저자가 될 수 있고
> 무엇이든 할 수 있는 이 시대,/자신만의 고유한 죽음을 갖고 떠난 그 여자애가
> 은근히 부러워질 때가 많아
>
> 그런데도 나는 아직 이 일을 하고 있어/한껏 나 자신에 비위 상하면서도
> 그 슬픔이 피워대는 짙은 담배연기에/콜록콜록 숨 막혀 하며
> 무섭도록 순수했던 내면이 온기 하나 없는 무관심의 공터로 변해가는 걸

　　쓸쓸히 즐기고 있어
　　상심해 우는 사람들과 잔뜩 기대에 부풀어 내일로 가는 사람들이 만
들어내는
　　뻔히 보이는 진실과 눈뜨고도 보이지 않는 거짓 사이에서
　　그 어떤 문법학자보다도 더 착하고 성실한 우유부단으로!

—「우유부단」

　추상적인 삶의 단면으로부터 현실의 파편을 조합해낸 앞의 작품과 달리 「우유부단」은 구체적인 스토리를 갖고 있다는 점에서 더 흥미롭게 읽힌 작품이다. 작품 속 화자인 "나"는 건물 27층에서 돈을 받으며 남들이 "잘못 쓴 글들을 수선"하거나 통째로 다듬는 일을 하고 있다. 그러나 늘 양심에 가책을 느끼며 지낸다. "나"는 "뼛속까지 파리하게 창백해질 때가 많"고 돈에 "양심을 팔아넘긴"다는 모멸감을 느끼지만 "진실"과 "거짓" 사이를 오가며 위태로운 작업을 계속 진행하고 있다. 자신의 작업에 모멸감을 느끼는 "나"는 더 "지독하고 뻔뻔한 글을 수선"하다 투신자살한 여자애의 삶이 은근히 부럽다는 진술을 통해 자신을 둘러싼 글쓰기의 폭력성과 가짜 글들이 횡행하는 시대에 대한 강렬한 역설적 저항 의식을 드러낸다. 글쓰기는 세계를 구성하고 장악하는 인간의 욕망과 정신의 지향점이 하나로 합치된 지점에서 가능해지는 작업이다. 그러나 배금주의적 욕망과 글쓰기에 대한 일부 지식인들의 왜곡된 출세 욕구는 "돈만 있으면 누구나 저자가 될 수 있 수 있"는 풍토를 조성해 놓았다.

　돈과 권력의 강렬함은 글쓰기에 함축된 인문주의적 아우라와 정신적 순결의 저항선을 깨뜨리고 자아의 왜곡된 욕망을 자극한다. "무섭도록 순수했던 내면이 온기 하나 없는 무관심의 공터로 변해가는 걸/쓸쓸히

즐기고 있다”는 3연의 구절은 작품 전체를 지배하는 일그러진 욕망과
이율배반의 심리 사이를 진동하며 불안의 정서를 극대화시킨다. “쓸쓸
히 즐긴다”는 냉혹한 진술이야말로 거짓말과 상업주의적 글쓰기가 판을
치는 세계에 맞서는 고독한 자의식의 표출일 것이다.

“더 착하고 성실한 우유부단으로” 이율배반적인 작업을 진행하는
‘나’의 아이러닉한 어조를 통해 우리는 세계의 광기를 폭로하려는 환멸
의 수사를 느낄 수 있다. 이 지독한 거짓말의 세계가 선사하는 일그러진
풍경은 “고유한 죽음을 갖고 떠난 그 여자애”의 이미지를 통해 극대화
된다. 타자의 글쓰기를 조롱하면서 진실과 거짓, 저자와 독자, 양심과 광
기 사이를 넘나드는 가파른 곡예는 자아의 내면에서 울려나오는 마음의
신기루 같이 도달할 수 없는 허구적 대상으로 변이되기도 한다.

> 너는 수업시간에 하염없이 창밖을 바라보는 아이
> 공상에 빠져 혼자 배시시 웃는 아이
> 마음대로 딴 생각이 머리 속에서 무럭무럭 자라나도록
> 어릴 때부터 세상과 거리 두는 법을 익힌 아이
>
> 못생긴 애벌레에서 날개를 활짝 펴며 날아오르는 나비처럼
> 언젠가는 네 몸에서도 날개가 돋아나기를 기다리며
> 온종일 노랑나비 흰나비 제비나비 모시나비 들을 따라다니며
> 그들에게 묘수를 가르쳐달라고 조른 아이
>
> 그러다 네 몸이 아니라 네 마음에 먼저 날개가 돋아버려
> 아직도 세상을 두 발로 걸으면서도 둥둥 떠다니는 아이
>
> 언제나 세상과 다른, 세상을 닮지 않은 꽃밭만 골라
> 꽃을 심고 비를 심고 바람을 심고 눈보라를 심어

봄나비 여름나비 가을나비 겨울나비까지 불러들이는 아이
세계지도 어디에도 살지 않는 아이

내가 세상을 향해 절망하고 소리치고 분노할 때마다
그러지 마, 그러지 마, 내 마음 안에서 날개를 퍼덕이는 아이
내가 아주 어릴 때 꿈처럼 잡아먹은 아이
잡아먹고는 한 번도 되새김질 안 한 아이

―「수호천사」

앞에서 분석한 작품과 달리 「수호천사」의 어조는 한결 안정되어 있고 시인의 거센 비판적 수사도 발견할 수 없다. 작품 속 "아이"는 세상의 어느 곳에도 있지만, 어디에도 존재하지 않는 인물로 설정된다. 아이의 모습은 구체성을 갖고 있지 않지만 시인의 내면에서 "날개를 퍼덕이는" 천사와도 같은 존재이다. "언제나 세상과 다른, 세상을 닮지 않은 꽃밭만 골라/꽃을 심고 비를 심고 바람을 심고 눈보라를 심어/봄나비 여름나비 가을나비 겨울나비까지 불러들이는 아이"는 욕망의 진앙지(震央地)인 세상을 벗어나 마음의 저편에 있는 신기루처럼 소유할 수 없는 허구적 인물로 느껴지기도 한다.

시인은 어느 곳에두 편재하지만 "세계 지도" 이디에도 존재하지 않는 아이의 모습을 통해 소유할 수 없는 대상을 향한 갈증과 충족되지 못하는 결핍의 정서가 자신의 내면을 채우고 있음을 쓸쓸히게 응시한다. 이렇게 속도와 경쟁, 배금주의에 기반을 둔 문명 사회의 현실은 반복되는 결핍을 낳고 자아로 하여금 아이의 투명한 영혼과 정서를 소유하고 싶은 원초적 욕망을 자극한다. 순정한 존재인 아이의 이미지를 통해 시인은 결핍된 내면을 채우고 무거운 일상에서 해방되고 싶은 자의식을 드

러내고 있는 것이다. 권태와 일상의 나날들로부터 탈주하기 위해 아이를
자신의 내면에서 잉태시킨 시인의 전략은 "부와 검열과 숙청과 배신"으
로 상징되는 현실 세계의 부정성을 넘어서려는 간절한 열망에서 비롯된
것으로 볼 수 있을 것이다. 이제 시인의 열망은 가장 근원적이고 따뜻한
모성의 존재로 향하고 있다.

> 엄마, 자장가를 불러줘요
> 하루만이라도 엄마 품에서 잠들고 싶어요
> 상처 많은 손으로 움켜잡은 태양이 녹고 있어요
> 뼈가 보이도록 투명한 하루가 그 위에서 울고 있어요
> 아무리 사려 깊은 척 꼭꼭 씹어도 절대 변하지 않는 인생
> 이래도 울고 저래도 우는 남자와 여자들
> 그 아래로 깔리는 지루한 사랑 타령
> 모두모두 자장가로 잠재워줘요
> 이제 곧 노을이 질 거예요
> 아무도 힘차게 페달을 밟으며 달려오는 저 순수한 어둠을 막진 못해요
> 모든 게 다 밤을 울리는 탄식에 잠겨도 엄마가 불러주는 자장가는 영
> 원을 파고들 거예요
> 사랑은 마음 안에 피는 꽃이 아니라
> 피투성이 암흑 속에서도 지지 않는 꽃이거든요
> 그러니 제발 자장가를 불러줘요
> 언제나 세상 물정에 밝은 체하고 잘난 체하는 푸른 나무들도 오늘은
> 보기 싫어요
> 걸핏하면 오만하게 뒤통수치고도 뽀로통한 꽃들도 이젠 지겨워요
> 손톱만한 결핍에도 징징대며 매달리는 애인들은 더더욱 진저리가 나요
> 잠깐만이라도 엄마 품에 안겨 잠들고 싶어요
> 가장 오래된 눈물이 꿈꾸는 베갯머리를 적신다 해도
> 엄마가 불러주는 자장가 앞에선 어떤 것도 슬프지 않아요
> 무책임하게 천년만년 흐를 것 같은 저 강물도

잠결에 가슴에서 굴러 떨어져 절뚝거리는 시들도
내가 안 보여 다른 한 사람이 깊은 절망에 잔잔한 호수에 돌을 던져도
엄마가 불러주는 자장가는 크고 작은 슬픈 구멍들 하나하나 막아
튼튼한 다리로 만들어줄 거예요
그러니 엄마, 제발 자장가를 불러줘요
엄마 품에 잠들었다 깨어나는 이 아침이
내가 아는 세계의 첫날이 되어 기쁘게 창문을 두드릴 수 있도록
제발… 자장가를 불러줘요

―「자장가」

어머니의 존재가 세상의 고통을 상쇄시키고 상처를 치유하는 근원적 힘으로 작용한다는 진술은 이미 상투적인 해석일지도 모른다. 이 작품은 산문적인 해석을 가하는 것이 오히려 작품의 진정성을 훼손시킬 수도 있겠다는 생각이 들 정도로 시인 자신의 개인적인 상념과 주관성이 강한 작품이다. 김상미 시인은 이전의 시집에서도 어머니의 존재를 그리워하면서 그 무한한 사랑의 힘을 예찬한 시를 발표한 바 있다. 시인은 "자장가"라는 주술적 언어의 힘을 통해 어머니의 근원적 사랑과 따뜻함을 빌려오고, 어머니의 품으로 다시 돌아가고 싶은 열망을 드러낸다. 어린 시절 어머니가 머리맡에서 불러준 "자장가"야말로 가장 근원적이고 주술적인 상징의 언어 아닐까.

시인은 "지루한 사랑 타령"과 "잘난 체하는 푸른 나무", "가슴에서 굴러 떨어져 절뚝거리는 시"마저 모두 잠재울 수 있는 엄마의 자장가에서 통합의 에너지를 발견하고 "크고 작은 슬픈 구멍들 하나하나 막아주는" 치유의 가능성으로서 모성의 뜨거움을 이끌어내고 있다. "엄마, 자장가를 불러줘요"로 시작하는 도입부와 "제발… 자장가를 불러줘요"로 끝나는 시의 종결부는 너무나 절박하여 읽는 이로 하여금 가슴을 아리

게 만든다.

이 작품에서 시인은 사랑의 가치와 모성의 힘을 강조하고 병적 징후들이 가득한 세상의 부정성을 초월하고자 하는 열망을 보여주고 있다. 이제는 곁에 없는 엄마에 대한 그리움과 사랑이야말로 시인에게는 공포와 환멸을 극복하게 하는 큰 힘이다. "사랑은 마음 안에 피는 꽃"이 아니라 "피투성이 암흑 속에서도 지지 않는 꽃"이라는 진술은 생명과 인간에 대한 깊은 신뢰를 바탕으로 시쓰기를 진행하는 시인의 미학적 주관성을 엿볼 수 있을 뿐 아니라 그녀의 시가 열어가고자 하는 가능성의 지점도 발견할 수 있는 부분이다.

단, 이 가능성이 퇴행적인 정서나 동어반복적인 담론의 재생산으로 이어지지 않기 위해서는 시어의 밀도있는 긴장과 사유의 치열함을 수반하면서 앞으로 나아가야 할 것이다. 이번 작품에서 보여준 그녀의 풍요로운 언어들이 더 아름답게 무르익기를 기대한다.

사라지는 물의 완성과 환상의 언어

    신영배 시인은 『그림이동장치』(2006), 『오후 여섯 시에 나는 가장 길어진다』(2009)라는 두 권의 시집에서 개성적이고 감각적인 시세계를 보여준 바 있다. 환상적인 시적 공간에서 펼쳐지는 새로운 언어의 풍경은 일상적이고 규범적인 것들의 경계를 해체하고 새로운 존재의 깊이를 경험하게 하는 서정의 다양한 이미지들로 이루어져 있있다.

    서정은 근대이 분열된 세계와 주체를 전경화하는 아이러니의 시학이 아니라 사물과 세계에 대한 유비에 근섭하는 농일성의 시학에 그 본원이 있다. 헤겔 미학에서는 서정시란 개인의 '내면성'(Innerlichkeit)을 핵심 요소로 삼고 있는 것이라 했다. 그런가 하면 헤겔과는 다른 편에 있는 에밀 슈타이거는 주체와 대상이 융합된 서정적 정조라는 개념으로 서정시의 원리를 설명한다. 시학의 가장 중요한 원리는 대상과 주체의 자기 동일성, 혹은 주체와 대상의 행복한 회감(回感)에 있다고 보는 것이 고전적인 견해이다. 그런데 전통적인 서정의 원리에 반발하고 환상이나 자유 연상, 환유적 언어를 도입한 일군의 시인들이 2000년대 이후 등장하기 시작했다. 그들의 언어는 동일성의 시학을 교란시키고 새로운 시의 성채를 쌓아나가는 미학적 모험의 언어들이라고 할 수 있을 것이다. 약간의 도식화를 무릅쓴다면 신영배 시인의 시도 이러한 미학적 모험의 연장선 상에서 파악할 수 있을 것 같다. 그러나 그녀의 시는 단순히 서정의 원리에서만 파악하길 거부하는 독특한 상상의 힘을 보여준다.

신작시 다섯 편도 여전히 환상의 범주에서 해명할 수 있는 단서를 제공한다. 무엇보다 "물"을 매개로 일어나는 다양한 시적 정황과 사건들은 신영배 시인의 독특한 상상력을 입증할 수 있는 가장 중요한 단서가 되는 것으로 보인다.

맨발이 돌아다니며 집 안의 바닥을 구성할 때
선반 위에 놓인 낮은 구두와 높은 구두

맨발이 가만히 바닥에 누울 때
발이 잠들기를 기다려 낮은 구두와 높은 구두

제1의 물과 제 2의 물과 제 3의 물이 떠돌 때
눈을 뜨는 낮은 구두와 높은 구두

창문이 열리고 달이 들어오고
수건이 펼쳐져 떠오르고

베개가 부풀어 오르고
물컵이 차오르고

입었던 옷들이 돌아다닌 모양대로 펼쳐지고

똑똑, 선반 위에서 물구두가 내려온다

맨발은 물구두를 신은 모양
구두를 신었어도 맨발은 맨발

—「낮은 구두와 높은 구두」에서

일상적인 시어들을 독특한 문맥에 결합시키거나 전치시킬 때, 환상적인 풍경이 떠오른다.

이 시에서 펼쳐지는 풍경은 환상과 초현실의 이미지들로 구성되어 있다. "떠도는 물"과 "눈을 뜨는 구두", 부풀어오르는 "베개"와 차오르는 "물컵"은 환상의 전략으로서 의식으로 통제되는 이성과 논리 이면에 자리 잡은 무의식의 이미지들이라고 할 수 있다. 시적 주체의 모습은 소거되어 있으며 사물과 정황만이 비밀스럽게 움직이고 내통하는 양상을 보여준다. 신영배 시인의 작품에 드러난 주체는 세계를 이탈하거나 초월하지 않고 세계를 구속하지 않는 자유로운 언어를 통해 세계에 관여하는 양상을 보인다. 시의 화자는 자신의 눈길이 머무는 여러 곳에서 "낮은 구두"와 "높은 구두"가 놓이는 장면을 연쇄적으로 상상한다. 구두가 놓인 곳은 선반 위이지만 그 선반 위 아래에 놓여진 사물과 기표들은 연쇄적으로 어떤 흐름을 따라 이동한다. 다시 말해 환유적으로 나열된 지시적 사물들은 모두 상상적인 공간에서 펼쳐진다는 말이다.

"창문이 열리고 달이 들어오고/수건이 펼쳐져 떠오르고/베개가 부풀어 오르고/물컵이 차오"르며 "물구두가 내려"오는 풍경은 전혀 현실적이지 않지만 인접성의 원리에 따라 이미지를 변화시키는 환유적 상상력에 바탕을 둔 표현으로 볼 수 있다. 이렇게 시인이 상상하는 물과 구두의 이미지는 언어로 규정지을 수 없는 환상의 순간들을 물질적으로 펼쳐보이고 있다.

집 안에서는 하나의 의자가 계속 옮겨졌다 어느 날 우리는 의자를 베란다 쪽으로 놓았다 누군가는 앉아서 누군가는 서서 어느 날 우리는 스피커 쪽으로 의자를 놓았다 누군가는 듣고 누군가는 울고 어느 날 우리는 구름 쪽으로 의자를 놓았다 어느 날 우리는 커피 잔 쪽으로 어느 날 우리는 책 쪽으로 어느 날 우리는 새 쪽으로 어느 날 비 쪽으로 어느 날 자동차 쪽으로 어느 날 아이 쪽으로 어느 날 횡단보도 쪽으로 어느 날 마트 쪽으로 어느 날 공원 쪽으로 어느 날 가방 쪽으로

우리가 키우던 의자의 방향

···(중략)···

그 계절엔 입술이 없다

알 수 없는 책이 도착하고

꽃잎이 여름의 입모양을 더듬어 시를 읽는다

—「빨간 장미」에서

「빨간 장미」라는 제목의 이 시도 일상적인 독서를 어렵게 만드는 작품이다. 텍스트의 정황과 내용은 그 자체로만 환기될 뿐이지, 중립적인 기술 태도로 인해 독자가 이 시의 여백을 적극적으로 해석할 공간을 만들어놓지 않는다. 1연은 무심한 일상의 나열로 지루하고 덧없는 삶에 대한 묘사의 방식으로 이루어진 표현이라 생각된다. 우연에 종속된 순간의

경험이 현대적 삶의 파편화된 순간들을 환기하면서 여러 가지 기호들—
의자, 스피커, 구름, 커피 잔, 책 등—이 끊임없이 미끄러지며 다음의
기호를 확장해내고 있다. 기호들이 빚어내는 각 단위의 장면들이 다른
장면으로 이어지면서 불가해한 삶의 풍경을 복원하고 있다는 말이다.
"그 계절엔 입술이 없다"라든가 "알 수 없는 책" 같은 진술들은 현대의
무목적성과 허무감이 내재되어 있을 뿐 아니라 사물의 깊이나 고정 관
념을 배제하려는 시인의 의도가 나타난 표현이라 할 수 있다. 이렇게 신
영배 시인의 작품에 그려진 세계는 낯설게 그 모습을 드러냄으로써 관
습적인 의미 맥락을 해체하고 일상적인 의미의 연쇄고리를 차단하는 양
상으로 전개된다. 시인이 궁극적으로 염원하는 "빨간 장미"는 의자, 입술,
꽃잎, 책의 형상과 그 사물들이 놓여진 상황을 물질적으로 환기함으로써
독자가 새로운 경험에 동참할 수 있도록 유도하는 기표가 되고 있다.

나무의 서쪽이 마를 때
새의 한쪽 날개도 함께 마르고
새가 마를 때
베란다에 쳐 둔 줄도 마르고
줄이 마를 때
촘촘한 빗방울도 마르고
빗방울이 마를 때
펼쳐 든 우산도 마르고
우산이 마를 때
검은 구두가 함께 마르고
우산과 구두 사이
서 있던 당신이 마르고
이 모든 것이 눈물 한 방울에 맺혀 있고
눈물 한 방울을 발끝에 두고

　　내가 누워 마르고

―「물로 헤어지기」 전문

　"마르고"라는 술부의 반복으로 이어지는 이 시는 환유적인 인접성의 원리에 따라 각각의 사물들이 놓여있지만, 그 사물들의 행위나 분위기가 하나의 일관된 정황을 따라가지는 않는다. 관념성이 제거된 사물적인 언어는 세계를 소거시키고 언어 자체가 만들어가는 풍경을 드러내는 방식으로 작용한다. 필연적인 내적 인과관계보다는 나무, 새, 줄, 빗방울, 우산, 검은 구두, 당신, 나로 순차적인 이동을 하면서 직접적으로 연결되지 않는 사물들이 궁극에는 "눈물 한 방울"에 수렴되는 양상을 보인다. 텍스트 이면의 정서와 분위기는 거의 느껴지지 않는 이런 진술 방식은 관습적인 해석에 사로잡힌 기존의 사물과 언어에 상상의 힘을 부여하고 자율성을 강화시킨다. "마르다"는 서술어로 결합되면서 만들어지는 이차적인 이미지들은 일상적인 현실에서의 장면과 쉽게 대응되지 않는다. 시인은 논리성에 의해 유지되는 언술의 결합을 해체함으로써 이성의 현실로부터 자유롭고 초월적인 이미지들의 풍경을 만들어나가고 있는 것이다. 신작시에 반복되고 있는 물의 이미지에 대해 더 구체적으로 살펴보도록 하자.

　　제1의 물로는 마냥 흐르게 한다 이것이 다일 수도 있다는 생각을 한다 제2의 물로는 흐르면서 흐르는 것을 감춘다 물뱀의 생리를 익힌다 제 3의 물로는 거꾸로 흐르는 것을 감행한다 몰래, 이것은 거슬러 오르는 물고기떼를 이용한다 제 4의 물로는 정점에 이른다 허공에 찬란하게 물방울을 날린다 제 5의 물로는 반짝 사라진다 찬란한 것을 몰락시키고 영영 그 몰락을 함께 한다 제 6의 물로는 우연히 죽음에 다가오는 실체

를 맞이한다 흔히 날개가 달리고 가벼운 것들을 바싹 잡아당긴다 제 7
의 물로는 죽어가는 것을 모른 척한다 수면이 흔들리는 것을 감내한다
제 8의 물로는 죽음을 떠받친다 죽음이 그냥 떠 있게 한다 제 9의 물로
는 무덤을 만든다 물에 잠기지 않는 날개를 물로 묻는다 제 10의 물로
는 죽음을 나른다 …(중략)…
　　수평선을 안고 등을 구부린 울음의 무늬가 찬란할 때 제 13의 물로는
몰락한다 읽는 순간 사라지는 물을 완성한다

―「물로」에서

　　이전의 시집에서도 시인의 작품에 끊임없이 등장했던 물질은 다름 아
닌 "물"이었다. 그녀를 원초적인 시간과 공간으로 안내하는 것은 여전히
물인 듯하다. 신영배 시인에게 물은 무의식과 신화의 세계를 가로질러
언어의 순수성을 회복한 이미지이다. 물은 끊임없이 유예되는 기표의 놀
이나 기교의 흔적이 아니라 순수하고 원형적인 아름다움을 회복하는 이
미지로 자리 잡고 있다는 점에서 주목을 요한다. 위에서 아래로 흐르는
물은 역동적이고 아름다우며, 시인의 상상적 미감(美感)을 가장 잘 드러
내는 물질이기도 하다.
　　이 시에서 그려진 물은 물의 사물성을 초월하여 삶과 죽음, 현실과 환
상, 실재와 비실재를 가루지르는 존재의 운명을 임시한다. "제 1의 물",
"제 2의 물"에서부터 "제 13의 물"로 이어지는 물의 운동성은 끊임없이
채워지면서 흘러가고, 다시 나타나는 존재의 결핍과 운명을 그려내고 있
다. 인위적 공간을 해체하려는 물의 운동성은 단순히 공간의 지표에 포
획되지 않는다. 현존과 부재, 삶과 죽음의 몸짓으로 드러나는 물의 흐름
은 세계의 환상적 전유를 꿈꾸는 시인 자신만의 미의식으로부터 출현하
는 것이다. "읽는 순간 사라지는 물"은 비통한 노래와 연주로 결핍의 삶

을 살아가는 오르페우스의 운명, 다시 말해 결핍의 언어로 끊임없이 충만함의 경지에 다가가려는 시의 운명을 암시하는 비유가 아닐까.

이렇게 신영배 시인이 사물을 응시하고 해석하는 자세는 대단히 자유롭고 상식적인 것들의 경계를 해체하는 모습을 보여준다. 물리적 시공간을 초월하여 떠도는 이미지들이나 변형의 상상력은 새로운 감각의 세계로 독자를 안내하기에 충분하다고 보인다. 현실의 세계는 시인의 시선이 머문 세계이지만 환상의 세계는 시인의 시선이 도달하지 못하는 미지의 세계이며 한계를 넘어서는 예술적 자유의 세계이기 때문이다. 시인이 구사한 시적 공간 속에서는 말과 육체, 기표와 기의, 남성성과 여성성 등을 구분짓는 경계의 지표가 모두 뒤섞이거나 해체되는 양상을 보인다. 일방적인 합일이나 동일화도 없고, 사물은 자유롭게 서로를 구속하지 않으며 떠돌거나 분리되거나, 흘러다닌다. 그녀의 언어는 하나로 규정되거나 해석되길 거부하는 언어이기에 까다로운 독서를 요구하지만, 해석의 공간을 열어놓는 지점이야말로 혁신적인 시어의 힘이자 가능성이라고 할 수 있을 것이다. 시인은 언어와 세계 사이의 필연적 의미의 고리를 의식하지 않고 의미의 맥락에 실현되려는 지점에서 이탈하거나, 그 맥락의 형성에 비밀스럽게 참여할 뿐이다.

제 1의 물로 불행이 몸을 눕히고 일어나지 않았다
제 2의 물로 다리들은 안 좋은 꿈 쪽으로 죽죽 걸어갔고
제 3의 물로 이미 씌어진 글들이 손끝을 꽁꽁 묶어 놓았다
차라리 일어나지 말아라
발견되지 말아라

제 4의 물로 환하게 나뭇잎이 뒤집어지고

불행이 일어났다

─「아침」 전문

　그녀가 발견한 "아침"의 순간은 불행이 시작되는 시간이며 또 다른 자의식이 그려내는 서글픈 삶의 풍경일지도 모른다. 그녀의 시에서 우리는 의식의 내부를 파헤치는 무의식의 다른 면을 비유적으로 느낄 수 있지만, 그녀의 자의식의 깊이나 고통에 대해서는 일일이 파악할 수가 없다. 시인은 자신의 자의식을 드러내려는 작업마저 무의식의 언어로 감추고 있다는 느낌이 든다. 그녀의 시 곳곳에 드러나는 이미지들은 섬광처럼 빛나면서 삶과 죽음, 순간과 영원을 동시에 비추어 낸다. 존재의 결핍이 미적인 환상에 의해 드러날 수 있다는 인식은 신영배 시를 지배하는 미학적 욕망의 근원이 어디를 향하고 있는지를 암시해 준다. 정해지지 않은 자유로운 시어가 충돌하면서 빚어지는 언어의 파문은 환상의 미에 숨겨진 고통과 불행의 시·공간을 끊임없이 호출하고 있다. 이 환상적인 이미지와 언술 방식이 나아가는 지점이 어디까지인지, 앞으로의 그녀의 행보가 더욱 궁금해진다.

적요로운 언어의 풍경과 생의 진실을 찾아서

강현덕 시집 『안개는 그 상점 안에서 흘러나왔다』(천년의 시작, 2010)

1. 이미지의 발견으로서의 시조

시조는 완결된 형식 구조를 요구하는 고유의 정형시이다. 그 형식은 유구한 시간의 전통 아래 성립된 것이며, 정형화된 틀에 필자의 사유와 관념을 담아내는 압축적 형태의 시가(詩歌)로 보는 것이 일반적 견해이다. 과거의 고시조는 창(唱)과 조화롭게 어울려 노래의 기능을 수행한 반면 현대에 와서 시조는 창과 무관히게 창작되이 오로지 문자 텍스드로서의 존제 기치를 발휘하고 있다. 시대가 바뀌고 문학의 주술적 기능이 희박해지면서 노래로 불리워지던 구술 문학의 흔적이 사라졌기 때문이다. 시에서 리듬이나 노래의 기능이 조금씩 쇠퇴히면서 우리 시조도 이에 맞추어 현대적 변용과 몸바꿈을 시도해온 것으로 보인다. 이미 2000년대를 넘긴 이 시점에도 형식적 완결미를 추구하는 시조 창작이 꾸준히 이어지고 있다는 사실은 시단에 적지 않은 새로움과 파장을 불러일으킨다. 개인주의와 자유로움이 정착되어 있는 우리 시대의 사회·문화적 추세를 감안할 때, 몇 세기의 시간을 통과하여 구축된 시조 문학의 성과들을 창조적으로 계승하고 있는 시인들의 작업은 그 자체로 소중한 문학적 유산이 될 것으로 본다.

강현덕의 시들은 전통적인 시조의 관습과 형식에서 어느 정도 벗어나 있다. 그러나 정형률을 완전히 거부하고 방만한 자유율을 지향하거나 파격적인 실험을 시도하는 것은 아니다. 그녀는 시조 고유의 장르적 구속을 일탈하여 자유로움을 구사하되, 오히려 시조의 다양한 스펙트럼을 보여주고 있다. 그녀의 작품은 시조와 현대시의 구분을 어렵게 할 정도의 자유스러운 호흡과 리듬을 가지고 있다.

형식에 관한 논의에 앞서 그녀의 시조는 하나같이 우리말에 대한 깊은 사랑을 바탕으로 삭막한 현실과 일상의 풍경 사이를 왕래하며 대상 세계의 의미를 새롭게 읽어내고, 또 이를 소유하고자 한다. 그녀의 시조 한 복판에는 하나로 수렴되기 어려운 이미지의 풍경과 현존의 기억들이 아로새겨져 있다. 주지하다시피 이미지는 지각 체험의 정신적 재현(Brooks)이자 인식의 기본 매체로서 시인의 언어에 새겨진 근본적인 화인(火印)이기도 하다. 그녀는 다양한 이미지를 생산하고 키워나가면서 시의 육체를 완성하고 주제를 육화(肉化)시키는 면모를 보여준다. 한 편의 시가 이미지의 흐름과 운동을 통해 세계와 소통할 수 있는 하나의 방식임을 상기한다면, 그녀의 시에 등장하는 다양한 이미지들은 독립된 하나의 풍경으로 살아나 스스로를 완성하기도 하고, 타자와의 소통을 갈망하는 현존물로 등장하기도 한다.

시인의 예리한 시선에 포획된 시적 대상과 사물들은 피상적인 묘사나 응시만으로 존재의 의미를 노출하지 않는다. 그것들은 오히려 화자의 시선 아래 숨어있거나 지나온 삶의 기억을 암시함으로써 감각의 진폭을 확대시키고 중의적인 의미를 보여준다. 특히 그녀의 시에 등장하는 이미지들은 정관적(靜觀的)이고 유려한 자연물을 대상으로 한 것이 많은데, 삶의 길목에서 흔들리거나 방황하는 시인에게 자연의 존재는 각별한 의미를 가지는 것으로 보인다. 전체적으로 따뜻하고 온유한 분위기를 보여주는 그녀의 작품 배경에는 자연에 대한 신뢰와 사랑이 바탕에 깔려 있음을 어렵지 않게 파악할 수 있다. 그녀의 시에 등장하는 자연물의 양태를 살펴보자.

① 둥글고 젓가락 많은 밥상 앞에 앉는다
　바람에 잘 씻겨진 싱싱한 푸성귀들
　아무리 먹고 먹어도 줄지 않는 이 성찬

　나무와 더불어서 천 년을 사는 동안
　나무보다 더 많은 나무를 키워냈다
　손바닥 가득한 옹이 회백색의 시간들

―「느티나무 그늘」에서

② 순식간
　베어먹힌 달
　화들짝
　튕겨 오르는데

　하얀 솜
　얼굴에 덮고
　아파라
　달아나는데

　달가루

묻은 줄도 모르고
옷깃만 세운
저 子爵!

―「자작나무―新양반전」 전문

연시조인 ①의 시조는 강인한 생명력과 상생(相生)의 원리를 바탕으로 사람들에게 사랑과 지혜를 선사하는 느티나무를 형상화하고 있다. "바람에 잘 씻겨진 싱싱한 푸성귀들/아무리 먹고 먹어도 줄지 않는 이 성찬"이 환기하는 풍요로운 풍경은 사람과 식물이 함께 평화로운 서로의 역할을 다할 때 "천 년"의 시간마저 초월하는 신뢰와 애정이 쌓여갈 수 있음을 보여준다. 전통적으로 시인이 상상하는 자연물은 인간에게 삶의 지혜와 덕목을 가르쳐주는 존재로 자주 등장한다. 불완전하고 결핍된 존재인 인간은 자연을 통해 삶의 이치와 화해의 논리를 받아들이고 이를 자신의 삶에 내면화시키기도 한다. 강현덕 시인도 자연물의 존재 양태를 받아들이고 이를 스스로의 시쓰기에 접맥시킴으로써 사물과 사람과 자연이 공존하는 유기체적 세계를 지향하는 것으로 보인다.

②의 시는 묘사의 원리를 바탕으로 이미지가 구축되는 아름다운 순간의 풍경을 포착한다. 시인은 "자작나무"라는 대상에서 새롭고 고유한 의미를 발견해 냄으로써 그것의 존재를 빛나게 만들고 정지된 하나의 물상(物象)을 창조한다. 시인의 눈은 현상이 드러내는 단일한 형상에 머무르거나 구속받지 않는다. "자작나무"의 도도하고 품위있는 맵시가 연상되는 이 작품에서 시인은 정형적인 음수율을 거의 그대로 유지함으로 인해 시조 고유의 형식미를 살리고 있음도 확인할 수 있다. 그러나 단연에 해당하는 시조의 기본 형식을 통사적으로 확장시켜 배치함으로써 시적 호흡을 이완시키고 있을 뿐 아니라 시각적으로도 정관적인 분위기를

더 강조하고 있음을 알 수 있다. 「古家의 밤」, 「바람의 집」, 「그 은행나무」도 고적하고 아름다운 이미지의 풍경을 통해 유현(幽玄)한 시조의 멋을 풍긴다고 할 수 있을 것이다. 시인은 서경을 현실감있게 묘사하는 방식을 채택하여 일상의 다양한 풍경을 있는 그대로 받아들이고 인정할 뿐 아니라 그로부터 생의 통찰과 시적 직관으로 나아갈 힘을 제공받는다. 비슷한 맥락에서 읽을 수 있는 다음의 시들을 보도록 하자.

여강 절벽 위에 무명탑 서 있었다
기우뚱 작은 몸이 강물로 내릴 듯해
제비꽃 하얀 등뼈가 떠받치고 있었다

언제 저녁 해는 툭, 하고 떨어졌는지
물비늘 붉었던 꽃잎 순식간 져버렸다
흰 날개 해오라기만 그 기억위로 날았다

잘렸던 시간들이 내게로 걸어왔다
지문을 잃은 후부터 깊어진 그의 思惟

목어가 강물소리를 내며 몇 번 길게 울었다

―「강물소리―신륵사 무명탑」 전문

다소 형식적인 실험을 하고 있는 「강물소리」는 소멸해가는 시간과 시인의 시선이 마주치는 지점에서 아득하고 고요한 이미지의 풍경을 보여주고 있다. 이 시는 무명탑, 제비꽃, 저녁 해, 꽃잎, 목어 등의 사물이 모여서 하나의 풍경을 만들어낸다. 시인은 이런 풍경에 거리를 두고 있는 것처럼 보이지만 시적 대상인 "목어"의 주술적 힘에 상응하면서 절단된 시간의 파편과 그 고통의 깊이에 대해 우회적으로 진술하고 있다. 구체적인 정보는 생략되어 있지만 작품에 나타난 "기억"과 "시간"의 파편은 "신륵사 무명탑"이 간직하고 있을 유구한 세월의 아픔과 역사의 순간들을 환기시킨다. 특히 세 번째 수의 마지막 구 "목어가 강물소리를 내며 몇 번 길게 울었다"는 풍경과 자아가 시·공간의 틈을 초월하여 하나로 공명(共鳴)하고 있음을 보여준다. 이때 강물소리는 단순한 소리의 파동으로만 감지되지 않고 시인의 삶 속에 놓인 고뇌와 마주치게 하는 주술적 영매(靈媒)가 된다고 말할 수 있을 것이다. 시인은 감정을 최대한 절제하면서 묘사의 시학이 구현하는 이미지의 풍경을 만들어나가고 있다. 풍경은 단순히 심미적 대상으로 존재하는 것이 아니라 시인의 지나간 시간과 생의 아픔을 투시하는 존재론적 공간이 되는 것이다.

2. 몸의 존재성과 생명의 추구

시인은 이미지의 다양한 풍경과 시적 기호들을 만들어나가고 있지만 단순히 묘사의 원리에 치중하여 박제된 풍경만을 만들지는 않는다. 시인은 끊임없이 살아 움직이는 만물의 기운을 감지함으로써 세상과 더불어 호흡하고, 삶의 긍정성을 찾아나가는 면모를 보여준다. 타자에 대한 사랑과 평화로운 공존, 상생(相生)의 세계관이 현실을 이겨나가게 하는 동력 가운데 하나라면, 이 동력을 세상과의 유대나 평화의 힘으로 전환시키기 위해서는 시적 주체의 진정성이 선행되어야 한다. 콤플렉스와 상처에 짓눌린 자아는 타인과의 소통도 어렵고, 삶의 진정한 가치를 제시할수도 없기 때문이다. 그래서 시인은 대사회적인 주제에 눈길을 주기보다는 자기 자신의 내면을 들여다보고 수양하는 일에 더 집중하는 면모를 보인다. 이 과정에서 시인이 중요한 대상으로 삼고 있는 것은 여성의 몸

과 생활이다. 특히 그녀의 시에 빈번하게 등장하는 몸의 이미지들은 여
성적 삶의 가치와 시간에 대한 진지한 성찰을 바탕으로 쓰여졌다는 점
에서 주목을 요한다.

초이레
흰 달처럼
부푸는 그녀의 배

잘 여문
씨앗 하나
삼킨 것 뿐이라는데

우주를
단박에 만드네

저 가벼운 *産婦*여!

—「씨앗 하나」 전문

텅 빈 어머니 몸
굽은 저 등허리

지금은 저녁 해 내려
꽃잎을 닫는 시간
바람이 향기를 거두기 위해
바쁘게 오가는 시간

세상의 눈부신 것들
모두 다 쏟아내고
비어서 접혀있는

골반, 잊혀진 중심

내 몸도 조금씩 비어간다
거기에 겹쳐지겠다

—「폐광」 전문

시인에게 여성의 몸은 단순한 관조의 대상이 아니라 시간의 집적체이며 자신의 현존을 들여다보고 시적 사유의 지평을 키워나가는 성찰의 대상이기도 하다. 몸은 곧 생명과 만나는 한 방법이자 사물의 핵심과 교감하기 위한 중요 대상이다.

만삭의 임산부를 소재로 하고 있는 「씨앗 하나」는 시인의 창조적 개성이 사물의 이면을 해부하고 그 이미지들의 연결에 의해 상상력을 발전시키다가, 종장의 형식적 제한으로 그것을 압축시키는 이미지의 흐름을 보여준다. 생명을 품고 있는 임산부의 몸은 만물의 기운을 받아들여 에너지를 충전했으므로 그 자체로 거룩하고 성스러운 존재가 된다. "우주를 단박에 만드"는 여성의 몸은 화자의 시선이 포개지면서 넉넉하고 환한 아름다움의 표상으로 전이(轉移)되고 충만한 사랑의 기운으로 넘쳐흐른다. 이 시에서는 씨앗과 작은 생명, 임산부의 관계가 서로 중첩되면서 두 이미지의 유사성을 통해 팽팽하고 충일감있는 생명의 현장을 실감있게 그려내고 있다고 할 수 있을 것이다.

비슷한 맥락에서 「만월」이라는 작품도 여성의 생명력과 탄생의 신비를 안정적인 형식과 적절한 이미지의 사용으로 잘 육화시킨 경우라고 생각한다. 시인이 여성성의 탐구라는 주제 의식을 강조하고 있다는 점도 이번 시조집의 뚜렷한 개성이라고 할 수 있다. "저 안과 이 바깥은 이제 경계도 없고/여자는 건강한 양수를 조금씩 바다에 푼다"라는 구절을 음미해보도록 하자. 이 작품에서 시인은 포용과 조화, 공생의 가치를 바탕으로 여성적 생명력의 긍정성을 예찬하고 근원적 유토피아에 대한 갈망을 형상화시키고 있다. "만삭의 배"에서 시작된 상상의 풍경은 시인에게 생명의 경이로움을 확인시키는 근원적 상징으로 작용하고 있는 것이다. 시인이 만삭인 여성의 몸을 소재로 세계를 인식하고자 하는 것은 생명체들의 본질에 대한 탐색을 시도하기 위한 것으로 보인다. 그러나 생로병사(生老病死)를 겪으며 죽음과 삶의 유한성에 직면하는 인간은 존재의 소멸과 허무감을 벗어나기 힘들다. 삶과 죽음이 별개가 아니며 황혼의 시간을 자연스럽게 받아들일 수 있을 때, 존재자는 역설적으로 소멸하는 시간에 대한 불안의식과 공포를 극복할 가능성을 마련하게 된다. 따라서 시인의 생명에 대한 관심은 소멸하는 시간마저 포용하는 존재론적 인식으로 이어진다. 이런 맥락에서 감상할 수 있는 작품이 「폐광」이다.

「폐광」에서 화자는 생의 기운이 소진한 어머니의 "텅 빈 몸"을 응시하면서 어머니가 겪었을 지난 시절의 아픔과 고뇌의 흔적을 읽어낸다. 여러 명의 자식을 낳고 "비어서 접혀있는 골반"은 여성의 삶을 자각하게 하는 "중심"이며 지난날의 부대낀 흔적들을 고스란히 간직하고 있는 안쓰러운 연민의 대상이기도 하다. 그러나 어머니의 삶과 몸은 고통에 맞서는 의연한 정신을 가르쳐주며 어제의 갈등을 상쇄시키는 치유의 대상이기도 하다. 그 몸을 바라보면서 시인은 "내 몸도 조금씩 비어가"고 있음을 사각한다. 그리고 자신의 몸도 어머니의 몸과 "겹쳐"져 하나로 합치되기에 이른다. "동그란 골반 속에/나를 접어 넣고" "새빨간 꽃물을 채워/동동 떠다녔"던(「폐경 이후」) 자신의 몸도 이제는 갱년기에 접어들어 '텅 빈 중심'이 되고 있음을 슬프게 자각하고 있는 것이다.

그녀에게 몸은 생의 고통을 암시하는 가장 리얼한 지표이기도 하다.

어머니의 몸과 겹쳐지는 자신의 몸을 발견하면서 내면을 들여다보는 일은 안타깝고 슬픈 자기 성찰이지만, 이 감정은 역설적으로 시인에게 시간에 관한 통찰을 각인시켜 주는 부분이라고 할 수 있다.

3. 자의식과 사랑을 향한 응시

시간과 삶에 대한 성찰은 근원적으로 자신의 자의식에서 출발한다. 굴곡지고 갈등 많았던 세월을 견디고 지낸 화자에게 삶을 성찰하고 더 깊이 있는 내면을 추구하게 만든 동력이 무엇이었으며, 이 과정이 어떻게 구체화되고 있는지를 살펴볼 필요가 있을 것 같다. 그녀는 현실 속에서 이상적 자아를 꿈꾸고 사유하는 방식으로 자신을 성찰한다. 현실과 이상적 자아 사이에는 사연 많은 가족사와 자연, 풍경, 사물 등이 다양한 스펙트럼으로 펼쳐진다. 또 숱한 여행의 과정에서 만난 유적지와 역사의 현장도 시인에게 시쓰기를 자극하는 소재가 될 뿐 아니라 감각의 결핍을 채워주는 중요한 모티프로 자리 잡고 있다.

시인은 자신의 삶과 정체성에 혼란을 느끼며 살아온 듯하다. "한 번도 제대로 된 주름/잡아보지 못했다//늘 나를 잘못 눌러/날 한번 세워주지 않는 세상"(「다림질」)에서처럼 삶의 무게 중심을 찾지 못해 방황하는 모습을 드러내기도 하고, "마음이 작은 나는 가끔씩 울러 나간다/조간을 펼치기 전에 가는 날도 있는데/벌판은 그런 날일수록 내 울음을 잘 들어준다"고(「내게로 울러 온다」) 하염없는 슬픔에 잠긴 자신의 감정을 고백하기도 한다. 희로애락(喜怒哀樂)은 인간사의 기본 바탕을 이루는 것이기도 하지만, 그녀가 이 감정의 진폭을 형상화하는 것은 생활의 구체적 풍경에서 삶의 비밀스런 현존을 포착하는 것에 남다른 애착을 가지고 있기 때문인 것으로 보인다. 그렇지만 그녀의 작품이 공허한 감정의 노출이나 쇄말주의적인 소재의 단순 나열에만 그치는 것은 결코 아니다.

시인에게 삶은 곧 시간의 집적체이기 때문에 삶의 과정에서 마주친 작은 사건이나 사물일지라도 그것은 시간의 흐름을 내포한 이미지들의 연속으로 자연스럽게 떠오른다. 그리고 그 이미지들은 다중적인 의미망을 가진 사건으로 의미화된다.

소심한 양떼처럼 머뭇대긴 했지만
산장 끄트머리 심드렁하게 앉은 상점
안개는 그 상점에서 갑자기 밀려나왔다
연노란 불빛이 푸슬푸슬 묻어났다
이제 막 동굴을 나선 이른 봄날 같았다
그 봄날 첫 번째로 꾸는 나비들의 꿈 같았다

그것은 산 속에 숨은 작은 나를 위하여
산길을 오르내리며 경계를 풀어주었다
독초와 험한 바위도 말끔히 지워주었다
참으로 오랜만에 세상이 비워졌다
이제 다시 시작해도 되는 것이었다!

안개는 그 상점 안에서 그렇게 흘러나왔다

―「안개는 그 상점 안에서 흘러나왔다」 전문

이번 시조집에서 가장 복합적인 의미망을 가진 작품 「안개는 그 상점 안에서 흘러나왔다」를 감상해보도록 하자. 이 시는 안개의 상징성을 바탕으로 시상이 전개된다. 전통적인 시조의 호흡을 벗어나 형식적 자유로움을 추구하고 있다는 점에서도 논의될 수 있는 이 시는 한 유목민이 지향하는 비움(虛)과 자유의 가치를 강조하고 있는 것으로 보인다. 이 작품은 시조의 기본 형식인 귀납법의 방식으로 진행되고 있지만 우회적인 기법을 통해 다층적인 의미망을 구축하고 있다. 연시조의 구조를 취하고 있는 작품의 제1수에서는 상점, 불빛, 안개 같은 사물들의 모습이 집적되면서 시상의 전개를 함축하고 있고, 주인공 화자는 안개와의 만남이 "나비들의 꿈" 같다는 진술을 통해 안개가 다분히 환상적인 실체임을 암시하고 있다. 그러다가 2수에서는 환상 세계에서 현실로 회귀하여 자아가 어떤 예기치 않은 상황을 맞으면서 새롭게 열리는 세상과 마주치게 된다.

일차적으로 안개는 시적 주체의 외부에 있는 불가해함이나 소통 불능의 상태를 암시하는 일종의 기호라고 할 수 있을 것이다. 그러나 시인이 여행길에서 만난 안개는 지난날의 여정을 되돌아보게 하면서 부질없는 욕망과 반목, 권태로움으로 가득한 세상의 부정적 기표("독초", "험한 바위")들을 허물어뜨리고 하나로 통합하는 기능을 하고 있다. 그리고 "세상이 비워진" 경지에서 시인은 세계의 부정성과 내면의 고통을 감추고 자신의 자의식과 시야가 새롭게 태어나는 경지를 체험하고 있다. 하늘과 지상 사이에 자욱하게 펼쳐진 안개를 매개로 시인은 비어있음과 자유, 온유함의 가치를 강조하고자 한다. 안개로 메워진 현실 세계는 삶을 충만하고 그윽한 것으로 덮을 뿐 아니라 시인의 영혼을 가볍게 띄우고 삶을 "다시 시작"하도록 이끌어내는 역할을 하고 있는 것이다. 물질적 구속이 행복의 지표가 되는 배금주의 사회에서 독자는 안개의 복합적인 의미에 시선을 집중할 필요가 있다. 안개는 우리 시대의 갈등과 괴리감을 봉합하는 생의 진실이 될 수도 있고 우리들 자신의 무거운 생을 가볍게 만드는 치유제가 될 수도 있기 때문이다.

별이 밥이던 시절
밥이 별이던 시절

낮은 지붕 위로 퐁퐁 솟아나던
밤하늘 가득 담기던
主食이던
그 시절

새벽녘 내 눈물 노린 몇 줄의 문장들이
위로 위로 솟구쳐 거기 또 담기던
그러면 허겁지겁 퍼먹고 대문을 나서던
―「열일곱 살쯤―김승희의 '새벽밥'에 기대어」 전문

이제 시인은 글쓰기에 대한 지향점과 자신의 존재 의미를 고백하기에
이른다. 시인에게 시쓰기는 자기 성찰의 메시지이며 구원의 시도임을 어
렵지 않게 발견할 수 있는 작품이다. 문학 청년 시절의 비애와 시쓰기의
절실함을 소재로 한 이 작품은 시인의 창조적 열정과 언어에 대한 사랑
이 어디로 향하고 있었는가를 가늠할 수 있다. "별"을 "밥"으로 삼으며
허기진 문학적 욕망을 채워나갔던 젊은 영혼의 기록인 이 시는 애틋한
아름다움을 독자에게 선사하고 있다. 시인은 자신의 치열함이 뒤섞인
"몇 줄의 문장" 속에서 시쓰기의 풍경과 자의식이 겹쳐진 애잔한 장면
을 만들어낸다. 이렇게 시인은 지나간 기억과 일상에서 비롯된 다양한
체험을 바탕으로 소중한 시적 메시지를 일구어나가고, 자신의 생을 있는
그대로 수용함으로써 독자에게 감동의 여운을 전달하고 있다.

시인에게 모든 사건과 풍경은 현실을 성찰하고 자의식을 정화시켜나
가는 역할을 하기에 그 자체로 소중한 가치를 내포한다. 특히 지나간 청

춘 속에서 시인에게 빼놓을 수 없던 열락(悅樂)의 순간은 영화를 보던 시간이다. 시인은 유년시절부터 각인되어 있던 강렬한 영화의 장면들을 떠올리고 그로 인해 희열을 맛보았던 순간을 바탕으로 연작시를 쓰기도 한다.

> 어릴 적 딱 한 번 본 동춘 서커스처럼
> 온 몸이 동그래지던 서커스 소년처럼
> 도중에 책받침 팔던 소년 야윈 다리 훔쳐볼 때처럼
> 얼굴 붉히며 집에 올 때 따라오던 그 소년처럼
> 소년과 함께 마셨던 감식초 그 시큼함처럼
> 온 밤 내 사방 무늬 천장지를 굴러다니던 그 소년처럼
> 감식초를 토해내며 껙껙대던 새벽녘처럼
> 감나무 뒤에 숨어 날 보다 스러져간 별처럼
>
> 숨는다, 몇 걸음 뒤로 나와
> 이보다 더한 사랑이라서
>
> ―「오아시스―영화처럼 12」 전문

틈틈이 감상했던 영화의 목록은 자신의 삶을 압도할 만한 스케일을 가진 것으로 기록된다. 영화는 생을 통찰하는 사유의 원형질을 담고 있는 예술이기 때문에 무거운 생을 극복하고 인식의 전환을 가져올 수 있는 매개체가 되기도 한다. 시인은 더 적극적으로 자신의 상처를 들여다보고 이를 직시하면서 새로운 생의 의지를 보여준다. 그것은 곧 사랑을 통해 상생(相生)하는 관계로 나아가고자 하는 것이다. 타자성의 회복과 전환을 꿈꾸는 시인에게 "사랑"보다 더 귀하고 아름다운 가치는 없을 것이다. 시인은 고통의 시간이 가져온 기억을 견디는 일이 사랑의 완성

을 가능하게 하는 힘임을 인식한다. 삶의 아품을 끌어안고 그것을 .견디
는 강현덕의 시조는 세계에 대한 시선을 벼려나가는 통찰의 힘이 남다
르다는 것을 우리에게 확인시켜 준다. 시인은 막연하고 추상적인 관념이
아니라 일상과 지나간 기억에서 채록(採錄)한 이미지에 기대어 우리에게
다양한 풍경의 스펙트럼을 선사하고 있다. 그녀가 기록한 단아하고 적요
로운 시의 풍경이 또 어떤 모습으로 피어날지, 그 문학적 행보를 지속적
으로 기대해 본다.

전통의 창조적 계승과 절제의 시학

김진희의 시조 세계

1. 전위성을 넘어

고대의 제사 의례에서 시는 집단 의식과 율동 안에서 자연 발생적으로 존재하는 것으로 신비스러운 주문(呪文)이자 폭발적 정서의 집약체였다. 이러한 시는 수많은 세월 동안 정서적으로 순화되어 개인적 서정시에 이르게 되는데, 시에 있어 리듬이란 인간을 영적인 세계로 이끌어내 일종의 도취 상태를 경험하게 하는 힘을 발휘[1]했다. 리듬은 살아있는 인간의 몸은 물론이거니와 자연과 우주, 생태계 전체와도 관련되는 것이기 때문에 인간의 서정에 활력을 부여하는 역할을 한다. 그러다가 근대 사회로 들어서면서 복잡한 삶의 양식을 담아낼 새로운 장르인 소설이 싹트게 되고 시의 호흡이 점점 길어지면서 리듬으로서의 기능이나 노래로서의 시의 기능은 서서히 자취를 감추게 된다. 우리 근대시의 흐름을 일별해도 이 과정은 거의 그대로 적용된다. 시대가 산문화되고 문명 사

---

1) 김현자, 『서정시와 수사』, 민음사, 2009, p.205.

회가 세분화되면서 주술적인 리듬을 타고 노래로 불리워지는 시의 자취는 거의 찾아볼 수 없게 되었다.

시조를 정형화된 틀에 필자의 사유와 관념을 담아내는 압축적 형태의 시가로 인정하는 것은 이미 오래된 문학적 전통이다. 발생학적으로 본다면 창(唱)으로 불리워진 청각적 문학의 전통 속에 쓰여진 것이다. 짧고 압축된 형태 속에 절제된 언어와 시정신을 보여준다는 점에서 시조는 일본의 하이쿠와 비교되기도 한다. 일본의 하이쿠가 전 세계적으로 널리 알려진 반면, 아쉽게도 시조의 세계화는 아직 요원한 일로 보인다.

일본의 하이쿠가 거울처럼 모든 것을 받아들이면서도 동시에 그 어떤 것에도 사로잡히지 않은 공허를 가지고 있다면, 시조는 유교의 이념에 바탕을 두면서 붓끝처럼 뾰족하게 하나의 중심으로 모여있는 엄격한 이념의 축 위에서 펼쳐2)지는 장르이다. 전통적인 시조가 형식적 제약과 자유스럽지 못한 진술 방식으로 인해 점점 그 자리가 왜소해지고 있다는 우려에도 불구하고 많은 시인들은 여전히 시조 창작에 의욕을 불태우고 있다. 노래로서의 기능과 리듬의 역할이 점점 줄어들고 전통적인 것에 대한 모색이 희박해지는 요즈음, '전통의 창조적 계승'이라는 문제를 어떻게 풀어나가야 할 것인지는 많은 시조 시인들의 화두일 것이다.

이미 첨단 문명과 테크놀로지의 위력이 세상을 장악한지는 오래되었고 사람들은 더 새로운 것, 더 빠른 것에 몰두하거나 소비 지향적인 자본주의 삶에 길들여져 가고 있다. 또 온라인에서 사회적 관계를 맺게 하고 친분 관계를 유지시키는 소셜 네트워크 서비스(social network service)는 우리의 생활 양식과 의사소통 방식에 혁명적인 변화를 가져왔다. 이러한

---

2) 이어령, 『하이쿠의 시학―하이쿠와 시조로 본 한일 문학』, 서정시학, 2009, p.318.

21세기의 문화적 상황에서 시조 시인들의 역할은 작지만 새롭고 참신한 가능성을 열어 보이고 있다. 특히 최근 시단의 난해시나 실험시들은 독자와의 소통이라는 측면에서 결정적으로 불리한 점을 가지고 있는데, 짧고 간결하며 읽기 쉬운 형식인 시조 장르에 대한 탐색은 우리 것에 대한 새로운 각성과 서정시의 안이한 정신을 꼬집는 역할을 하고 있다고 본다. 특히 새롭고 전위적인 것에 대한 강박이 심화된 우리 현대시에도 적지 않은 지침이 되리라고 본다.

2. 묘사의 원리와 사물성의 세계

김진희 시인의 시조들은 복잡하고 세분화된 현대 문명 사회에서 사물과 문화를 접하는 새로운 가능성을 타진하고 있다. 특히 그녀의 작품들은 대상을 응시하는 집중과 관찰의 힘이 강렬하게 느껴진다. 그녀의 시조는 최근의 현대시가 쉽게 도달할 수 없는 압축과 절제의 미학 속에서 자신의 정체성을 인식하고, 불가해한 삶의 숙명에 대한 인간적 고뇌가 진하게 깔려 있어 읽는 이에게 강한 여운을 남겨준다. 그녀의 시는 우선 내상에 대한 정밀한 묘사와 더불어 시조라는 제한된 형식의 밀도를 최대한 살리고 있는 데서 출발하고 있다. 시조의 핵심은 각 장마다 4개의 음보(音譜)를 효율적으로 배치하는 일인데, 절제의 원리를 바탕으로 의미를 중층적으로 발전시키고 있는 다음의 작품을 보도록 하자.

저 불을
확확 당겨
내 삶을 태워볼까

　　　탱글한
　　　젊음의 껍질
　　　하얗게 벗겨질 때

　　　와르르
　　　터지는 환희
　　　여름밭의 망초꽃

―「팝콘」 전문

　뜨거운 불에 닿은 옥수수 알갱이가 팝콘으로 변모하는 순간의 집중을 시인은 이렇게 표현하고 있다. 김진희 시인의 시조는 시인의 창조적 열정이 사물과 마주치며 사물의 숨겨진 비밀을 캐내는 다분히 응시적인 이미지의 시조라는 생각이 든다. 시인의 창조적 개성이 사물의 이면을 보여주고 그 이미지들의 연결에 의해 상상력을 발전시키다가, 종장의 형식적 제한으로 그것을 압축시키는 이미지의 흐름과 형식을 보여준다는 것이다. 원관념과 보조관념을 "A=B"로 놓고 볼 때 위의 시는 "팝콘=망초꽃"이다. 팝콘의 의미와 망초꽃의 의미인 두 개념의 상호 작용에 의해 시적 의미가 생성되고 있다. 하얗게 터지는 옥수수 알갱이들을 시인은 "와르르 터지는 여름밭의 망초꽃"에 비유하고 있다.

　우리는 이 시가 절제된 언어를 통해 정관적(靜觀的)이며 차분한 분위기를 살리고 있음을 어렵지 않게 느낄 수 있다. 쉽게 접하는 일상의 사물과 자연에서 새롭고 고유한 의미를 발견해 냄으로써 그것의 존재를 빛나게 만드는 시인의 눈은 현상이 드러내는 하나의 형상에만 구속받지 않는다. 또 이 시에서 시인이 시조의 정형적인 음수율을 거의 그대로 유지함으로 인해 시조 고유의 형식미를 살리고 있음도 알 수 있다. 그러나 단연에 해당하는 시조의 기본 형식을 연시조로 발전시켜 배치함으로써 시적 호흡을 이완시키고 있을 뿐 아니라, 시각적으로도 정관적(靜觀的)인 분위기를 더 강조하고 있음을 확인할 수 있다. 비슷한 맥락에서 읽을 수 있는 다음의 시들을 보도록 하자.

① 뿌리째 흔들리는
　네 삶은 저 깊은 늪

　홍등가의 여인처럼
　썩어가는 등창에도

　사랑에
　몸져누운 잎
　가시 세워
　부르는 절창

—「가시연꽃」 전문

② 언덕 위 은행나무
　무성히 잎만 자라

　수태 못한 은행잎
　난간 아래 떨어진다

　나무는
　가슴이 타는
　노을 빛 꿈만 꾼다

—「가을 나무」에서

①의 시에서 늪에 서식하는 멸종 위기의 식물인 "가시연꽃"을 시인은 "사랑에 몸져 누운 잎"이라고 묘사한다. "가시연꽃"은 아름답고 밝은 곳에 자라는 식물이라기보다는 어둡고 습한 곳에 사는 식물로 그려진다. 그러나 시인이 그리는 "가시연꽃"은 단순한 식물이 아니다. 뿌리째 흔들리는 이 식물은 "썩어가는 등창"에도 "사랑에 몸져누운 잎"을 피워 올린다. 꽃나무 가지에서 힘들게 피워 올린 그 잎은 가시연꽃 자신의 생명이며, 세계를 끌어안는 필사적인 힘이다. "깊은 늪" 같은 삶과 싸우는 생명의 강인한 정신이 "가시 세워 부르는 절창"을 만들어내고, 오염된 세상에 저항하는 힘을 만들어낸다. 시적 화자의 주관적 감정은 작품 이면에 은폐되어 있지만, 시인이 지향하는 것은 평화와 공생(共生)의 장을 만들기 위한 사랑의 정신임을 유추할 수 있다.

②의 시는 가을의 은행나무를 소재로 하고 있는 작품으로 나무의 생태적 특성에 대한 묘사만으로도 하나의 시적 방법론이 될 수 있음을 보여준다. 전통적으로 시인들이 상상하는 자연 즉 꽃, 나무, 산, 동물 등은 인간에게 삶의 지혜와 이치를 가르쳐주는 존재로 자주 등장한다. 때문에 불완전한 존재인 인간은 자연을 통해 풍요로운 삶의 진리를 배우게 된다. 이 시에서 시인은 "수태 못한 은행잎"을 떨어뜨리는 나무의 생명력과 생태에 관해 묘사하고, 동시에 이를 사색한다. "콩알이 탁탁 튀듯/줄줄이 생을 터"는 나무의 모습에서 사계절을 견디고 열매를 맺는 자연의 영원한 생명력을 느끼고 있을 뿐 아니라, 유전(流轉)하는 우리네 인간사를 "가을 나무"에 빗대어 표현하고 있는 것이다. 이렇게 시인은 감정을 최대한 절제하면서 묘사의 시학이 구현하는 사물성의 세계를 지향하고 있음을 알 수 있다.

지금까지의 분석을 통해 알아보았듯이 자연이나 사물을 소재로 하는 시편들에서 시인 자신의 주관적 진술이나 감정의 노출은 극도로 절제되는 양상을 보인다. 그렇다면 시인은 시조라는 절제된 형식 너머 생의 비의(秘意)와 자신의 정체성을 찾아가는 작업을 어떻게 전개하고 있는 것일까? 짧고 절제된 형식에 산문적인 주제를 담아내는 작업에 대해 의도적으로 거리를 두고 있는 것이 아닐까? 이러한 물음들에 대해 시인이 어떤 문제의식을 갖고 있는지를 다음 장에서 살펴보도록 하자.

3. 질주하는 욕망과 시쓰기의 정체성

김진희 시인은 여러 가지 주제를 놓고 다양한 형식 실험을 하고 있다. 짧고 절제된 묘사의 시학으로 사물의 정념과 응축된 이미지의 집중을 담아내고자 하는 시도가 있다면, 다른 한편으로 이 시대의 현실적 삶과 욕망의 흐름을 시조 형식에 담고자 하는 시인의 시도를 다음의 시에서 찾아볼 수 있다. 특히 필자의 관심을 끈 작품은 다음의 시 「신권(新卷)」이다.

새로운 도전 앞에 가지마다 불 밝혀라

푸른 잎새 한 장 한 장 숨결을 불어넣고

새 역사 매듭 풀어갈

그대는 꿈꾸는 자

바람아 힘껏 불어라, 절망의 문턱까지

갈구의 푸른 눈빛 점정의 시간 오면

　　작도날 무녀의 칼춤

　　욕망을 잠재워라

―「신권(新卷)」 전문

　시조와 화폐. 얼핏 어울리지 않는 소재일지 모르나 시인은 과감하게 화폐를 소재로 이 시대의 욕망의 흐름과 자본의 위압적인 힘을 비판하고 있다. 우리 시대에 욕망이나 자본과 연관되지 않은 것은 아무 것도 없을 것이다. 문학 예술도 이미 상품이 되는 시대를 맞이했고, 욕망은 자본의 증식을 가능케 하는 힘이자, 인간의 정체성을 부풀리거나 복제할 수 있는 키워드가 된지 오래다.

　이미 많은 시인들이 자본주의 시대의 욕망을 규정한 바 있다. 1990년대 신세대 시인으로 주목받던 유하는 『바람부는 날이면 압구정동에 가야 한다』에서 압구정동이라는 공간이 상징하는 자본주의의 물결과 함께 자본의 움직임에 편승하는 인간 욕망의 구조를 그린 바 있다. 그는 압구정이라는 공간을 하나의 문화적 아이콘으로 설정하고 이를 우리 문학사의 지형 위에 겹쳐 놓았다. 유하 이후에도 자본의 비정상적인 증식과 인간 욕망의 추악한 이면을 해부하는 작품들은 수없이 양산되어 왔다.

　시인은 새로 발행된 "신권"을 소재로 하고 있지만 그 이면에는 욕망이 지배하는 현실에 대한 예리한 인식이 자리 잡고 있다. 그러나 이 작품에 나타나는 욕망은 구체적인 형상성을 띤다기보다는 다소 관념적인 모습으로 나타나고 있다. 시인이 마지막 행에서 말하는 "욕망"이란 헛된 배금주의이거나 도덕성이 결여된 비정상적인 소비 행태일 것이다.

　우리 역사에서 신권이 발행되는 시기는 늘 역사적인 격동기이거나 정치·사회적으로 엄청난 지각 변동을 겪은 때이다. 시인은 신권의 의미를 "새 역사 매듭 풀어갈 그대는 꿈꾸는 자"로 규정한다. 2수의 초장 "바람아 힘껏 불어라, 절망의 문턱까지"라는 다소 선언적인 진술을 주목해 보자. 시인이 인식하는 바람이란 도덕성이 결여된 상업주의의 물결과 비주체적인 문화, 그리고 인간적 온기와 인문학적 소양이 증발해버린 세태를 통틀어 명명하는 것이다.

김진희 시인의 작품에서 인간의 욕망이나 시대의 갈등이 구체적인 사건을 수반하며 시적 주체의 갈등이나 비판 의식을 텍스트의 표면에 드러내는 경우는 거의 없는 듯하다. 그러나 시인은 이 작품을 통해 우리 사회에 팽배한 물질 만능주의의 세태를 꼬집으면서 시조라는 양식의 틀 속에 현실적인 감각을 담아내는 시도를 보여주고 있다.

이렇게 우리 시대의 부정적 현상에 대한 날카로운 인식과 함께 김진희 시인의 작품에서는 자신의 정체성을 시쓰기에서 찾고자 하며, 인격의 균형을 유지하고자 하는 탐구의 흔적을 발견할 수 있다. 그것은 '시'와 '나'의 관계를 탐구하고자 하는 본질적 문제로 이어진다.

가뭄 끝 솔숲에는 눈바람이 흩날립니다
한 올 한 올 드러눕는 신 경계마저 허물고
한 생의 불티같은 것 다 못 탄 꿈의 흔입니다
밑둥에 마른 잎새 밤새도록 흔들리는가
헛가지 칭칭 감겨 목덜미 옥죄어도
사위는 어둠의 계곡 잠귀를 열어둡니다
한밤 내 달려오던 결빙의 새벽별이
하나 둘 뿜어내는 속엣말 죄다 풀어
봉우리 언 땅에서 틔울 새 촉 하나 기다립니다

—「중독―시에게」 전문

시의 제목이 "중독"이란 점은 사뭇 의미심장하다. 그리고 부제도 "시"가 아닌 "시에게"로 말건넴의 방식을 취하고 있다는 점도 흥미롭다. 시인은 시쓰기가 우주와 자연의 상징으로서의 언어가 들려주는 비의적(秘意的)인 세계임을 감각적 진술 방식으로 전달한다. 시쓰기는 자기 구원의 작업이자, 이에 교감하고 순응하는 모든 이들의 경배의 메시지이기도 하다. 끊임없이 되풀이되는 과정을 겪고 손에서 놓을 수 없는 업보라는 점에서 다분히 중독적인 예술 장르이기도 하다.

이 작품은 시조의 가장 일반적인 구성인 귀납식의 방식으로 시상이 전개된다. 초장에서는 자연 풍경에 관한 묘사와 시상의 덩어리를 제시하고, 중장은 초장에 제시된 "꿈의 혼"을 전환시켜 "어둠의 계곡 잠귀를 열어둔"다는 시쓰기의 험난한 과정을 제시하고, 종장에서는 시상의 내용을 압축하면서 동시에 텍스트의 궁극적인 메시지를 전달하고 있다.

초장에서 시인은 "한 생의 불티같은 것 다 못 탄 꿈의 혼"을 불러들이는 일을 시작(詩作)의 출발점으로 삼고 있다. 김진희의 시는 최초의 언어가 탄생하는 순간을 포착함으로써 언어를 둘러싼 현실적 관계와 갈등을 소거시킨다. 시인은 "꿈의 혼"을 위해 필사적으로 몰입하며 자아의 내부에 웅크렸던 절망과 어둠마저 그 과정에 편입시킨다. "밑둥에 마른 잎새 밤새도록 흔들리는가/헛가지 칭칭 감겨 목덜미 옥죄어도"가 보여주는 선명한 감각적 진술은 절망적 상황에서도 단 하나의 언어를 캐기 위해 혼신의 힘을 불사르는 시인의 열정을 느낄 수 있다.

종장에서는 시와 대면하기 직전의 시간이 생의 고양된 순간으로 타오름을 형상화한다. 삶에 대한 감각이 최대치에 이르는 이 시간적 팽창 속에서 시쓰기의 욕망과 죽음이 서로 부딪치며 날카로운 섬광을 만들어낸다. "한밤 내 달려오던 결빙의 새벽별이" 뜨는 시간적 팽창은 시를 탄생시키기 위한 잉태의 시간이기도 하다. "하나 둘 뽑어내는 속엣말 죄다 풀어"내는 황홀한 절정은 이성의 눈으로는 투시할 수 없는 절대의 순간을 환기한다. "봉우리 언 땅에서 틔울 새 촉 하나 기다립니다"라는 구도자적인 자세는 어둠과 죽음의 시간을 관통하여 그 고양된 의미를 획득한다. "새 촉 하나 기다리"는 이 시간 속에서 시쓰기의 생성과 소멸, 삶과 죽음이 드라마틱하게 교차한다. 그래서 이 순간에 자신을 투사하고 시에 몰입하는 시인은 생의 절정과 소멸을 동시에 살고 있는 존재이기도 하다.

김진희 시인의 시조에서 이러한 시쓰기의 파장은 감각적 전이를 통해 육체성의 세계로 유입되기도 한다. 죽음과 삶이 맞닿는 순간 감각의 밀도는 최대치에 이르게 된다.

　　　　한여름 길목에서 그녀와 한 몸 되다
　　　　해바라기 숨소리만
　　　　거칠게 들렸을 뿐
　　　　먹구름
　　　　비릿한 내음
　　　　잉걸불이 타고 있다

　　　　핏물 뚝뚝 흘리머 몇 생을 돌았을까
　　　　수만리 길을 찾아
　　　　하나 둘 별이 돋는 시간
　　　　껍질을
　　　　툭 까고 나온
　　　　석류 알이 쏟아진다

─「관계─해와 달」 전문

　시인의 의식 속에는 자연이 단지 하나의 배경이 아니라 유기적 존재이며, 자연 자체에 변화와 생성의 과정이 존재한다는 인식이 자리 잡고 있다. 시인은 자연의 관찰을 통해 자연의 역동성을 발견하고 새로운 생명의 원리를 깨닫게 되는데, 그것은 도시의 삶에 찌들고 반복되는 일상에 파묻힌 시인에게 삶에 관한 새로운 인식의 전환을 마련한다.

　해와 달의 우주적 조응을 소재로 한 이 작품은 에로티즘적 상상력을 동원하고 있다는 점에서 흥미롭게 읽힐 뿐 아니라, 감각적인 묘사의 시학을 충실하게 구현하고 있다고 생각한다. 대상에 대한 거리두기를 유지하고 있지만 독자는 이 시를 통해 생명의 경외감과 드라마틱한 통합의 순간을 만나게 된다. "핏물"로 나타내는 생명감과 "석류알"로 비유된 생명의 파장은 우주적 만다라의 세계로 독자를 안내하고, 자연이 주는 신성(神聖)함은 "석류 알이 쏟아지"는 듯한 희열을 맛보게 한다. 시를 통해 자기 정체성을 찾고자 하는 시인의 의도는 자연을 통해 새로운 생명력과 에너지를 감지함으로써 생명력이 충만한 우주에 가까이 다가가고자 한다.

　이렇게 생명력과 순수성이 파괴된 시대에 자연과 에로티즘적 상상력을 동원한 시도는 잃어버린 근원과 자연성을 복원시키려는 시인의 의도적 소산이다. 그래서 그녀의 시에 등장하는 자연과 에로티즘은 도시적 삶의 반대편에서 우리의 의식을 달래주고 정화시키는 것 이상의 의미를 갖는다. 원시적인 생명력과 자연의 숨결이 피어나는 시의 세계. 그 세계는 삶에서 주어진 고통을 자신의 것으로 체화하면서 깨달음을 얻은 시인이 도달하려는 의미있는 세계라 할 수 있을 것이다.

　무릇 시쓰기는 자기 자신과의 지난한 싸움이며 보다 가치있는 삶을 향해 매진하는 영혼의 작은 기록이다. 김진희 시인이 보여준 다양한 시

세계의 스펙트럼이 보다 내실있는 언어로 육화되어 아름답고 풍성한 시
어들로 자라나길 바란다.

죽음의 시간과 시쓰기의 매혹

황동규, 오탁번, 김원경, 김혜순의 시

오랜 시쓰기 과정에서 고유한 시적 방법론과 미학을 구축한 시인들의 시세계는 관념적 자연에 안주하거나 상상력을 현실 속에 가두어 놓지 않는다는 점에서 언제나 시적 긴장을 유지하고 있다. 이들은 자신이 통과한 생의 흐름을 따라 삶과 죽음, 성(聖)과 속(俗), 문명과 자연 사이의 충돌과 긴장을 끊임없이 응시하고 그것을 현재화한다. 삶을 가득 채우는 일상의 풍경을 예사롭지 않은 시선으로 그려내는 이들의 언어는 대상과 자아의 간극을 감싸 안으면서 그 안에서 끊임없이 생성되거나 분열되는 존재와 사물을 묘파하고 있어 흥미롭게 읽힌다. 특히 몇몇 시인의 시에서는 죽음과 인간 존재의 유한성에 대한 사유가 두드러진다. 이들은 죽음과 마주치는 전율의 순간을 고유한 언어와 방법으로 포착함으로써 일상의 시간을 전복하는 새로운 시적 순간을 열어 놓는다.

올더스 헉슬리는 세상 뜰 때
베토벤의 마지막 현악사중주를 연주해달라 했고
아이제이어 벌린은
슈베르트의 마지막 피아노소나타를 부탁했지만
나는 연주하기 전 조율하는 소리들만으로 족하다
끼잉 깽 끼잉 깽 댕 동, 내 사는 동안
완성보다는 준비동작들이 늘 마음 조이게 했지.
조율 도중 쉽게 차지한 꿈은 없었어.
앞이 보이지 않는 갈대숲이었지.
꼿꼿한 줄기들이 간간이 길을 내주곤 했어.
고통스런 해가 불현듯 떠오르기도 했지.
생각보다 능장부린 조율 끝나도 내가 숨을 채 거두지 못하면
친구 누군가 우스갯소리 하나 건넸으면 좋겠다.
너 콘돔 가지고 가니?

—황동규, 「세상 뜰 때」 전문, 『문학동네』(여름호, 2009)

인간 존재의 운명은 누구나 유한한 것이며 죽음은 곧 되돌아가야할 내면의 자연성이기도 하다. 죽음과 마주치는 순간 경험하는 생생한 낯설음의 사건은 곧 자아와 타자의 간극을 가장 선명하게 보여주는 사건이라고 할 수 있다. 연작시 「풍장」을 통해서도 확인된 바 있듯이 황동규 시인은 오래전부터 죽음을 시적 화두로 삼아 왔다. 그에게 죽음을 사유하는 방식은 역설적으로 삶의 깊이를 발견하는 방법론이 되기도 했다. "세상 뜰 때"라는 작품의 제목에서부터 죽음의 분위기를 강렬하게 환기하는 이 시는 "올더스 헉슬리"와 "아이어제이어 벌린"이 세상을 뜰 때 각각 현악사중주와 피아노소나타 연주를 부탁했다는 일화에서 출발하고 있다. 그러나 시인은 이들과 달리 아름다운 음악을 요청하지 않는다. 대신 "연주하기 전 조율하는 소리들"로 자신의 임종 순간은 충분하다고

말한다. 왜냐하면 자신의 삶이 만족스러운 완성보다는 수많은 "준비 동작"들로 인해 늘 부대끼고 긴장을 놓을 수 없는 고투(苦鬪)의 과정이었기 때문이다. 칠십 평생 동안 시인은 결코 "쉽게 차지한 꿈"도 없고, "앞이 보이지 않는 갈대숲"의 연속이었다고 고백한다. 그만큼 그의 평생은 일상적 삶으로부터 자유로울 수 없었던, 암중모색의 여정이었으리라. "끼잉 깽 끼잉 깽 댕 동" 시끄럽게 울리는 조율음은 베토벤의 현악사중주나 슈베르트의 피아노 소나타처럼 아름다운 선율과는 대조를 이루는 소음들이다. 그러나 조율음은 이 시에서 단순한 소리 이상의 의미를 차지한다. 조율음은 단순한 소음이나 기계음이 아니다. 그것은 시인에게 자아와 타자, 삶과 죽음, 인공과 자연의 호흡이 함께 울려 모든 간극을 넘나들고 통과한 어떤 율동 같은 것이다. 이것은 우아하고 아름다운 하모니가 만들어내는 클래식 음악의 선율과 달리 미세한 균열을 간직한 소리이기도 하다. 이 소리들은 매끄러운 독백의 소리가 아니며, 무수히 많은 타자와 사물들이 들려주는 삶의 소리들이기도 하다.

작품에서 그것은 내가 타자의 예상치 못한 목소리를 듣는 경이로운 체험을 통해 드러난다. 시인은 생의 마지막 날, 임종의 순간을 연상하고 있지만 조율음이 가득한 생의 소란스러움을 뒤로 한 채, "조율 끝나도 내가 숨을 채 거두시 못하면"이라는 가정문(假定文)으로 진술하고 있다. 그리고 친구 누군가 "너 콘돔 가지고 가니?"라고 익살스럽게 묻는다. 친구의 익살스러운 질문이 나의 놀람으로 전이되는 순간, 자아와 타자 사이의 간극은 삶과 죽음의 거리만큼 멀고 아득하게 벌어진다. 친구의 목소리 속에서 체험되는 균열의 순간은 분열의 징후만큼 강렬하게 웃음의 자장(磁場) 속으로 흡수된다. 그래서 죽음 속으로 향하던 나의 모습은 "너 콘돔 가지고 가니"라는 발화로 인해 유쾌한 모습으로 각인된다. 죽음의 언어는 그래서 이렇게 마지막에 웃음의 언어로 변이된다.

　이 작품을 읽고 필자는 비디오 아티스트 백남준 선생의 장례식날, 조문객 모두가 그를 조문하는 자리에서 마지막 퍼포먼스로 넥타이를 자르며 고인을 추모했다는 일화가 떠올랐다. 그 장례식 장면을 뉴스로 보면서 죽음을 애도하는 자리에 웃음이 겹칠 수도 있다는 사실을 발견하고, 죽음이 결코 비극의 지표만이 아닐 수도 있음을 깨달았다. 그렇다. 시인도 죽음으로 가는 통로가 친구의 농담마저 자유롭게 오가는 편안한 길이 되길 기원하고 있는 것이다. 이것은 삶도 죽음도 모두 하나로 통합될 수 있다는 전인적 세계관에 바탕을 둔 것이기에 가능한 상상력일 것이다. 시인은 이미 죽음의 세계를 내다보고 있는 통합적 시선에 의해 삶을 이야기하고 있는 것이다.

> 평균수명을 향하여
> 앞으로 갓!
> 혼자 외치면서
> 가시오가피즙 하나 따서 마신다
> 가시오가피 가시오가피
> 呪文처럼 외우면서
> 나도 한 그루
> 가시오가피 나무가 되어
> 날카로운 가시 세우고
> 아득한 銀河水 물결을
> 건너갈까 한다
>
> 　　　　　—오탁번, 「가시오가피」에서, 『현대시』(6월호, 2009)

　오탁번의 시에는 거대한 자연의 풍경이 자리잡고 있으면서도 양파밭,

대나무밭, 가시오가피 숲 등의 사물이 모여서 또 하나의 풍경을 만들어
낸다. 시인은 이런 풍경에 직접 관여하면서 시적 대상인 "가시오가피"의
주술적 힘과 감응하고 있다. "나도 한 그루 가시오가피 나무가 되어/날
카로운 가시세우고/아득한 銀河水 물결을/건너갈까 한다"는 마지막 진술
은 시적 풍경과 자아가 시·공간적 분열과 틈을 초월하여 은밀하게 공
명하고 있음을 보여준다. 건강을 위해 마시는 가시오가피 즙은 평균 수
명을 연장시키는 단순한 음료가 아니라 삶 속에 놓인 죽음과 마주치게
하는 주술적 음료가 되는 것이다. 무한히 흘러가는 은하수 물결 속에 자
신을 내맡긴 시인의 영혼은 자아의 주관성에 함몰되지 않은 채, 자유롭
게 자신의 자리를 찾아간다. 시인의 영혼이 사물화된 가시오가피 나무는
삶/죽음, 부재/현존의 속성을 한 몸에 갖고 있으며, 이러한 풍경의 자족
성 앞에 놓인 시인은 아득하고 유현(幽玄)한 세계를 걸어가는 자유로운
여행자가 된다.

　　　벽에 걸린 젖은 수건처럼
　　　밤새 앓던 몸이 허공에 가죽을 내려놓을 때
　　　나는 공기를 타고 몸을 찢는 수증기가 되어
　　　거대한 숲의 뇌수에서 흘러나오는 미세한 소리를 들었다

　　　그 소리의 파장을 끓여 짐승의 냄새를 지우면
　　　자잘한 뼈들이 촛농처럼 떨어지고
　　　겨울 숲은 환한 울음소리를 내며 발목을 끌고 지나갔다

　　　목탄으로 덧칠한 나의 대문으로
　　　나를 초대했던 당신이 빠져나갔다
　　　울창하게 자란 도시의 검은 협곡을 떠메고

나를 버려놓은 당신이 빠져나갔다

그럴 때마다 인간이 접근할 수 없는 깊은 골짜기로 가
떼 지어 제 뼈를 묻는다는 어느 짐승처럼
날마다 자라는 송곳니를 분질러
깊고 고요한 곳에 묻어 두었다가
비밀스러운 상처를 덮어주곤 했다

아득한 외로움이 폭설처럼 내리는 날이면
밀서를 전달하듯
참혹한 활자를 뱉어냈다
아찔하고 황홀한 절벽 아래
내 안의 검은 밤바다가
몸을 풀며 출렁이고 있었다
약간의 독이 맛있다며 야금야금
밀어(密語)를 뜯어먹고

차가운 밀어가 만들어낸 불온한 합주가 끝나면
나는 살아서 묘비명을 쓰다 죽을 것이다
이 병이 나를 영영 버려놓는 순간까지

—김원경, 「어느 연약한 짐승의 죽음」(『현대시』 6월호, 2009)

앞의 두 작품과는 달리 젊은 시인 김원경 시인의 시는 타락한 세계 속에서 근원적 언어를 찾아가고자 하는 여정을 보여준다. 세계의 분열과 소음을 견디며 추진하는 시쓰기는 단절과 고통을 운명으로 받아들여야 하는 근대적 언어의 불행한 자의식을 노출하는 낭만주의자적 인식에 맞닿아 있다. 시쓰기의 본질을 찾아가는 언어의 탐색은 "당신"이라는 타자를 향해 가는 내면의 여정과 겹쳐진다. 이러한 도정은 거대한 "겨울

숲", "검은 협곡"이라는 상상적 공간에서 펼쳐지는데, 이 상상적 공간은 시쓰기의 고통과 자신의 내면 의식을 드러내기 위해 의도적으로 선택한 것이며, 관념적 이미지로 채색되어 있다. "울창하게 자란 도시의 검은 협곡을 떠메고/나를 버려놓은 당신이 빠져나갔다"라는 진술은 자기 자신을 부정하고 배반하는 시적 언어의 모순을 함축하는 표현이다. 그것은 근대의 합리적 이성과 물질 문명으로 훼손된 언어를 부정하면서도, 그것을 매개로 하지 않고서는 본질적 언어에 닿을 수 없는 시쓰기의 태생적 운명을 뜻한다.

시쓰기가 가져오는 전율과 고통은 "아찔하고 황홀한 절벽 아래/내 안의 검은 밤바다가/몸을 풀며 출렁이고 있었다/약간의 독이 맛있다며 야금야금/밀어(密語)를 뜯어먹고" 같은 구절에 잘 나타나고 있다. 스스로를 부정하거나 극한 절망에 빠지지 않고서는 이를 수 없는 언어의 아이러니는 마지막 연에서 절정에 이른다. 모든 시쓰기는 수용자인 타자를 전제하지 않고서는 실현될 수 없다. 시쓰기는 타자에 대한 그리움과 절실함을 통해서만 자기를 실현하는 결핍과 고통의 과정인 것이다. "차가운 밀어가 만든 불온한 노래가 종결되는 날 묘비명을 쓰다 죽"겠노라는 시인의 선언은 사뭇 비장하게 느껴진다. 시를 잉태하기 위해 시인의 내부에서 소용돌이치는 한 편의 드라마를 독자에게 보여주는 이 시는 시쓰기를 통한 구원의 문제를 죽음 의식으로 시화(詩化)하고 있다는 점에서 눈길을 끌었다.

새라고 발음하면
내 몸에서 바람만 남고
물도 불도 흙도 다 사라지는 듯

그 이름 새는 새라는 이름의 질병인가
새는 종유석 같은 내 뼈에서 바람 소리가 나게 한다

날지 못하는 새들은 다 죽이라는 명령이 떨어졌다
죽일 새도 없으니 산 채로 자루에 넣어
구덩이에 파묻으라는 명령이 떨어졌다

나 시집 와서 며칠 후 도마 위에 병아리를 올리고
그 털 벗은 것에 칼을 들어 내리치려 할 때
갓 낳은 아기의 다리를 잡고 있던 기분
그 털 벗은 것이 바들바들 떠는 것 같아
강보에 싸서 안아주고 싶었다

제 가슴을 베개 삼아 머릴 드리우고 잠들던 그것

정말 우리는 끝 가까이 온 걸까?
내 심장이 한 마리 바람처럼 박자 맞춰 떨고 있다
우리 마을엔 이제 날개 달린 것이 없다
다 땅 속에 넣고 소독약을 뿌렸다
큰엄마는 기르던 거위를 포대기에 싸서
들쳐업으려다 방독면에 들켰다

내가 지금 새의 시를 쓰는 것은
새를 앓는다는 것
쇄골 위에 새 한 마리 올려놓고
부리로 쪼이고 있다는 것
사람이 죽으면 바람에 드는 것이라는데
나는 시방 새의 바람 속으로 든다

—김혜순, 「인플루엔자」에서, 『문학동네』(여름호, 2009)

김혜순의 시는 문명 비판의 사회적 함의(含意)에서 죽음을 형상화하고 있다. 작고 연약한 것들을 표상하는 새의 죽음을 통해 인류 문명의 폭력성과 오만함을 읽어내고 있는 시인은 병아리를 칼로 내리치려던 자신의 체험을 회상하면서 시적 구도를 이끌어가고 있다. 시인 자신의 체험과 날지 못하는 새들을 구덩이에 파묻는 현실의 사건이 서로 오버랩되고 있는데, 영문도 모른 채 죽어가는 새들의 영혼은 연민과 안타까움을 불러일으키는 존재들로 그려진다.

문명으로 표상되는 근대 이성은 자기 외부의 세계를 억압하고 타자화함으로써 인위적인 문명 유지의 기반을 구축해 왔다. 이러한 폭력적 관계 속에서 세계와 생명체의 분리와 고립이라는 불구적 현상이 강화되어왔던 것이다. 외부의 폭력적 힘과 생명의 자족성에 대한 자의식은 김혜순의 오랜 시작(詩作)의 바탕이 되어온 시적 화두이기도 하다. 그러나 시인은 이 작품에서 계몽적이거나 선언적인 어조로 죽음을 몰고 온 폭력에 대해 말하지 않는다. 오히려 시인은 새들의 죽음을 통해 새로운 성찰에 이른다. "내가 지금 새의 시를 쓰는 것은/새를 잃는다는 것"이 바로 그것이다. 시인은 자아의 내부에서 비쳐 나오는 시쓰기에 대한 자의식을 새의 죽음과 겹쳐놓고 스러져가는 새의 이미지를 독특한 질감으로 형상화하고 있다. "흰 깃털 산이 바람에 힐끗거리고/그 속에 삼개월짜리 육개월짜리 조그만 눈알들이/첩첩이 쌓여있는" 풍경에서 읽어낼 수 있는 것은 죽음의 공포와 작은 생명체들의 안쓰러운 모습들이다.

시인이 근본적으로 말하고 싶은 것은 근대 문명의 비인간성일지도 모른다. 조류 인플루엔자라는 신종 질병도 새늘에게서 연유한 것이지만, 결국은 인간이 발명한 문명의 후유증으로 발생한 것이기에, 인간은 피해자이며 가해자가 될 수밖에 없는 아이러닉한 존재이기도 하다.

　죽음을 감지하면서 동시에 시를 열망하는 시인의 감각은 삶에 대한 실감을 직접적으로 불러오는 동시에 자아의 내부에 자리한 죽음을 감각적으로 포착하기에 이른다. 시인은 온 몸의 감각을 열어두고 죽음의 시간과 마주친다. "사람이 죽으면 바람에 드는 것이라는데/나는 시방 새의 바람 속으로 든다"에서처럼, 바람과 새는 삶과 죽음을 동시에 비추어 내고 있다. 새들이 사는 자연적 공간을 해체하고 새들의 생명마저 위협하는 위태로운 세계 속에서 죽음을 경험하는 이 긴장된 순간은, 탈현대의 일상에 대응하기 위한 하나의 시적 화두일지도 모른다.

환멸의 순간을 딛는 사랑의 언어를 찾아

장철문, 최문자, 장만호, 박정대의 시

　　부조리한 세상에 대한 인식이 심화되거나 비극적 운명에 대한 자각이 강렬해질수록 그 너머의 탈(脫)현실적 대상을 추구하게 되는 것은 인간의 본성일 것이다. 비단 인간의 운명이나 유한성에 대한 직접적인 관념이 없더라도 세상살이의 힘겨움에 대한 시적 인식은 많은 시인들의 작품에 드러나는 공분모이기도 하다. 비극적 인식을 상쇄하고 나와 너의 상호 유대 작용을 원활하게 하는 것은 다름 아닌 사랑의 힘일 것이다. 사랑은 이해 타산적인 인간관계나 배타적인 사고에 젖어있는 현대인으로 하여금 타자와의 소통을 가능하게 하는 원전이기 때문이나. 어떤 방식이든 사랑 없이 인간적 삶을 이어나가는 것은 불가능하다. 나와 타자 사이의 마음이 사랑으로 연결될 때, 인간은 자신의 존재 의의를 확인하게 된다. 사랑이 대상을 소유하고 싶다는 욕망 이상의 미묘하고 애매한 감정의 덩어리임에도 불구하고 많은 사람들은 사랑의 대상을 찾아 나서고, 자신의 존재성을 확인하고자 한다. 그런 점에서 사랑은 자신의 삶에 대한 각성이나 반성보다는 타자와의 관계를 중시하는 삶의 태도와 관련되는 것이기도 하다. 이런 맥락에서 관심있게 읽은 시들은 사랑 혹은 타자와의 연대감을 소재로 하고 있는 작품들이다. 몇몇 시인들은 타자와 사랑의 문제를 밀도있게 풀어내면서 시 읽기의 즐거움을 독자에게 선사하고 있다.

> 사랑이여, 지금은 꽃이 미어져나오는 때
> 너와 나의 것이
> 막무가내로 삐져나오는구나
> 네 가슴이 소란으로 터지고
> 내가 겨울 건너온 가지처럼 피폐할 때
> 내가 믿지 않은 것이 비집고 나와서
> 잊혀진 지뢰처럼 터지는구나
> 이 폭발을 위하여
> 너와 내가 걸레쪽처럼 찌들어서
> 사냥개와 오소리처럼 물어뜯었구나
> 지금 피어나서
> 사라지는 수수백천만의 불꽃처럼
> 화염처럼
> 스러지고 또 피어나는구나
> 이 소란을 위하여
> 너와 내가
> 장다리처럼 말라 보트라지고 뿌리가 짓물렀구나
> 사랑이여,
> 지금은 검은 생강나무 가지에서
> 노란 꽃무리가
> 눌러 쟁인 울화처럼

열꽃처럼 터지는 때
마른 껍질 밑으로 물을 끌어올린
산버들 가지에서
새 새끼 주둥이 같은 잎사귀들이 삐져나와서
고막이 터지는 때

−장철문, 「고막이 터지는 때」 전문, 『작가세계』(여름호, 2009)

나/타자 사이의 사랑의 역학 관계를 "고막이 터지는 때"로 비유한 장철문의 시는 팽팽하고 숨가쁜 사랑의 한 순간을 연상시킨다. 강렬한 사랑의 순간은 바타이유가 『에로티즘』에서 말한 죽음의 한 순간과도 맞닿아 있다. 바타이유는 죽음과 동일한 상황에서 개인의 고립을 벗어날 수 있을 때, 비로소 사랑하는 사람은 사랑에 빠진 사람에게 가능한 모든 의미로 나타난다고 말한 바 있다. 시인은 사랑의 절정과 뜨거움이 빚어내는 순간의 에너지를 "소란"으로 인식한다. 나아가 삶과 죽음이 날카롭게 부딪치는 순간의 긴장은 이 시를 지배하는 강력한 동심원을 만들어낸다. "사라지는 수수백천만의 불꽃처럼 화염처럼"에서 뜨거운 몸의 감각과 내부에서 들끓는 몸의 뜨거움은 너와 나의 몸에서 격렬하게 부딪치고 있다. 8행의 "폭발"이라는 시어는 이렇게 팽팽한 긴장의 순간을 감각적으로 포착한 것이다. 이 날카롭고 첨예한 감각은 몸의 한계를 넘어서는 지점으로까지 나아간다. "이 소란을 위하여/너와 내가/장다리처럼 말라보트라지고 뿌리가 짓물렀구나"에서처럼 너와 나의 격렬한 순간이 빚어낸 에너지는 현실의 질곡을 넘어선 고통의 깊이를 환기한다.

"눌러 쟁인 울화처럼/열꽃처럼 터지는 때"라는 강렬한 어법은 외부 세계로 발산되는 사랑의 고통과 아픔을 환기시킨다. 이렇게 장철문 시인은 사랑에 관한 직관적 인식과 수사법을 통해 시 전체에 미학적 울림을 만들어낸다. 이 울림은 사랑의 가시밭길을 걸어가는 연인들의 마음과도 공명(共鳴)하는 것이다.

"너와 내가 걸레쪽처럼 찌들어서/사냥개와 오소리처럼 물어뜯는" 야수성과 공격성은 어느 순간 잠잠해져 다시 "사라지는 수수백천만의 불꽃처럼/화염처럼" 스러지고 또 피어나는 반복을 거듭한다. 시인은 몸의 한계성을 지적하고 사랑의 형식을 만들어가는 생의 한 순간을 응시한다. 열정과 갈등이 맞닿은 사랑의 가시밭길을 건너야 하는 연인들의 긴장된 순간, 그것은 생을 견뎌나가는 시인의 치열한 정신이기도 할 것이다. 이러한 긴장은 시적 서정의 날선 정신을 형상화하는 것으로 읽어도 좋을 것이다. 그의 작품에 드러난 사랑의 형식은 현대 사회에서 상실된 동일성의 회복을 갈망하는 원시적인 심리 상태를 드러낸다는 점에서 의의가 있을 것이다. 무엇보다 관계 지향적인 삶을 통해 타자와 동화되려는 욕구를 강렬하게 분출한다는 점에서 장철문 시인의 시는 사랑의 근원적 힘을 환기해주고 있다고 생각한다.

소망인 듯 했지만

느릿느릿 적막하더라

거꾸로 말했던 잇새는 매일 허전했고

푹푹 썩힌 시간에선

다시는 피지 않더라

광휘의 꽃이.

무덤은 알록달록했지만

이 오랜 등결림은 끝나지 않더라

—최문자, 「사랑」 전문, 『현대시』(7월호, 2009)

　최문자는 시간에 관한 성찰을 바탕으로 사랑의 서정시를 쓴다. 시인은 타자와 죽음에 대한 표현을 주로 역설의 수사법에 의지해서 쓰고 있다. "무덤"은 적막과 고독의 공간이지만 동시에 "나"의 타자를 발견하는 공간이기도 하다. 시인이 바라보는 사랑의 길은 멀고 먼 고행길이며, 죽음을 동반한 것으로 그려지고 있다. 시인은 죽음의 흔적을 통해 사랑의 형식을 발견하고 있다. 그녀가 발견한 사랑의 고통은 "느릿느릿 적막하"거나 "잇새는 매일 허전"한 것으로서 생의 무게와 결핍을 한꺼번에 드러내 준다. 사랑은 멀고 길며, 인내를 요구하는 시험대이다. 그렇지만 시인은 "푹푹 썩힌 시간"이 가져온 환멸의 기억을 견디는 일이야말로 사랑의 완성을 가능하게 하는 힘임을 인식하고 있다. 환멸과 긴장 사이의 팽팽한 장력, 그것은 "오랜 등결림"을 견뎌나가는 시인 자신의 몫일 것이다. 다시는 피지 않는 "광휘의 꽃"은 생의 유한성을 인식하는 시적 상관물이다. 영원히 피지 않을 꽃을 위해 한 순간 진념하다가, 너와 니의 황홀한 결합을 확인한 이후 사랑은 내리막길을 가는 것인지도 모른다. 사랑은 영원하지 않지만, 인간은 사랑을 향한 열정을 포기하지 않는다. 그렇기에 인간의 사랑은 대상과의 영원한 합일이 유예될 수밖에 없는 비극성을 가진다.

　다시 비티이유의 말을 빌리자면 너와 나의 합일로 인한 동일화의 순간은 절대적 융합의 이름으로 타자를 수렴하는 것이다. 그러나 너와 나의 황홀한 결합의 순간에도 시인은 사랑의 그물 아래 깊은 고통이 드리워져 있음을 놓치지 않는다. 이렇게 사랑의 아픔을 끌어안고 그것을 견디는 최문자의 시는 세계에 대한 시선을 벼려나가는 통찰의 힘으로 가득 차 있다.

> 누구일까
> 내가 없는 이 밤의 어딘가에서
> 나를 중얼거리고 있을 사람
> 주문처럼 나를 중얼거리며
> 나의 부재를 現象 하는 사람
>
> …(중략)…
>
> 누가 나를 한 밤 세 시의 어둠으로 앉아 있게 하나
> 일물일어의 이 우주에서
> 나도 모르는 나의 일어 ―語
> 단 하나의 호명으로
> 나라는 일물 ―物을 들여다보는 사람
> 당신을 찾기 위해
>
> 당신 當身, 이라고 불러보는 새벽이다
>
> '당신'이라는 대명사로는 끼울 수 없는 당신
> 당신을 만나기 위해
> 내 우주의 항성들을 하나씩 명명해보는
> 모든 매일의 새벽이다
>
> ─장만호, 「당신을 찾아서」 부분, 『현대시』(7월호, 2009)

장만호 시인에게 "당신"은 삶에 끊임없이 개입하는 존재이며 관념 속의 사랑의 대상이기도 하다. "당신"은 "단 하나의 호명"으로 나를 들여다볼 뿐만 아니라 나와 일체적 관계를 맺고 있는 존재이기 때문이다. "당신"은 나와 분리될 수 없기에 "나의 부재를 현상"하는 사람이며, 함께 공존하는 사람이기도 하다. 이런 맥락에서 "당신"은 구체적인 존재라기보다는 관념적이고 초월적인 존재가 아닐까 하는 생각이 든다. 마치 한용운 시의 '님'이라는 존재처럼 다의성(多意性)을 가지지만 불변의 대상, 초월의 대상으로 존재하는 상수(常數)처럼 말이다.

"당신"은 "나"가 갈망하는 합일의 대상으로 존재하며, 주체인 "나"가 "당신"을 향해 느끼는 동일화의 욕망은 다름 아닌 사랑일 것이다. 시인은 "당신"이라는 타자를 갈망하면서 "당신을 만나기 위해/내 우주의 항성들을 하나씩 명명해보는/모든 매일의 새벽"을 경건하게 맞이한다. 작품의 표면에 명시되어 있지는 않지만, "나"와 "당신"을 매개하는 것은 곧 사랑에 대한 확고한 믿음일 것이다. "당신"과 "나" 사이의 사랑은 운명 너머에 존재할 뿐만 아니라 무의식 속에서 "당신"과의 동일화를 지향하는 것이기 때문이다. 이렇게 "당신"은 부재와 존재, 본질과 현상, 삶과 죽음이라는 이항대립적 코드를 넘나드는 자유로운 기표로서 자신과 타자에 대한 존재론적 자각을 일깨우는 대상으로 나타나고 있다.

라일락이 필 때 나는 꽃피는 봄에 당도해 있었고 라일락이 필 때 너는 가을로 갔다

라일락이 필 때 죽어간 고양이들을 추억하며 나는 새순이 돋는 삼나무 아래에서 담배를 피우고 있었지

　　라일락이 필 때 가려운 계절의 겨드랑이 사이로는 한 무리의 호랑이
들이
　　왔지만 삼나무 옆에는 자작나무가 있어 푸른 침묵의 새잎을 보여주
었지

　　라일락이 필 때 나는 라일락과 함께 피어나지 못하고 라일락이 필 때
너는
　　라일락과 함께 허공의 향기로 번지지 못했지

　　　　　　　　　…(중략)…

　　라일락이 필 때 너는 그렇게 러시아로 가고 라일락이 필 때 나는
　　그렇게 웃으며 가을에 당도했다
　　　　　　─박정대, 「라일락이 피는 계절」에서, 『문학동네』(여름호, 2009)

　　꿈의 세계로 떠나고자 하는 낭만주의자의 인식을 강렬하게 보여주는
박정대의 시는 불면의 시간 속으로 떠나는 여행자의 노래이다. 이 작품
역시 그의 시에 반복적으로 드러나는 여로의 모티프, 자유분방한 상상력
과 긴 구문의 흐름으로 고유한 분위기와 시적 리듬을 만들어내고 있다.
봄과 가을, 여러 가지 자연물들이 이질 혼성적으로 존재하는 가운데 시인
은 어디론가 정처없이 흘러가는 존재의 불안과 낭만적 인식을 표출한다.
　　각 연의 서두마다 "라일락이 필 때"라는 통사 구문의 반복으로 이어
지는 이 시는 너와 나의 공간 이동의 경로를 따라 자유롭게 이곳과 저
곳의 경계를 넘나들고 있다. 시인에게 꿈은 자신의 존재 이유이다. 그래
서 그는 꿈의 색조가 만드는 모든 환상에 자신을 걸고 있다. 그가 갈망
하는 너의 존재는 그 실체를 파악할 수도 없고, 가까이 온다 해도 그 존

재를 포착할 수 없는 것인지도 모른다. 시인은 과거와 현재를 동시에 호출하면서 오지 않는 시간을 향해 손을 뻗쳐 다양한 공간과 시적 대상들에 시간의 굴곡을 아로새겨 넣는다. 그래서 이 시는 지나간 시간과 오지 않은 시간이 현재와 부딪치면서 그려내는 다양한 풍경들로 의미화된다.

"라일락이 필 때 너는 그렇게 러시아로 가고 라일락이 필 때 나는/그렇게 웃으며 가을에 당도했다" 같은 구절에서는 꿈과 현실을 자유롭게 넘나드는 시인 의식의 지향성을 읽어낼 수 있다. 시인은 여전히 봉인된 사랑과 추억을 만들기 위해 불면의 밤을 지새며 눈물을 흘리고, 외로움을 극복하기 위해 스스로를 세계에 던져놓는다. 라일락이 피는 계절은 시인이 정지시키고 싶은 환(幻)의 시간이며, 시인의 내적 힘이 응축되어 있는 꿈의 진공지대이기도 하다. 구획된 공간을 넘어 상상의 자유로운 율동을 보여주는 그의 시들은 여전히 자신과 삶에 대한 뜨거운 사랑을 바탕으로 씌어지고 있음을 어렵지 않게 확인할 수 있다. 꺼지지 않는 추억과 사랑의 힘이 도달할 수 있는 경지가 어디까지인지, 계속해서 그의 시들을 지켜보고 싶다.

일상의 복판에서 부르는 삶의 노래

도종환, 김봉식, 김현식, 이성부의 시

시가 씌어지고 구성되는 과정은 언어를 통한 삶의 음각(陰刻)과 같다. 시인에게 글쓰기는 시적 자아의 재편성을 통해 삶을 음미하거나 반성하는 과정인 것이다. 무릇 시인에게 일상은 다양한 시적 현실을 구성하면서 새로운 감성과 인식의 지평을 열게 하는 근본 동인이다. 그렇지만 일상을 견디는 과정이 녹록치만은 않으며, 때로는 권태와 타성의 반복으로 이어지기도 한다. 그래서 낯익은 주제라 할지라도 완결된 이미지나 어법의 구사에 더 눈길이 가는 이유가 여기에 있기도 하다. 일상과 미적 당위 사이의 지나친 거리감은 자칫 난해하거나 소통 불가능한 작품을 만들어낼 수도 있다. 주체의 내면적 감정과 추상적 조형 사이의 적절한 미적 거리는 모든 시인들이 염두에 두어야 할 하나의 방법론일 것이다. 이런 의미에서 필자의 눈에 들어온 작품들은 우리의 일상에 편재한 사건을 꼼꼼한 묘사의 원리로 포착하되, 개성있고 독특한 화법으로 현실의 아픔을 보듬어나가고 있는 작품들이다. 이들은 미세하게 균열화되는 우리의 일상을 모두 다른 방식으로 수용하면서 삶의 진실이 어디에 있는지를 독자에게 되묻고 있다.

숲의 나무들은 진종일 허리를 구부리고 울었다
여기저기서 나뭇잎이 얼굴과 등짝을 번갈아 뒤집으며
몸부림치거나 옆의 나무 허리를 붙잡고 소리 없이 울었다
스크럼을 짜고 우는 나무들도 있었다
산의 갈비뼈를 흔들던 흐느낌은 산맥을 타고 오르기도 했다
나라에 큰 슬픔이 있던 초여름이었다
연초부터 벼랑으로 몰린 사람들이
망루를 오르다 불에 타 죽고
죽은 몸은 다시 냉동되어 여름까지도
망각의 상자 속에 갇혀 이승에 방치되어 있었고
경찰과 깡패가 한 개의 방패 뒤에 저희
그림자를 가리고 발맞추어 지나가고 나면
신문은 무기가 된 활자의 볼트와 너트를
지나가는 사람들에게 마구 던졌다
　　　　　…(중략)…
슬퍼하는 이는 넘쳐났으나
잘못했다고 말하는 이는 없이 여름이 지나가고
숲의 나무들만 여러 날씩 몸부림치며 울었다
어제는 뒷마당에서 청죽 몇 그루가 허리를 꺾고 쓰러지고
차벽을 가운데 두고 무거운 그름과 뜨거운 바람이
대치하는 동안 비는 오르고 내리는 길마다 쏟아졌다
곳곳에서 길이 끊어지거나 후퇴하는 여름이었다

　　　　　　　　　　　　　—도종환, 「그해 여름」에서, 『현대시』(8월호, 2009)

이성복 시인의 1980년대 대표작 「그날」과 「1959년」이라는 두 개의 작품을 떠올리게 하는 이 시는 만화경처럼 펼쳐지는 우리 시대의 어느 여름의 풍경을 정밀화처럼 묘사하고 있다. 올해 초여름, 우리 사회는 정신적 공황 상태에 빠질 정도의 충격적인 사건을 겪어야 했다. 절벽에서 스스로 몸을 던진 사람을 애도하는 조문의 행렬은 길고 아득하게 펼쳐졌고, 많은 이들이 슬픔에 잠겼다. 생전의 그를 다시 조명해야 한다는 언론의 무차별적인 보도와 조사(弔詞)가 이에 덧붙여졌으며, 세상은 복잡한 감정으로 술렁거렸다. 시인은 많은 이들에게 비탄과 충격을 안겨준 사건을 떠올리며 이 작품을 쓴 것으로 보인다.

"숲의 나무들은 진종일 허리를 구부리고 울었다/여기저기서 나뭇잎이 얼굴과 등짝을 번갈아 뒤집으며/몸부림치거나 옆의 나무 허리를 붙잡고 소리 없이 울었다"로 시작되는 작품의 도입부는 "그해 여름"이 심상치 않은 사건으로 많은 사람들에게 정신적 상처와 고통을 준 시간임을 암시한다. "나라에 큰 슬픔이 있던 초여름"에 일어나는 여러 가지 자연의 다양한 묘사와 더불어 "용역들에게 맞아 성체와 함께 나뒹굴었던" "신부"에 대한 묘사는 서로를 공격하는 새디즘과 폭력의 문제를 제기한다.

이 작품은 "그해 여름"에 대한 상세한 묘사로 이루어진 기록의 형태를 취하고 있지만, 시인은 다분히 알레고리적인 수법으로 불모의 현상 이면에 인간 세계의 비합리적인 질서가 자리 잡고 있음을 보여주고 있다. "슬퍼하는 이는 넘쳐났으나/잘못했다고 말하는 이는 없"는 상황은 일상에 자각없는 일반인들의 무감각과 정신의 분열 상태를 꼬집고 있을 뿐 아니라, 도덕성이 땅에 떨어진 일부 정치인들의 행태를 비판하는 역할까지 하고 있다고 본다.

이성복 시인이 「그날」에서 "모두 병들었는데 아무도 아프지 않았다"

라고 쓰면서 무기력증에 안주해버리는 현대인의 정신적 트라우마(truma)를 꼬집은 것처럼, 도종환 시인은 타인과의 왜곡된 교감이나 다시는 오지 않는 2009년의 여름을 꼼꼼하고 치밀한 묘사의 원리로 기록하고 있다. 시인은 고통과 아픔의 현상에 대해서만 이야기하지, 그 원인과 처방은 이야기하지 않는다는 점에서 대상과의 미적 거리를 적절히 유지하고 있을 뿐 아니라 정신 지향적인 시인의 존재 의의를 되묻는 역할까지 한다고 말할 수 있을 것이다. 이 작품은 다소 우화적(寓話的)인 방식으로 형상화되고 있지만, 시인은 보여주기(showing)를 추구하는 시적 방법의 전형을 보여줌으로써 현상에 대한 직관적 인식을 예리하게 드러낸다.

아내가 벽 속으로 사라졌다

술 취한 내가 아내의 메마른 가슴을
자괴의 망치로 쿵! 쿵! 내려칠 적마다
말수가 적어진 아내는 홀연히
벽을 열고 들어가 빗장을 굳게 걸었다
갑각류가 되었다

실직의 나날이 거듭될수록,
벽 너머에선 흐느낌이 자주 들려왔다
상처가 벽을 키우고
벽이 상처를 더욱 외롭게 한다는 걸 깨달았을 땐
오랜 침묵만 소통되고 있었다

일용직 직장에서 첫 일당을 받던 날
아내와 아이들을 데리고 외식을 했다
하루치 일당을 탁탁 털어,
변두리 식당에서 꽃게찜을 먹었다

나는 붉은 꽃게의 껍질을 까서
아내의 입속에 흰 살을 넣어주었다
갑각류의 아내가 벽을 열고 나와
활짝 웃는다

왕벚나무가 흰 쌀을 마구 뿌려대는
눈부신 봄날이었다

—김봉식, 「갑각류에게 바치는 헌사」 전문, 『서시』(여름호, 2009)

　도종환 시인과는 다른 각도에서 김봉식 시인은 가장 가까이 있는 사람을 대상으로 소통과 사랑이라는 근원적 주제를 소박하고 아름답게 풀어내고 있다. 이 작품은 각각의 연이 하나의 내러티브를 가지고 있으면서 솔직하고 투명한 목소리로 삶의 작은 가치에 대해 의미를 부여함으로써 주제를 향해 집중하는 양상을 보인다. 작품 속 화자는 먹고 사는 일상의 고달픈 굴레에서 벗어날 수 없는 평범한 생활인으로 그려진다. "실직의 나날이 거듭될수록" 두 사람 사이의 단절의 골은 점점 깊어지고, 긴 "침묵만 소통"되고 있다. 긴 침묵의 끝에 아내는 "갑각류"처럼 마음의 문을 닫아버리고, 두 사람 사이의 외로움과 상처는 깊어지기만 한다. 그러던 어느날, "일용직 직장"에서 일낭을 받은 남편은 일당을 닥탁 털어 가족들에게 "꽃게찜"을 사먹이고, 마음의 문을 닫은 아내는 다시 문을 열고 나와 모처럼 화기애애한 시간을 가지게 된다. 시간적 배경은 "왕벚나무"에서 떨어지는 꽃이파리가 "흰 쌀"처럼 느껴지는 눈부신 봄날이다. 얼핏 단순하고 평면적인 내러티브로 느껴지기도 하지만, 이 작품은 가장 가까이 있는 사람인 아내에게 비치는 헌시(獻詞)라는 점에서 분명 사랑의 주제를 함축하고 있는 작품이다. 아내를 갑각류에 비유하고 있는 알레고리적 상상력이 무엇보다 흥미롭게 느껴진다.

작품 속에 드러난 사랑은 신을 향한 사랑처럼 종교적인 경외감을 표한다든가, 약자에게 베푸는 이타적인 마음이 아니다. 남편의 사랑은 무엇보다 자신의 운명과도 같은 아내와의 소통을 통해 행복한 합일의 상태에 이르고, 그로 인해 충일감을 느끼고 싶어 하는 마음이다. 시인의 삶을 떠받치고 있는 생활고는 벗어날 수 없는 굴레처럼 자리 잡고 있지만, 아내와의 관계를 통해 그 외로움을 극복하고자 하는 과정이 흥미롭게 묘사되고 있다. 아내에 대한 사랑은 거창하거나 육욕적(肉慾的)인 것이 아니라, 조용하고 소박하며 일상적인 영역에 속하는 것임을 말해주고 있다는 점에서 독자에게 작은 감동을 선사한다.

자본주의의 물량 공세와 새로움에 대한 강박이 심화되는 불모의 세계에서 더 진실한 삶의 근원에 대한 사유는 사랑과 소통이란 주제로 수렴되고 있음을 여러 시인들의 작품에서 목격할 수 있다. 이제 사랑을 넘어 시인들이 향하는 또 다른 대상은 자연물이다. 몇몇 시인들은 특정한 자연이나 무기물에서 원리를 발견하여 그것을 진실한 삶의 전범(典範)으로 삼고자 하는데, 이런 경향의 시에서 자연물은 아름답고 숭고한 존재로 형상화된다.

썰물이 펼쳐 놓은 아득한 개펄
음험한 지하세계의 음모처럼 숨어든 정적
건조한 개펄의 표피를 뚫고 게들이 몸을 사린다

검게 타버린 사막처럼 눈이 아려오는
지하감옥에 생매장된 반역자의 긴
한숨처럼 뜨겁게 타들어가는

날카로운 사각(四角)의 동통,

호모 사피엔스를 지배해 온 수천 년의 역사
한 때 눈부신 사금가루를 모래처럼
뿌려왔다

태양을 향해 엎드린 끊임없는 백팔배
목마르게 추근거리는 바닷바람의
지칠 줄 모르는 처절한 구애
하늘을 익혀 먹고 대지를 불태워 삼키던
태양마차가 미증유의 빛을 발하던
반짝이는 사리 한 줌 남기고 홀연히
떠났다

—김현식, 「천일염(天日鹽)」 전문, 『현대시』(8월호, 2009)

　이 시에서 "천일염"으로 표상된 광물질은 정결하고 숭고한 생명의 이치를 깨닫게 하는 매개물이다. 소금의 일반적인 상징은 존재의 정화, 청정(淸淨), 견실함이다. 시인은 세속의 진리를 밝혀주는 은유적 상관물로 천일염을 묘사하고 결국 속되고 비루한 인간의 삶을 고양하도록 유도하는 것이 소금이라고 본다. 이런 점에서 소금은 일상의 틀을 넘어서 역설적인 충만함과 긍정적 가치를 내포하고 있음을 지적할 수 있다.

　여기서 독자는 "한숨처럼 뜨겁게 타들어가는/날카로운 사각(四角)의 동통"으로 묘사된 천일염의 입자가 생명의 존재 양식으로 묘사되고 있음을 주목해야 한다. 시인은 천일염을 일컬어 "날카로운 사각(四角)의 동통"이라고 하였는데, 이것은 생의 극한과 고통을 감수하며 일구어지는 천일염이 가장 혹독한 시간을 극복한 뒤에 얻어지는 결정체라는 사실을 환기한다. 아울러 인간을 둘러싼 자연이란 세상과 절연된 채 존재하는 탈속의 공간을 의미하지 않는다는 점을 암시하는 부분이기도 하다.

 "태양마차가 미증유의 및을 발하던 날,/반짝이는 사리 한 줌 남기고 홀연히 떠난" 천일염의 생리는 생과 사의 파란만장함을 암시하는데, 그것은 인간의 삶이 치열하고 드라마틱하며, 고통을 이긴 뒤에야 삶이 숭고하고 가치가 있는 것이라는 시인 자신의 메시지를 읽어낼 수 있는 부분이기도 하다. 그래서 이 작품은 천일염의 묘사와 생태를 통해 자연과 인간이 인본주의적인 가치 속에서 상생하는 관계임을 묘사한 작품이라고 생각한다.

 다음의 이성부의 시는 몸의식을 바탕으로 마음을 활짝 열고 주체와 자연이 동화되거나 상호 이입되는 충만한 과정을 묘사하고 있다. 이성부의 시에서 과거의 시간과 역사에 대한 성찰은 몸의식으로 확장된다. 일상의 사건들은 생략되어 있는 것처럼 보이지만 몸과 자연을 결합해 새로운 시적 비전을 열어보이는 이성부의 작업은 지난날의 상처를 치유하려는 열망을 담고 있는 것이 분명하다.

> 바람소리가 아닙니다
> 숲이 꿈을 펼치는 소리입니다
> 숲이 꿈을 펼치며 내지르는
> 미칠 듯한 기쁨의 소리입니다
> 우울한 소식들에 지저분해진
> 내 귀를 맑게 씻으라고
> 물결처럼 깊이 일렁이며 보내는
> 소리를 문득 봅니다
>
> ─이성부, 「소리를 보다」 전문, 『현대시』(8월호, 2009)

 1962년 등단한 이후 다채롭고 풍성한 시의 이력을 보여준 이성부의 시들은 기본적으로 공동체적인 휴머니즘 아래 해석되어 왔다. 시대 현실과 자아의 내면, 그리고 자연과 역사와 사람 사는 세상의 이치를 담은 시들은 독자에게 깊은 감동을 주었으며, 1980년대 리얼리즘시의 연관성 아래 평가되었다.

1980년대 전반에 강렬한 동심원을 형성했던 공동체 의식이 시대가 바뀌면서 조금씩 약화되고, 시인이 다른 각도에서 창작한 90년대 이후의 시들이 곧장 현실에 대한 외면이나 도피라고 단정지을 수는 없을 것이다. 현실을 더 깊고 넓게, 그리고 새롭게 보기 위한 시적 방법론의 심화와 확대로 보아야 할 것이다. 시인은 현실 세계 속에서의 인간다운 삶을 지향하기보다는, 자연 속에서의 생태적 삶에 더 큰 관심을 가지고 있는 듯하다.

이 작품에서 시인은 몸의 감각이 하나로 합치되는 희열의 순간을 묘사하고 있다. 시인은 "소리를 보다"라는 모순적인 제목으로 몸의 모든 감각이 하나로 통하는 순간의 열락(悅樂)을 묘사하고 있는 것이다. 시인에게 들리는 "바람소리"는 단순히 "바람소리"가 아니라 "숲이 꿈을 펼치는 소리"이자, "미칠 듯한 기쁨의 소리"로 인식된다. "바람소리"를 보면서 시인은 마음과 몸을 열어 교감할 때 한없이 확대되는 세계를 발견한다. 이성의 눈으로는 보이지 않는 영적인 세계에 공감하며, 그 세계에 몰입하고자 하는 의식의 지향성을 보인다. "물결처럼 깊이 일렁이며 보내는 소리"는 시인의 몸을 열고 세계와 교감하는 신비스러운 아우라이기도 하다.

이 작품에서 "소리를 보는" 몸은 하나의 소우주로서의 적극적인 의미를 갖는다. 시인에게 인간의 몸이란 이를 둘러싸고 있는 세계이자, 사물과 교류하는 공간인 자족적 세계로 자리 잡기 때문이다. 그래서 이성부 시인의 몸의식은 단순한 생물적 개체가 아니라 사고와 느낌을 종합적으로 체현하고 있는 역동적 감성으로 드러나며, 이는 살아있는 존재자로서 세계와 사물들을 시인의 의식에 적극적으로 끌어들이는 역할을 한다. 지면상 더 이상의 분석은 보류해야겠지만, 이성부 시인의 또 다른 시 「청화산인의 말씀을 빌어」라는 작품도 자연의 이치에 순응하되, 자연과 세상이 상호 교류하며 공존하는 존재임을 묘사하고 있다. 이성부의 시는 이제 소박한 세계 속에서 담백하게 인생을 살아가는 모습을 시쓰기의 중심에 놓고 있는 듯하다. 문명 세계 속에서의 새로운 발견이자 통찰이라 할 만하다. 특히 산을 비롯한 자연을 작품에 수용하면서 시세계가 이전보다 한층 넉넉하고 편안해졌음을 흥미롭게 발견할 수 있다. 지은이의 치열한 자기 성찰과 산행(山行)을 거듭하면서 이루어낸 시의 지평을 엿볼 수 있는 부분이다. 단 그의 시들이 자연의 이법과 우주 삼라만상의 이치를 깨달은 주체의 해탈이라는 주제를 밀고 나갈 경우, 인간적인 고뇌를 놓치거나 현실적 자아의 모습에서 벗어날 수도 있음을 지적해야 될 것 같다. 우리의 삶과 고통이 시작되는 지점은 다름 아닌 일상 그 자체이기 때문이다.

허무주의자의 시선과 소멸을 극복하는 삶

김신용, 원재훈, 황동규, 윤의섭의 시

우리들 삶은 언제 닥칠지 모르는 죽음과 늘 맞닿아 있다. 아무도 내일의 삶이 지금 이 순간처럼 이어질 것이라고 단정지을 수는 없다. 죽음은 살아있는 인간들로 하여금 불안과 공포를 느끼게 한다. 생물학적인 죽음이 삶의 종말이라고 단언한 근대 문명은 인간의 의식을 삶과 죽음이라는 첨예한 간극 속에 몰아 넣었다. 그러나 죽음은 삶과 적대적인 측면에 있는 것이 아니라 늘 공존하고 있으며, 겪어보기 전에는 누구도 난언할 수 없는 최후의 리얼리티일 것이다. 시인들은 극단적인 양면성 위에서 팽팽하게 맞서있는 삶과 죽음이라는 테마를 놓고 그 간극을 초월하기 위해 죽음 의식을 적극적으로 수용하기도 하고, 종교적인 세계관 속에서 그 경계를 해체하고자 하는 시도를 보여주기도 하다.

오랜 시쓰기 과정에서 고유한 시적 방법론을 구축힌 시인들의 시세계는 타성적인 일상에 안주하거나 상상력을 현실에 고착시키지 않는다는 점에서 언제나 시적 긴장을 유지하고 있다. 이들은 자신이 겪은 생의 경험을 따라 삶과 죽음, 이성과 감성, 문명과 자연 사이의 분열과 혼돈을 끊임없이 응시하고 그것을 현재화한다. 삶을 가득 채우는 일상의 풍경을 예사롭지 않은 시선으로 바라보는 이들의 언어는 현재 속의 과거나 미래를 통해 자신의 실존을 발견할 뿐 아니라 시간 속에서 어떤 근원적 본질을 응시하고 내면화하는 모습을 보여주기도 한다.

이들은 죽음이라는 한계 상황을 고유한 언어와 사건으로 형상화함으로써 자질구레한 일상으로 점철되어 있는 시간을 전복하고 독특한 생의 질감을 그려내고 있다. 철저한 자기 성찰과 사물에 대한 깊은 명상을 바탕으로 쓰여진 시인들의 작품은 역설적으로 생의 비밀과 시적 순간의 아름다움을 느끼게 해준다.

> 한낮의, 성당 마당의 벚꽃 그늘 아래
> 휠체어에 앉은, 요양원에서 부축받아 나온, 중풍의, 치매의 노인들이
> 노래자랑을 하고 있다
> 노래는, 반신불수의, 굳은 기억의 관절을 풀어주는 치료요법이겠지만
> 소풍 나온 어린아이들처럼 즐겁다. 입가에 침은 흘러내리지만
> 캄캄한 기억의 갈피에서 '동백아가씨'가 걸어나오고
> 불쑥, 뜬금없이 웬 '기미가요'까지 튀어나와, 벚꽃 그늘을, 의치의
> 크로마뇽인처럼 웃게 만들지만
> 부풀어오른 벚꽃 그늘은, 파란만장, 무의탁의 구름처럼 떠 흐른다
>
> 아, 저 묘비명은 어떻게 읽어야 하나?
> 들판의 제비꽃이나 엉겅퀴로는 읽을 수 있으려나?
>
> 그러나 노래는… 꽃그늘에 인공호흡기처럼 매달려 있어
> 그 인공호흡기를 떼어내면… 한줄기 눈물이 주르르 흘러내릴

것 같아

의족을 짚은 듯 자꾸만 삐걱이는 노래 따라, 손뼉 박자를 맞추어주고
있노라면

세상과 불화의 이물질이 조금도 섞여 있지 않은
씨를 뿌리지 않아도 저절로 돋고 있는 듯한, 그 무균질의 웃음들이
하르르 하르르 떨어져 내려
의치의 크로마뇽인 같은 봄의 그늘에, 하얀 치아처럼 반짝인다

한낮의, 햇빛 환한 성당 마당의 벚꽃 그늘 아래

—김신용, 「벚꽃 아래」 전문, 『창작과비평』(2009, 가을호)

김신용 시인은 하나의 풍경으로 보이는 장면을 제시하되, 봄이라는 시간과 현실의 어둠을 겹쳐놓고, 소멸해가는 시간의 이미지를 독특한 질감으로 인화(印畵)한다. 이 작품에서는 중풍·치매에 걸린 노인들을 중심으로 하나의 풍경을 구상한다. 시인은 이런 풍경에 직접 개입하거나 해석하지는 않으면서 시적 대상인 노인들의 아픔과 죽음의 흔적과 조응하고 있다. 시인이 바라보는 이들의 모습은 순진무구한 영혼을 가진 존재들이지만 병으로 인해 더 이상 정상적인 삶을 영위하기 힘든 반신불수의 존재들이다. 생로병사의 한계 상황 속에 놓여진 그들의 삶은 초라함과 권태 그 자체이다.

치료요법으로 이들이 부르는 노래는 삶과 죽음 사이를 위태롭게 넘나들고 있어 "꽃그늘에 인공호흡기처럼" 불안하게 울려 펴진다. "인공호흡기를 떼어내면… 한줄기 눈물이 주르르 흘러내릴 것 같"다는 3연의 진술은 시적 대상과 자아가 시공간의 간극을 넘어 정서적으로 공명하고

있음을 보여준다. "세상과 불화의 이물질이 조금도 섞여있지 않은" 노인들의 "무균질의 웃음 소리"는 환하고 밝은 성당 마당의 벚꽃 그늘 아래 빗살무늬처럼 퍼져나간다.

이러한 언어 속에는 놀라운 속도와 욕망으로 가득한 우리들 인생살이와 시간에 관한 성찰이 담겨 있다. 노인들에게는 "부풀어오른 벚꽃 그늘"이 끝없는 반복과 권태로 채워진 일상의 시간을 견디게 하는 힘일 것이다.

얼핏 평면적인 소묘(素描)에 그치고 있다는 인상을 줄 수도 있는 작품이지만 평화롭고 한가한 시적 풍경 속에 죽음의 그림자가 비치고 있다는 점에서 시인은 시간의 주름으로 가득한 노인들의 삶을 연민의 시선으로 바라보고, 이를 통해 삶과 죽음의 경계에 있는 긴장을 가시화한다. 치료요법으로 권태와 소멸의 공포를 견디는 노인들의 모습은 죽음과 싸우면서 죽음의 시간을 살고 있는 많은 인간들의 모습일 것이다. 자아의 적극적인 개입을 배제한 풍경이 스스로 자신의 존재성을 열어 보일 때, 그 풍경 속의 사물과 대상은 생성의 언어로 살아나고 메시지를 전달하는 존재가 된다. 아울러 이 시에 그려진 순간의 에피파니(epiphany)는 죽음의 흔적을 통해 생의 진실한 감동을 전달하는 역설적 시간으로 구현되고 있다.

소멸하는 시간에서 생의 단순함을 발견한 시인은 죽음을 향해 가는 노인들의 몸에서 어떤 겸허함을 읽어내고, 죽음과 삶이 교차하는 순간을 포착한 것이다.

> 며칠 전에 화장터에 다녀왔다던 선배는
> 한 순간에 재로 변한 친구의 마지막 피부를 이야기했다
> 피가 멈추고 살이 빠져나간
> 친구의 피부는 삼일 만에,

단 삼일 만에 메말라버렸다고
자신에게 살과 같았던
그렇게 부드럽던 친구의 손등이
마치 석고처럼 메말라버렸다고 했다

삶의 껍데기는 죽는 순간에 뻣뻣해진다
신은 우리의 껍데기를 불판에 올려놓을 지도 모른다
소스를 바르고 가위로 자르고 술안주로 먹을 지도 모르지
껍데기는 그런 것,
껍데기는 삶의 기쁨과 희망과 생명을 자궁처럼 감싸고 있다
그 누가 사랑하는 여인의 피를 만질 수 있으리
우리가 만지는 것은 다 껍데기,
부드러운 껍데기,
질긴 껍데기,
껍데기.

—원재훈, 「껍데기」에서, 『서시』(가을호, 2009)

개인적인 체험을 바탕으로 삶과 죽음이 지극히 물질적이며 사물화된 과정이라는 인식을 보여주는 원재훈의 「껍데기」는 알레고리적인 기법을 바탕으로 쓰여진 작품이라고 할 수 있겠다. 이 작품은 일차적으로 몸에 대한 인식에서 출발하고 있는 것으로 볼 수 있다.

텍스트에 구현된 죽음은 관념적이고 추상적인 형상으로서가 아닌 구체적인 사건으로 존재하는 죽음이다. 화장터에 다녀왔다는 선배는 재로 변한 친구의 마지막 피부에 대해 시적 주체인 나에게 말해준다. "석고처럼" 뻣뻣하게 메말라버린 "친구의 손등"은 지극히 물질적이며 탈관념적인 속성을 보여준다.

무엇보다 인간의 몸에 대한 인식은 삶의 본질을 파악할 수 있는 중요

한 기초가 된다. 메를로 퐁티가 말했듯이 '세계에의 존재'(être-au-monde)
란 인간의 몸과 세계 혹은 세계와 몸이 서로 구조를 교환하는 것[1]을 뜻
한다. 다시 말해 퐁티는 우리 몸속에 들어와 있는 세계, 즉 우리가 몸을
통해 그 속으로 진입해 들어가는 세계 속에서 인간이 자신의 실존을 확
보할 수 있다고 보는 것이다.

몸은 인간의 개체성을 만드는 바탕이 될 뿐 아니라 나와 타자의 관계
를 매개해주는 역할을 하기도 한다. 「껍데기」는 한 몸에서 일어나는 삶
에 대한 여러 가지 스펙트럼을 표현하고 있는 작품이다. "껍데기"는 "삶
의 기쁨과 희망과 생명"을 감싸거나 은폐하는 대상이라는 점에서 삶의
본질적인 모습과는 거리가 있는 대상이지만, 일상적으로 우리가 만지거
나 보거나 감지할 수 있는 현상 세계의 모든 것들이다.

선배와 마주앉아 "돼지 껍데기"를 구워 먹으며 "불판위에서 오그라
드"는 껍데기를 바라보는 시적 주체의 심정은 여러 가지로 심란하고 복
잡하기만 하다. 급기야는 우리네 인생살이 거의 모두를 껍데기로 인식하
는 데까지 이르고 있다. 우리의 영혼을 감싸고 있는 가죽 덩어리인 이
몸도 하나의 껍데기에 불과하다는 허무주의적인 인식으로 발전하고 있
는 것이다. 시인은 외형적으로 그럴듯하게 포장된 모든 것들이 다 허상
에 불과하며 그 허상을 쫓기 위해 우리네 삶이 맹목적으로 질주하는 것
은 아닌지 되묻고 있다. 동시에 욕망으로 가득한 삶에 제동을 가하는 비
판적 성찰의 힘을 보여주고 있다. 그래서 시인은 "껍데기가 없는 눈사람
같은 사람"을 만나고 싶다는 진술을 하기에 이른다. 일체의 장식과 위선
이 없으며 순정한 마음으로 뭉쳐진 단 하나의 사람. 맑고 투명한 심성을

---

1) 조광제, 『몸철학의 원리와 전개』, 철학과 현실사, 2003, p.73.

가진 유일무이한 사람을 시인은 내면 깊이 갈망하고 있다.

인간의 탐욕과 이분법적인 의식이 빚어낸 껍데기라는 형상은 시인이 본질적으로 열망하는 것이 아님을 잘 보여준다고 말할 수 있을 것이다. 그래서 시인은 지금까지의 삶은 껍데기를 만들어가는 일이었지만, 진정한 삶의 여정은 껍데기를 버리는 과정으로 인식하기도 한다. 이 작품에 구체적으로 명시되어 있지는 않지만 시인이 궁극적으로 바라는 것은 욕망과 위선이 지배하던 삶에서 벗어나 통과의례를 거쳐 새로운 몸으로 태어나고자 하는 열망일 것이다.

> 흔히 그렇지만 머리 아플 때 진통제를 삼키면
> 잠시 후 신경에 얇은 막이 덮이고
> 통증이 무뎌지고
> 마음의 자전(自轉)이 늦어진다
> 모차르트는 그저 모차르트
> 만나는 사람은 평범해지고
> 긴한 표정이 전정(剪定)당한다
> 어쩌지,
> 산책 길에 달려드는 벌들이 공손해진다
>
> 바다에 지는 해를 바라보며 아픈 머리 쳐들고
> 친구와 술잔을 나눈다
> 우리 대화 저 앞에 해가 잘 닦인 화한 구리거울 같다
> 드디어 거울이 끓고 바다가 끓고
> 통증이 끓으며 잦아든다
> 거울이 한번 더 끓고, 바다를 물들이고 사라진다
> 술 한 번 마실 때마다
> 뇌세포를 한 마지기씩 죽인다고 하지만
> 뇌세포 다 살려 갖고 가야 맛인가! 세포들아,

> 터진 솔기와 실밥을 감추지 못하는 뇌세포들아,
> 세포 수에 가난한 나를 용서 마라.
> 용서받는 것은 어둡고, 안 받는 것은 더 어둡다
> 술상 옆, 개울에도 못 닿는 실 도랑물
> 어둠 속에 바다를 열고 들어가 사라진다
>
> ―황동규, 「어둡고 더 어두운」, 전문, 『세계의 문학』(가을호, 2009)

이미 죽음 의식을 적극적으로 수용하면서 삶과 죽음에 관한 치열한 성찰의 기록을 밀고 나가는 황동규의 시는 삶의 이면에서 미세하게 번져 나오는 죽음의 흔적들을 놓치지 않고 포착한다. 시인에게 세계의 만물은 죽음을 덮고 있는 이미지이자 그림자로 인식된다.

이 작품은 시인이 여행길에서 겪는 에피소드가 바탕이 되고 있지만, 자신이 몸으로 느끼는 통증은 삶과 죽음, 생성과 소멸의 시간이 교차하는 복합적인 스펙트럼으로 작용한다. 몸의 통증은 묻혀있던 내면의 감각을 깨어나게 하고 세계와 연결된 자신의 몸을 자각하게 하기 때문이다. 그래서 작품에 그려진 통증은 육체를 가진 내가 스스로 감수하고 겪어야 하는 고달픈 순간으로 다가온다.

시인은 통증이 환기하는 찰나의 순간을 통해 그 안에 숨겨진 죽음의 그림자를 발견한다. 자신과 맞닥뜨린 심한 통증은 그 절정에 죽음의 기미를 불러오고, 자아는 이 통증 속에서 죽음을 체험하는 것이다. 시인은 작품에 그려진 대상과 인물 속으로 자신을 대입하지 않는다. 오히려 통증이 남긴 흔적을 감지함으로써 다양한 이미지의 내부에 자리한 캄캄한 심연을 응시한다. "환한 구리거울" 같은 해와 바다, "실 도랑물" 등의 자연물들은 격렬한 통증을 배음(背音)으로 거느리는 시적 상관물이다.

"어둠 속에 바다를 열고 들어가 사라진다"는 "실 도랑물"은 죽음을 적극적으로 수용하고 삶에 초연한 시인의 태도를 암시하는 자연물로서 한껏 고양된 삶의 순간 속으로 소멸과 죽음의 시간을 끌어당기고 있다. 이렇게 시인은 통증이 환기하는 실존적 순간을 통해서 앞으로 다가올 죽음을 미세하게 감지한다.

"세포 수에 가난한 나를 용서 마라"는 선언적 진술은 자아의 내면에서 솟아나는 죽음 의식을 보여줄 뿐 아니라 이미 쇠락한 몸의 주체인 시인이 통증과 죽음 앞에서 느끼는 아득한 심리적 거리감을 동시에 함축하고 있다. 작품의 마지막은 검은 도랑물이 바다를 열고 들어간다는 허무주의의 분위기로 마무리된다. 이렇게 시인을 둘러싼 세계는 일상적인 사건을 통해 자신의 내부에 자리 잡고 있는 죽음의 흔적을 동시에 드러낸다. 통증의 체험을 빌어 시인에게 찾아온 죽음은 권태로운 일상의 시간으로부터 자아를 단절시켜 삶에 대한 새로운 성찰을 유도하는 것으로 볼 수 있다.

> 잘린 지 얼마 안 된 듯한 생나무
> 한 번도 맡아본 적 없는 나무 향이 허리 잘린 밑동 아래에 고
> 여 있다
>
> 손가락이라도 베여 피가 흐르면
> 침통한 비린내 우두커니 서 있다 어디론가 미끄러져 가고
> 향수병 마개를 열면
> 안에 갇혔던 향내가 숨을 헉헉거리며 솟아 나온다
>
> 그렇게 질식시켜야 되살아날 수 있는 것이다
> 혹은 묵었던 봄이 숙어야만 세상에 나타나는 냄새가 있나

들자 하니 영혼의 냄새는 기억의 냄새와 닮았다는데

···(중략)···

나무 밑동에선 아직도 생향이 뿜어져 나온다
제가 내뱉은 향기에 담겨 이제 오랫동안 풍장될 것이다

풍요로웠을 나무 밑동에 영정처럼 책을 펼쳐 놓는다
　　　　　　－윤의섭, 「생향」에서, 『세계의 문학』(가을호, 2009)

통증의 형식을 빌어 삶과 죽음을 탐구하는 시작 태도는 젊은 시인 윤의섭에게서도 발견할 수 있다. 시인은 소멸의 흔적이 남아있는 나무를 통해 생명의 실존적 풍경을 그려내고 있다. 시인은 잘린 지 얼마 되지 않는 "생나무"를 바라보며 나무에서 풍기는 "생향"을 맡고 이를 감각적인 방식으로 물질화한다. 시인은 밑동이 잘린 나무에게서 삶과 죽음을 농시에 끌어안고 있는 존재의 의미를 발견한다. 그것은 "묵었던 몸이 죽어야만 세상에 나타나는 냄새"로 구체화된다. 나무 밑동에서 뿜어져 나오는 생향이 스스로 내뱉은 향기에 담겨 "오랫동안 풍장"될 것이라는 진술은 죽음으로써 그 의미와 가치를 더 확대하는 나무의 존재성을 말하는 것이다.

아울러 시인은 "영혼의 냄새"는 "기억의 냄새"와 닮았다고 하여 과거의 시간이 환기하는 미적 순간을 응시하는 명상적 태도를 보여준다. 눈앞에 놓인 밑동 잘린 생나무의 이미지. 그것은 삶이라는 고통을 견뎌나간 자아에게 한 순간의 환각(幻覺)으로 펼쳐진다. 환각(幻覺)과도 같은 순간의 시간적 집중과 맞닿아 있는 나무의 물질성과 향기에 대한 매혹은 소멸과 죽음의 그림자를 극복하게 하는 원초적 힘이다.

　시인은 "생향"이 풍기는 심미적 순간을 통해서 삶과 죽음의 비밀을 감지하고 그럼으로써 매혹적인 생의 비의(秘意)에 조심스럽게 다가가는 모습을 보여준다. 밑동에 "영정처럼 책을 펼쳐 놓"음으로써 나무의 생과 죽음은 하나로 합치되고 삶이 생명에게 부여한 죽음의 고통은 상쇄되고 있다고 할 수 있다. 죽음이라는 무거운 소재를 감싸는 "생향"은 시인의 이상적 아우라가 되고 있을 뿐 아니라 생의 비밀을 간직하고 있는 향훈(香薰)으로 퍼져나가고 있는 것이다.

시간의 풍경, 실존적 감각

장석남, 장옥관, 김명리, 백무산의 시

시간은 인간의 존재 상황을 깨닫게 하는 가장 본질적 소재라 할 수 있다. 무릇 모든 인간에게 시간은 삶과 죽음의 통로가 된다. 특히 세계와의 관계 속에서 시간 경험이 구성되고 재현되는 양상은 개인의 존재 방식을 드러내는 주요한 잣대이다. 이것은 시간의 문제가 선험적인 직관의 영역으로만 파악되거나 역으로 객관적이고 사회적인 영역에서 파악되는 것이 아니라, 개인의 삶에 관여하는 이념적 장지로서 주제와의 연관성 아래 해명되어야 함을 의미한다. 그래서 문학 텍스트에서의 시간 의식이 어떻게 구현되는시를 알아보기 위해서는 세계 내에서 경험하는 개별적 시간 체험과 사회적 영역에서의 시간이 교차하고 접맥되는 지점을 함께 살펴보아야 한다. 이런 작업을 위해 시 텍스트에 구현된 미세한 시간의 양상을 분석힐 필요가 있다.

어떤 예술가보다도 시인은 시간에 대해 남다른 의미를 부여하는 자들이다. 그들은 예리하게 시간을 관찰하고 사색하며, 시간에 자신의 존재성을 투영한다. 시인은 삶의 현존과 예지(叡智)를 시간의 축 위에서 발견하며 이를 다양한 방식으로 채색한다. 일방향으로 진행되는 시간의 흐름은 어느 누구도 거역할 수 없다. 인간은 자연의 섭리인 시간을 무력으로 지배할 수 없으며 이를 되돌리거나 정지시킬 수도 없다. 그러나 시인들은 끝없이 이 시간을 응시하고 추적하며, 사물과 인간과의 만남을 통해 이동하는 시간의 흐름을 포착한다. 이들은 덧없이 흘러가는 세월의 파편이나 정지된 한 순간의 극점을 통해 세계의 풍경과 삶의 속살을 들여다본다.

이제 모든 청춘은 지나갔습니다. 덥고 비린 사랑놀이도 풀숲처럼 말라 주저 앉았습니다. 세상을 굽어보고자 한 잘못이었다는 것을 안 것도 겨우 엊그제 저물녘, 엄지만한 새가 담장에 앉았다 몸을 피해 가시나무 가지 사이로 총총히 숨어들어가는 것을 보고 난 뒤였습니다.
세상을 저승처럼 우러러보던 새. 이마와 가슴을 꽃같이 환히 밝히고서 몇 줄의 시를 적고 외워보다가 부끄러워 다시 어둠 속으로 숨는 어느 저녁이 올 것입니다.

숲이 비었으니 이제 머지않아 빈자리로 첫눈이 내릴 것입니다. 눈이 대지를 다 덮은, 코끝이 시린 아침 나는 세상에 다시 나듯 문을 열고 나서고 싶습니다. 가시 넝쿨 위로 햇빛은 무덤처럼 내려 쌓일 것입니다. 신(神)은 그 맨몸을 흐르던 냇가의 살얼음으로도 보이시고 바위틈의 침침한 어둠으로도 보이시며 첫눈의 해석을 독려할 것입니다. 살던 집의 그림자도 점점점 길어집니다. 첫딸을 낳은 아침처럼 잃었던 경탄을 되찾고 숲으로 이어진 길을 가려고 합니다. 그리고 아득한 숲길이 되려 합니다. 햇빛의 가여운 첫눈이 되려고 합니다. 누군가의 휘파람이 되려고 합니다. 밥과 국을 뜨던 소리들도 식어서 함께 바람 소리를 낼 것입니다.

—장석남, 「11월」 전문, 『서정시학』(겨울호, 2009)

장석남 시인은 시간이 만들어 놓은 다양한 이미지들을 응시한다. 이 시는 허무와 고독감이 배면에 깔려 있는데, 시적 화자는 "이제 모든 청춘은 지나갔"다는 상실감에서 출발하고 있다. 유한한 시간 의식과 함께 장석남 시에서는 종종 시간을 소진해버린 존재의 허무한 모습을 발견할 수 있다. "덥고 비린 사랑놀이"도 메말라버린 쓸쓸하고 고적한 "11월"의 시간이 이 시의 배경을 이룬다. 자연과의 조응과 복잡한 일상의 굴레 속에서 시인은 소멸해가는 시간과의 만남을 계속한다. 저물어가는 저녁의 시간, 반성과 성찰의 시간인 저녁은 새로 복원되거나 눈부신 자연으로서가 아닌, 훼손되기 이전의 자연과 그 회귀의 시간을 갈망하는 시인의 시선으로 묘사되고 있다. 그래서 11월의 시간은 회상의 시간이며 존재를 깨닫는 시간이기도 하다. 나아가 시인은 "신(神)은 그 맨몸을 흐르던 냇가의 살얼음으로도 보이시고 바위틈의 침침한 어둠으로도 보이시며 첫눈의 해석을 독려할 것"이라고 진술한다. 자연물로 다시 살아나 인간 세계에 활력을 부여하는 신성(神聖)의 존재는 시인이 궁극적으로 지향하는 노스탤지어라고 할 수 있을 것이다.

그러나 시인에게 생명의 소멸은 서로 대립하거나 충돌하는 관념으로 나타나지 않는다. 시인이 꿈꾸는 연속적인 삶과 생명에 대한 사랑은 그의 일상 생활 가까이에 놓여 있다. 소멸된 것들은 시인의 실존적 감각을 통해 다시 태어난다. "첫딸을 낳은 아침처럼 잃었던 경탄을 되찾고 숲으로 이어진 길을 가려고 하"는 의식의 지향성은 생명의 탄생이 안겨주었던 경이로움을 떠올리며 주변의 사물과 자연의 공생 공존이 실현되는 믿음으로 이어진다. 이것은 차이성의 극소화와 상생을 통해 모든 만물이 하나됨을 실현하고자 하는 유기체적 인식과도 상통하는 것이다.

이 시에서 중요한 것은 시제의 과거, 현재, 미래의 전체성에 있는 것이 아니라 진전하는 시간의 흐름에 따라 시적 화자가 보여주는 의식의 변화에 있다. 14~15행에 등장하는 "아득한 숲길", "햇빛의 가여운 첫 눈", "누군가의 휘파람" 같은 시어들은 소멸하는 것에 대한 시적 화자의 생각을 끊임없이 전환시키고자 하는 것으로 기능하는데, 이것은 존재하는 모든 것이 그 밖의 모든 것과 연결되어 있다는 유기적 그물망으로서의 세계 인식을 잘 보여주는 시어들이기도 하다. 시인은 자본주의적 세계 속에서의 상실된 삶과 세계와의 총체적 조화, 유한한 것과 무한한 것의 통일성을 회복하려는 의식의 역동성 속에서 11월의 시간을 새로운 지평으로 펼쳐보이고 있다.

"밥과 국을 뜨던 소리"마저 "바람 소리"로 전이되어 가는 이 과정은 11월의 시간대를 회전하며 소리로 다시 태어나는 소리의 반향(反響)들을 들려주는 듯하다. 시인은 시간의 계기적 전개 속에서 완성을 지향하고 있는 생명에 대한 아름다움과 사물의 내밀한 공명(共鳴)을 포착하고 있는 것이다.

향이 탄다 불길 고요히 스며든다

티슈에 물 스미듯 스며드는
불길 제 몸 낱낱이 핥아가는 동안 뜨거웠을까 캄캄했을까 손톱이 머
리카락이
살점이 타고
뼈가 녹을 때까지

분향실 모니터 보는 불길 하얗게 고스란히 폭삭 주저앉아 엄마는 흰
재가 되고

영혼이 빠져나간 육체처럼
향기가 빠져나간 향은 국수가닥 같은 몸 바꾸었을 뿐 목이 잘린 채
흰 국화
꽃들
휘둥그레,
눈뜬 채 시멘트 바닥에 나뒹굴고

이쪽에서 저쪽으로 옮겨가기 위해선 생은 단 한 발자국도 빼먹을 순
없는
것 고스란히 견뎌야 하리
향이 이윽고 재를 받아 안을 때까지

향이 탄다 스무 살 향이가 탄다

—장옥관, 「향이 탄다」 전문, 『세계의 문학』(겨울호, 2009)

장옥관 시인의 작품은 화장터의 분향실에서 "향"이 타는 장면을 소재로 삶과 죽음의 경계를 탐구하고 있다. 시인은 분향실에서 퍼져나오는 "향"과 현실의 아픔을 겹쳐놓고, 소멸해가는 시간의 이미지를 독특한 방식으로 구성하고 있다. 타오르는 "향"은 자신을 태우고 다른 물질과 생명을 태움으로써 강렬한 삶의 고통을 환기한다. 3연의 "목이 잘린 채" "시멘트 바닥"에 나뒹구는 "국화꽃들"은 삶을 마감하고 죽음을 맞이하게 된 어느 생명의 은유적 상관물이다. 작고 유약한 생명이 이승에서 마지막으로 맞게 되는 순간의 생은 불길과 향으로 가득 차 있다.

시인은 분향실의 차가운 공간에서 불이 켜진 "모니터"를 바라보고 있다. 시인은 분향실의 풍경 속으로 스스로를 밀어 넣거나 투시하지 않고 어둠 속에서 향의 불길을 바라보며 "향기가 빠져나간 향"의 파동만 감지하고 있다. 분향실에 있는 엄마라는 제3의 인물은 슬픔을 이기지 못하

고 "흰 재"처럼 무너져 있다. 여기서 시인은 죽음과 소멸의 시·공간을 견디는 엄마를 응시하며 "스무 살 향이"라는 가상의 인물을 겹쳐놓는다. 분향실의 공간은 오로지 슬픔과 애통한 언어만이 가득한 곳이다. 시인은 분향실의 공간을 현실의 초라한 아래편에 설정하고, 인간의 유한성과 시간의 소멸을 한 편의 드라마처럼 압축시켜 놓고 있다.

죽음을 통해 삶의 이편을 들여다보고 소멸의 순간을 견디는 "스무 살 향이"는 삶과 죽음을 동시에 응시하고 있는 시인이 설정한 개인적 상징이라고 할 수 있을 것이다. 어느 누구도 대신해 주거나 같이 짊어질 수 없는 각자의 생의 무게는 오롯이 죽음의 형식을 통해서만 완성되고 고유한 아우라를 부여받게 된다. "이쪽에서 저쪽으로 옮겨가기 위해선 생은 단 한 발자국도 빼먹을" 수 없는 고행의 연속인 것이다. 죽음과 마주치는 순간 경험하는 이질적 시간은 자아와 타자의 거리를 가장 뚜렷하게 보여주는 낯선 시간이라고 할 수 있다. 장옥관의 시에서 삶과 생명에 대한 응시와 집중은 유한하고 덧없는 우리들 생의 시간을 흔들고 정지된 죽음의 한 순간을 보여준다. 그 순간 타오르는 미적 형식을 "향"이라는 물질을 통해 탐구하는 시인 의식은 삶과 죽음의 통렬한 긴장과 그늘의 운명을 엿보게 한다고 할 수 있을 것이다.

> 달의 동심원의 뒤편에도 유채밭 있어
> 시시각각 봄의 시위대가 좁혀간다
>
> 어질머리 아지랑이 좇아 슬픔의 바깥까지
>
> 시간의 바깥까지 떼몰려 다니는

내 고양이 등털은 나날이 더 짙은 진노랑 울금빛

오므렸다 펼치고

서리고 꺾으며

물보라로 단단해진 저 환한 달무리!

일년에 봄꽃 핀 두어 달은

달의 동심원의 뒤편에서 잠든다

움푹 팬 생의 분화구마다 봄의 무게가

아찔한 석순처럼 드리워 있는

달의 동심원의 뒤편

—김명리, 「달의 동심원의 뒤편」 전문, 『현대시』(12월호, 2009)

유한한 세계에서 자기 동일성을 구성하는 시적 형식으로서의 언어 미학과 세계의 풍경화는 김명리의 시에서 독특한 방식으로 이루어진다. 김명리의 시는 있음과 없음, 기표와 기의, 우연과 필연 사이를 넘나들며 실존과 생명의 풍경을 섬세한 필치로 그려낸다. 그녀의 시는 무심히 스쳐가는 생의 한 순간을 불현듯 일깨워 정지된 생성의 풍경을 드러내고 있다.

현재 시제로 이루어진 이 시는 풍경을 바라보는 시적 주체의 시선이 "달의 동심원"을 중심으로 이동하는 구성을 취하고 있다. 시적 주체의 시선은 봄의 시위대 → 슬픔의 바깥 → 시간의 바깥으로 움직이며 그 동선에 놓여진 사물과 자연을 응시한다. 사물들은 각자의 표정으로 세계를 드러내는 기표이자, 시간의 문턱에서 "아찔한 석순처럼 드리워 있는" 그림자이기도 하다. 시인은 사물들을 응시하며 사물의 깊이로 침투하고, 그 속에서 현재와 미래를 이어주는 봄의 기운을 느끼며 "봄의 무게"가 서려있는 순간의 집중을 포착한다. "일년에 봄꽃 핀 두어 달은/달의 동심원의 뒤편에서 잠든다"는 진술은 근원적 시간에 대한 낭만적 동경과 함께 시적 주체 스스로 풍경의 중심에 놓이기를 갈망하는 것으로 해석할 수 있다.

작품에 등장하는 "봄의 시위대", "유채밭", "고양이", "봄꽃", "아지랑이" 같은 시어들은 "달의 동심원"을 중심으로 이완과 수축의 운동을 하고 있다. "오므렸다 펼치고/서리고 꺾으며/물보라로 단단해진 저 환한 달무리!"는 시적 공간을 신묘(神妙)한 주술의 세계로 이끄는 자연의 산물이라고 할 수 있을 것이다. 이 시에서 이상적 시간으로 설정된 봄과, 봄을 떠올리는 공간적 지표들은 근대적 고향의 상실로 인정되는 신화적 공간에 대한 회귀이자 갈망이라고 할 수 있다. 폴 드 만(Paul de Man)은 근원적 시간의 동일성에 시간의 폭력이 가해짐으로써 근대의 파편적 시간이 초래되었다고 지적한 바 있다. 문명의 인위적 시간과 자연적 시간 사이의 단절과 균열은 시인으로 하여금 지금 이곳의 시간을 인공적이고 척박한 시간으로 인식하게 만든 듯하다. 이런 맥락에서 "움푹 팬 생의 분화구마다" 가득 찬 봄의 무게와 질감은 이 시에서 근원적 에너지를 상징하고 있을 뿐 아니라, 잃어버린 신화적 시간을 보완하는 언어적 등가물이기도 하다.

김명리는 이 시에서 봄이라는 시간대를 정지된 하나의 풍경으로 보여줌으로써 문명의 인위적 시간과 자연적 시간 사이의 단절을 보여주고

있다. 동시에 시인은 자연적 시간의 심미적 아름다움을 집중적으로 탐구
한다. 근원적 시·공간의 상실에 대한 역설적 갈망에서 씌어진 김명리
의 시는 자연과 사물의 깊이에 스며듦으로써 세계의 총체적 기운과 평
화롭게 합치되기를 갈망하고 있는 것처럼 보인다.

> 계절이 바뀌면
> 뱀도 개구리도 숲에 사는 것들은 모두 몸을 바꾼다
> 보호색으로 변색을 한다
> 흙빛으로 또는 가랑잎 색깔로
>
> 나도 머리가 희어진다 천천히 묽어진다
> 먼지에도 숨을 수 있도록 나이도 묽어진다
>
> 흙에 몸을 감출 수 있도록
> 가랑잎에 숨어 잠들 수 있도록
> 몸을 바꾸고 자신을 숨기지만
>
> 그러나 긴 고요에 들면 더 이상 숨는 것이 아니다
> 봄을 기다리는 것도 아니다
> 죽은 것도 아니다
>
> 나는 계절따라 생멸하지 않는다
> 내가 계절이다

―백무산, 「내가 계절이다」 전문, 『창작과 비평』(겨울, 2009)

시간에 관한 성찰을 바탕으로 정지된 순간의 풍경을 보여준 다른 시
인들과는 달리 백무산은 몸을 매개로 지나가는 시간과 세월에 대한 새
로운 성찰을 보여준다. 1, 2연은 시간의 흐름을 거역할 수 없는 자연과

시인 자신의 모습에 대한 묘사로 이루어져 있다. 계절이 바뀌면 살아 숨쉬는 것들은 "모두 몸을 바꾸"며 변화의 조짐을 보이거나 "자신을 숨기"기에 이른다. "먼지에도 숨을 수 있도록 나이도 묽어지"는 오십대 중반의 고비에 시적 주체는 놓여 있지만, 회한으로 얼룩진 과거의 시간을 상기하거나 삶의 우수에 동요하지 않는 모습을 보여준다.

인간의 삶을 육체의 물리적 변화로 인정하는 시인은 삶과 시간에 대한 냉철하고 탈신비적인 시각을 드러낸다. "긴 고요에 들면 더 이상 숨는 것이 아니다"는 진술은 인간의 몸과 자연을 스쳐가는 시간이 유한할 뿐만 아니라 불연속적 존재인 자신이 세계와의 관계맺음에 있어서 회피할 수 없는 존재임을 강하게 일깨우는 부분이기도 하다. 특히 인간의 몸은 닫힌 체계가 아니라 끝없이 외부와 대상을 향해 감각을 열어놓아 항상 교감하면서 구성되는 존재물이기도 하다.

신과 인간, 확실성과 불확실성, 감성과 이성 같은 좀처럼 해체하기 어려운 이중적인 양식이 탈현대화된 사회를 살아가는 삶의 양식이 되어버린지는 이미 오래다. 삶의 유한성을 극복하려는 인간의 욕망이 만들어낸 불멸에 대한 꿈은 역설적으로 삶의 유한성과 공포의 상징이 되는 것인지도 모른다. 이러한 인간의 욕망에 대해 시인은 "나는 계절따라 생멸하지 않는다/내가 계절이다"라고 일갈한다. 자기 자신이 "계절"이라는 이 놀라운 인식의 반전은 삶의 유한성과 한계를 극복하고 생과 죽음을 구분하는 일반적 의식에서 벗어나 있음을 보여준다. 불확실성과 두려움의 연속인 우리들 인생은 늘 위태롭게 흔들리고 시간의 폭력으로 훼손될 수 있지만, 시인은 이런 인식에서 한 걸음 더 나아가 자기 자신이 세계의 한 부분이자 자연의 일부임을 강조하고 스스로 "계절"이 됨으로써 당당한 주체로 거듭나고 있는 것이다.

저자 **이연승**(李娟承)

1969년 서울생
이화여대 국문과 및 동대학원 졸업(문학박사)
1997년 경향신문 신춘문예 평론 부문 당선
건국대 강의교수를 거쳐 이화여대, 성신여대에서 강의 중

저서

『오규원 시의 현대성』(2004, 푸른사상, 2005년 문화관광부 우수학술도서 선정)
『생성의 시학』(2005, 월인출판, 2006년 문화관광부 우수학술도서 선정)
『감성의 귀환』(2009, 월인출판, 2009년 한국 도서관 협회 우수학술도서 선정)
[공저]『이제 희망을 노래하련다』,『기호학─한국문학이론과 비평 총서』,『전봉건─전
쟁의 상흔과 사랑의 언어』 등

역락비평신서 21
매혹의 언어

저자 이연승

인쇄 2011년 9월 9일
발행 2011년 9월 19일

펴낸곳 도서출판 역락
등록 1999년 4월 19일 제303-2002-000014호
펴낸이 이대현
편집 이소희

주소 서울시 서초구 반포4동 577-25 문창빌딩 2층
전화 02-3409-2058(영업부), 2060(편집부)
팩시밀리 02-3409-2059
e-mail youkrack@hanmail.net

값 21,000원
ISBN 978-89-5556-942-1 03810

잘못된 책은 바꿔 드립니다.